淵《へん》黙《もく》雷《らい》声《せい》

模索する
青春の行方は

片山武昭
KATAYAMA Takeaki

文芸社

恩師・田中美輝夫先生の霊に捧ぐ

もくじ

第一部

第二部

※この作品はフィクションです。登場する人物、団体等は架空のもので、実在のものとは関係ありません。また、昭和四十年代前半が舞台となった小説のため、現代では差別的としてあまり使われなくなった言葉も、当時の雰囲気を忠実に表現するため、そのまま使用している箇所があります。ご了承願います。

なお、タイトルの「淵黙」は、一般的には「へんもく」と読みますが、「えんもく」と書かれている辞書もあります。そのように読んでいただいても構いません。

第一部

(一) 伝令

「おい」
辺りを憚《はばか》る、抑揚のない押し潰した声がした。急《せ》き上げるものを堪《こら》えて、用心深く吐き出したのであろう、その声はまた、ためらったような、心許ない声色《こわいろ》でもあった。その遠慮がちな、空耳かとまがうほどのか細い呼びかけからも、不意の来訪者が、一夜のねぐらを請うて闖入《ちんにゅう》してきた酔漢でないことだけは確かであった。無頼を決め込んだ酔客であれば、容赦なくガラス戸を叩いたであろうし、高歌放吟も辞さなかったであろう。しかし、この時ならぬ夜更けの訪客は、役人のように慇懃《いんぎん》を装っていたのであった。

昭和四十二年五月の夜半。あの不幸な戦争の時、幸いにも戦災を免れた山裾の古い家々が、一日の疲れを僅かばかりの濁り酒で癒し、浅い夢の中へとまどろみ始めた刻限であった。

「おい！」
周囲への気遣いからか、やはり低く押し潰した声ではあったが、今度は狙いすました吹き矢のように鋭かった。その声音《こわね》は、切迫した、ただならぬ気配を帯びて、志朗の耳に突き刺さった。

続いてせっかちに、爪でカチカチとガラス戸を叩く、咳き込むような不快な音が、彼の耳元で責め立てるように響いた。

「久慈いるか？　おい、起きろ！」

主《あるじ》の存否《ぞんぴ》を察したらしく、一転してその呼びかけには、甘えて擦り寄ってくる馴れ馴れしさがあった。

風邪気味のため、用心からいつもより早めに布団に潜り込んでいた志朗は、訝《いぶか》しげに、躑躅《つつじ》が白い花をつけている庭の方を窺《うかが》いながら、建てつけの悪いガラス戸を擦《こす》るようにして少しばかり開けた。すると、淡い月明かりを背にして、ひょろっとした若い男が、影法師のように突っ立っていた。

「やられた！」

風間であった。彼は挨拶もしないまま、独り言のような投げ遣りな口調で、のっけから来意を告げた。

志朗の胸では、不安を煽《あお》るような早鐘が鳴る。

――「やられた！」――その一言で充分であった。何が起きたのか、すぐに呑み込めた。だが胸が塞がって、反射的には応答ができない。胸の中が動悸を打ちながら、じわじわと軟体動物のようにすぼんでいく。志朗は「やられた！」という一言だけのぶっきらぼうな伝達を、煎じ薬を飲むような苦《にが》みとともにごくっと飲み干した。

胸の奥が詰まった拍子に、志朗が相手の顔を見据えると、伝令という任務に忠実であろうとする自制心の表れなのか、風間は努めて平静を保つように、済まなそうな、はにかんだ笑みを作った。志朗にはその仕草が、仲間に対する親近の情からではなく、取り繕っている胸の内で、昂《たかぶ》り突き上げてくるものを、不恰好に押さえつけている身振りのようにも思えた。

志朗にとっても、伝令の風間にとっても、いま彼らを引き込もうとしている途方もない騒動は、遠からず惹起するであろうと、かねてから予測していたことだから、眼前に障害物を認めていながら頭をぶつけてしまったような、ちぐはぐな思いが絡みついて、二人とも喉の奥を引きつらせているのであった。

「そうか、やはり。でも、これは……どちらにも非がある。僕はそう思うね」

塞ぐ胸を押し開くように、志朗は陣中の戦士には相応《ふさわ》しからぬ、場違いな応答をした。伝令の男は聞かぬ振りをして、横を向いたまま、水の中の貝が息を吐くような、小さな溜め息を洩らした。

宣戦布告がなされたのである。不覚にも、機先を制したのは味方ではなかった。だから武者震いをして、押っ取り刀で前線に駆けつけるのが、勇者というものであろう。それなのに、いやこんな時だからこそ、かえって生きる姿勢を問われているようで、志朗は胸の内を生木を燃やすように燻《くすぶ》らせ、生半可な言辞を伝令に返したのであった。

「みんな、本音のところは、どうなんだろうね？」

志朗は言葉を継いだ。事態が急変したことを自身に言い聞かせようとすると、奥深く閉じ込められ鬱積していた様々な思いや疑問が、燻《くすぶ》る胸の内から出口を求めて這い出そうと、志朗の口先へ上って来るのだった。

「みんながみんな、いきりたって自爆しかねない、跳ね上がりの奴らばかりじゃないだろう？　なかには、へっぴり腰で早々と逃げ出す算段の、抜け駆け野郎だって少なからずいようじゃないか。いや何も高みの見物を決め込んでいるわけじゃない。ただね、時には、何と言うか……つまり、こちら側が斜《はす》に構えていないと身動きできなくなることもあるって話さ。言ってみれば、僕らはいま、右とか左とか単純には割り切れない、居心地の悪い、とてもおかしな狭間《はざま》に追い立てられているんだからね。何だかちぐはぐな気持ちだけど、どうにも始末がつかない。それでも戦端が開いたとなれば、逃げるわけにもいかないじゃないか。遮二無二、前へ進むしかないよね。それも徒《かち》でだよ。僕らが持っているのは『言論』という鉄砲だけだね。いま僕らが強いられている戦《いくさ》とは、そういうものではないのかね？　斜《はす》に構えて前進する。それが僕らの戦いの形だと思うよ」

独り言にも似た志朗の口舌は、急を告げる伝令への応対としては、あまりにも不似合いで不自然であった。

風間は不快そうに顔を小刻みに震わせ、志朗に向かって蔑むような眼光を射掛けた。それでも、無理に笑みを拵《こしら》えると、伝令らしく繕って、穏やかに告げた。

「全員集合だ。すぐ来てくれ！」

伝令の男は踵《きびす》を返すと、ほっそりした撫で肩で、植え込みの尖《とが》った柘植《つげ》の枝先を、こゝさぐようにして、夜更けの薄闇の中へと消えて行った。

伝令の淋しそうな後ろ姿は、何かをぶつぶつと呟《つぶや》いていた。

——あのへゝんくう（偏屈屋）は、一体何を考えているのか？〝双方に非がある〟とは、何て言い草だ。あの口吻《こうふん》は、まるで敵前逃亡ではないか。この期に及んで、解らぬことをほざく、間抜けた御仁であることよ——


「やられた！」——志朗は伝えられた最初の言葉を、谺《こだま》を聞くように反芻《はんすう》してみた。状況が一夜のうちに一変したため、否応《いやおう》もなく強張《こわば》ってしまった胸の内側で、捌《は》け口のない遣り切れなさが、陣中の戦士らしく勇み立ち、逸《はや》るべき気持ちを組み敷いていた。猪突猛進を自戒しているのではない。「秩序の尊重」という観念に縛られているのでもなかった。「非は双方にある」と考える、その立ち位置の微妙さが、安易な〝順応〟を拒んでいるだけであった。

「やはり、やられてしまった！」——一人になると志朗は、胸の内で漠とした憤りが、燐光のように燃えているのを感じた。そして、のっぴきならない事態に直面していることを、心《しん》から納得させるように、「落ち着くんだ」と溜め息交じりに呟いた。

――ああ、これが騙《だま》し討ちであったのなら！　これが騙し討ちであったなら、どんなにか気持ちが楽だろう！　それが、このような局面を迎えることを、ある程度予測していたのだから、反射神経が萎《しな》びてしまって、言うことをきかない。局面が急旋回し、新たな戦端が開かれたというのに、韋駄天走りで〝いざ鎌倉〟とはならないのだ。敵の奇襲攻撃を予期しながら、迎え撃つ手立てを、味方は何も講じていなかった。その上、敵は尊大、味方は泥縄。そしてこの自分は……――

胸の中で吹きこぼす、こんな思いを旋回させながら、志朗は若草色のやや厚地のジャンパーを羽織ると、意を決して、躑躅の白い花々が賑《にぎ》やかに咲いている庭に降り立った。

志朗は隠居部屋として建て増した、六畳の部屋を間借りしていた。もう夜も十時を回っていたから、母屋の中を通り抜けるのは憚られ、部屋から直接ぴょんと、何かの動物のように庭へ飛び降りたのであった。

庭の中に足を踏み入れると、ひんやりとした晩春の夜気が、若葉の吐き出す酸っぱいような匂いを孕《はら》んで、志朗の顔を撫でながら流れて行った。柘植や躑躅、それに銀杏《いちょう》や楓《かえで》などが無秩序に植わっている、赤い煉瓦塀に囲まれた、さして広くもない庭を、彼は母屋の住人に気づかれないよう、用心して通り抜けた。

玄関脇へ出ると、不意をついて強い風が舞い降り、枝折戸《しおりど》の側《そば》に行儀よく並んでいた笹竹を、苛《さいな》むように揺らした。

と、その時、志朗の頭に一つの想念が浮かんだ。

――ひょっとしたら、有無を言わせずに強いられて、いよいよ始まる不条理とも言うべき戦いの展開次第では、自分の中で何かが劇的に変化するかもしれない！　旧弊を脱した初々しい自己が育ち、垢抜けた姿を現すかもしれない！――

志朗は何か得体のはっきりしない、地鳴りのする鈍《にび》色の力によって、未知の領空へと連れ去られて行くような、不思議な感覚に捉われたまま路地に出た。そして「いざ出陣！」と、新しく生まれ変わるかもしれない、自分の黎明《れいめい》を遠望して、自身納得するように呟いた。

古い家並みの間を曲がりくねって下って行く、舗装もされていない狭い路地が、月の薄明かりで濡れていた。頭上では、綿毛を集めたような千切れ雲が幾筋かゆったりと流れ、思い思いに散らばっている星たちは、いま志朗たちが演じ始めている悲喜劇の進行を、興味深げに見守っているようであった。前線に赴かんとする緊張から、志朗の足取りは自《おの》ずと速くなった。

薔薇《ばら》の木をアーチ形に仕立てて、玄関前を小奇麗に飾った洋風の家の前に差しかかると、異変を察知したのか、普段はおとなしいその家の小犬が、挑むような甲走《かんばし》った鳴き声で吠え立てた。それにつられ近所の犬たちも、脅えたような上擦った鳴き声で、殆どの家が寝静まっている、山際の住宅地のしじまを震わせた。その悲鳴にも似た鳴き声に追い立てられて坂道を下っていると、志朗の胸の内で、またまた何か釈然としない、煮え切らず、踏《ふ》ん切りのつかない思いが頭を擡《もた》げるのであった。

――どうしてまた非生産的で、徒労に終始するだけに決まっている、無益な争いに巻き込まれなくてはならないのだろうか？

しかしまたその一方で、何か激震が起こって大きな変化が生まれ、新しい世界が曙光のように姿を現し、遠い星からも温もりのある便りが届くような、そんな期待とも予感ともつかぬ思いが、彼の胸の中では爆《は》ぜていた。

志朗は交錯し競《せ》り合う二つの思いを抱えながら坂道を下り、舗装はされていないがバスも通る、やや広い道に出た。この辺りでは、まだ眠りについていない民家も、ちらほら散見できた。彼は足を止め、脈を整えるように深く息を吸った。

その時また新たな問いが、入り乱れ反目し合う複雑な思いの、もう一歩奥から忽然と浮かび上がり、志朗の全身を揺さぶった。

――この労資の激突が、本当の戦いなのだろうか？　本当の戦いとは何だろう？　本当の戦いとは、人間としての尊厳を守ることではないのか？　胸中に人間性の砦《とりで》を築き、人間としての輝きを手中にするために、我々は戦うのではないのか！

――それにしても、あのお歴々が本当の敵なのか？　本当に敵として戦う相手なのだろうか？　あのお歴々は、実は、本当の敵の影武者に過ぎないのではあるまいか。本当の敵は、得体の知れない蛸《たこ》入道の格好をして、分厚い雲の奥に身を隠しているに違いないのだ。だからお歴々の奴《やっこ》さんたちを敵と呼ぶのは、どこか舌の先がこそばゆいではないか。

本当に見栄坊で因循姑息、その上日和見で勘定高いお歴々の方々は、俗に言う「天狗」に「たいこもち」、「おかめ」に「ひょっとこ」、「雲助」に「提灯持ち」といった御身分を誇らしげにひけらかしていらっしゃる。そんなちんちくりんの御大層な御仁たちと、我々は干戈《かんか》を交えなくてはならないのか？　彼らは愛すべき珍獣ではあるまいか。

いや、確かに珍獣である。だってあの御仁たちは、元はと言えば、お役所勤めや教師に坊主の成りそこない等々、そういった御身分なのだ。それが、人生とは奇なもの、その御仁たちを縁故や情実といった世間の甘辛い網が掬《すく》い上げ、ところてん式に寄せ集めて雛壇に並べたという按配なのだ。だから、みんな〝お素人さん〟である。〝お素人さん〟だって構いはしないさ。誰がどんな可能性を秘めているか分からないではないか。だけどさ、その〝お素人さん〟たちが、どうしたわけか揃いも揃って「謙虚」という二文字を、一向に御存じないのである！

これは由々しき問題ではないか。つまりは「傲慢」なのである。「傲慢」に創造性など、あろう筈《はず》もない。人間性とも相容れないではないか。これ、「珍獣」と類別せずして、何と言わん? ああ、しかし、何とも愛すべき、天狗鼻の「珍獣」ではござることよ。

本当の戦いとは、「人間」であろうとする精神の格闘の謂《いい》だと信ずる志朗の胸の内には、〝何かが違う〟という〝違和感〟の霞網《かすみあみ》がかかっていた。しかし、その縺《もつ》れて絡まりそうな霞網の中を、決然とまっしぐらに突き抜けていくしか、他《ほか》に道はないと志朗は観念もしていた。もし今ここで、戦意を無くし、白旗を揚げるようなことがあれば、生きることに手加減を加えたことへの報いとして、虜囚の悲哀が待ち受けていよう。そうした漠然とした予感が、志朗の足取りを僅かながら加速させた。

彼が勤めている、瀬戸内の小さな放送局は、間借りをしている山際の家から、徒歩で二十分の距離にあった。

（二）　有刺鉄線

沖合の小さな島で産出した御影石を、彫像のように積み上げて造った正門に足を踏み入れると、志朗の緊張した眼《まなこ》に、真っ先に飛び込んできた異物は！

——何だ、これは？　一体これは、何たる猿芝居か！

放送局のやや広い玄関前に、角材を組み立てた、幅十メートル以上もある、穢《きたな》らしくて大仰なバリケードが築かれているではないか！

玄関前でふんぞり返っているそのバリケードには、怨念を秘めた有刺鉄線が、狭い間隔で執拗に巻きつけられていた。髭面《ひげづら》をした山賊でも出没しそうなその下品な異物は、放送局の内側と外側を無慈悲に峻別していた。また、恨みがましく牙を剥《む》き出しにした有刺鉄線も、同調して、単に角材だけでなく、放送局を取り巻く凍りついた空間をも厳《いか》めしく縛り上げ、きっぱりと外界の気流を撥《は》ね除《の》けていた。その非日常的な〝内〟と〝外〟は、大気の密度が極端に濃くなって色彩を失い、普段の外貌とは隔絶した〝陰画〟の光景を呈している。

バリケードの前には、既に夜勤者をはじめ、十二、三人の若者が集まっていた。彼らは思い思いの格好で、局内への進入を遮断する、異形の〝壁〟と対峙していた。腕組みをしたまま仁王立ちになって、角材の防壁を睨《にら》みつけている者や、立ち往生をして、空《くう》を仰ぎながら泣きべそのような嘆息を洩らしている者、呆気《あっけ》にとられて口をあんぐりさせている者もいれば、悄気《しょげ》かえって、ぶつくさと何か訳の分からぬことを呟いている若者も見受けられた。

そんな彼らに対して、無数の鉄の刺《とげ》が痛々しい光を放って、威嚇と断固とした拒絶の意志を容赦もなく誇示していた。また敵意を剥き出しにした鉄の刺は、若者たちの油断と彼らの状況に対する迂闊《うかつ》すぎた侮りをも射竦《いすく》めていた。

志朗は、玄関前をみっともなく塞いだこのバリケードは、傲慢や怨念、暗愚などがごった煮になって、ところ構わず喚《わめ》き散らしているのだと思った。また頑固親父の稚気も透けて見えるようでもあった。それと同時に、この威圧的でなりふり構わない異物は、敵も味方も同じ修羅道で絡み合っていることを物語っているようにも思えた。

バリケードの一方の端には、角材に分厚い板を打ち付けただけの開き戸が取り付けてあった。その開き戸にも、有刺鉄線が蛭《ひる》のようにへばりついていた。

開き戸の内側では、関所を守る侍のように、六十歳くらいの初老の男が、門番として控えていた。小柄でずんぐりした体格のその男は、普段から放送局の庭木の手入れを請け負っている植木屋であった。丸顔で目が細く、白いものが交じった五分刈り頭の植木屋は、世間知らずで苦労知らずの若者たちへの反感からか、作業帽をあみだ被《かぶ》りにしたまま、憮然として立ち尽くしていた。植木屋はまた職人らしく、御奉公に矜持《きょうじ》を抱いているといった体で、律儀に開き戸を守ろうともしていた。

背の低い植木屋の後ろの方では、焚き火がしてあって、松脂《まつやに》を含んだ木切れが炎を上げていた。その焚き火に、作業服姿の若い男が手をかざしていた。しゃんと背筋を伸ばして立っている植木屋とは対照的に、その男は、雇われて仕方なく任に就いている風で、所在なさそうにしていた。その男も、やはり放送局に出入りしている、清掃会社の従業員であった。

それにしても、会社側は何という手際の良さであろうか。よほど以前から周到に計画を練り、暴圧の準備を進めてきたのだろう。そして、いざ実行となった時、予《あらかじ》め決めていた手順通りに、極めて速やかに角材を組み立て、完成させたものと思われる。それは、夜勤者もその作業に気づかぬ、手品のような早業だったのである。それに放送局の社屋は壁面が多く、外界を遮断した造りになっている上、少人数の夜勤者は、奥まった狭い部屋に閉じこもって仕事をしていたから、誰も異変を察知できなかったのである。舌を巻く敵の早業と言わなくてはならないが、しかしこのことは、バリケードの設置が、争議の成り行きから持ち上がった椿事《ちんじ》ではなくて、春闘の当初から意図的に仕組まれた謀略であったことを暗示していよう。

招集がかかって、吸い寄せられるように集まってきた組合員が二十人くらいになると、バリケードの前が少々騒々しくなった。

「こんなことがあっていいのか？　あってはならないことだぞ。なあ、これは、あり得べからざることと言わねばならん！」

訳知り顔の報道記者が、思い入れを滲《にじ》ませながら慨嘆した。すると、闘争心と敵愾心《てきがいしん》を燃やして馳せ参じた猛者《もさ》が、技術屋らしからぬ下品な口調で毒づいた。

「敵は俺たちに、汚ねえ赤ふんを見せつけてくれたのさ。臆面ものう、けつっぺたを御開帳に及んだのよ。だからさ、思いっきり引っぱたいてやれよ！」

「まあ、なんてことを……」

女子社員の一人が眉をひそめた。

「まあ、そう怒りなさんな。このバリケードの方が、よっぽど下品《げぼん》の極みじゃねえか。そうだろう？　言ってみれば、このバリケードは、自分の家の玄関前に、汚物を撒き散らしているようなものだろう？」

「そこまで言わなくても……」

毒舌屋を尻目に、威嚇するバリケードと対面して困惑する、穏健派や皮肉屋もいる。

「信じられないわ。会社は体面を考えないのかしら？　世間体が悪いわよ。とんだ恥さらしだわ」

これは女子社員たちの平均的な反応である。

「これは罠でよ。下手に動いてしくじると、酷《ひど》い目に遭うでえ。軽挙妄動は慎もうでのう、さもないと爆弾が落ちて、お陀仏でよ」

こんな台詞《せりふ》を吐いたのは、美術を担当する、苦労人の中年の男であった。

そこへ訳知り顔の報道記者が、追いかけるようにまた口を開いた。

「大人《たいじん》は問答を好む。小人《しょうじん》は虚仮威《こけおど》しの砦を作って身を隠す！　はははは」

水嵩を増すように、組合員の人数が増えるにつれて、バリケード前も次第に熱を帯びていく。

「寝首を掻きやがって、糞爺《くそじじい》め。今に面《つら》の皮ひんむいてやるからな！」

と、これは血気にはやる若いアナウンサー。

「御前《ごぜん》もなかなか洒落《しゃれ》たことをやらかすじゃあないか！　面汚しもいいところだぜ。尊大にして野卑、独善にして残酷。それが奴さんの渡世の慣わしちゅうもんよ」

と、これはどこか冷めたテレビの制作マン。

「おお、胸が痛みまする。御前《ごぜん》様ともあろうお方が、こんな無慈悲な仕置きを我らに賜うとは！　おお忝《かたじけな》い忝い。ああ恐ろしや恐ろしや」

芝居好きのカメラマンが、胸に手をあてがい、剽軽《ひょうきん》な声を絞り出して、一座を笑わせようとする。

するとこんな余興が入って、喉元の強張《こわば》りが弛《ゆる》んだのか、女子社員たちも口々に、支《つか》えているものを吐き出し始めた。

「このバリケードは、私たちに恐怖心を植えつけようという魂胆だわ。労働者を馬鹿にするなと言ってやりたいわね。労働者の胸にも、赤い血潮が流れていることを教えてやりましょうよ」

「会社は、私たち働く者を人間と思っていないのよ。だけど暴力には屈しないわよ。それが人間よ！　私たち労働者も人間だと、みんなで、その証《あかし》を立てるのよ！　断然、私、戦うわ！」

「でも闘争は暗礁に乗り上げたみたいね。労資の間は、暫《しばら》く膠着《こうちゃく》したままだと思うわ」

「だから戦うのよ。戦って戦局を切り開くのよ！」

「忍耐よ。戦いは忍耐が大事だわ」

みんなそれぞれが、てんでに腹の底に溜まっているものを吐き出していた。誰もが一様に、野暮ったい角材の砦には拒否反応を示していて、表向きは恐怖心のようなものは見られなかった。

そのうち夜も更けてゆき、十一時をかなり過ぎた頃には組合員の人数も五十人を越えて、バリケード前の風向きも次第に変わってきた。

急を聞いて、勇み立つ心を抑えながら駆けつけてきた活動家たちが、勿体ぶったバリケードと対面してとちめんぼうを食らい、条件反射のように感情の吐露を続けていると、次第に事の啻《ただ》ならなさが、彼らの実感として、染み入るように悟られてくるのであった。そして、みんなの吐露も、その様相が少しずつ色合いを変え始め、バリケード前の空気も緊張を伴って自ずと強張《こわば》り始めたのであった。

「一体全体、俺たちはどういうことになるんだ？　執行部は、こうなった時の手筈を考えていなかったのか？　俺は早晩、敵が仕掛けてくると踏んでいたぜ」

「何を抜かしやがる。お前だって、備えは何もしてねえじゃないか」

「おい、喧嘩はよせ！　落ち着くんだ！」

「そうよ、興奮しないで！　今は私たちの団結が試されているのよ」

「そうだよ。みんな冷静になるんだ。会社は待っているんだぞ、俺たちが草臥《くたび》れるのをね」

「そう、今こそ一糸乱れぬ団結第一でいかなくちゃ」

「だがな、御前《ごぜん》の魂胆は、俺たちを干乾しにすることでよ。このまんま突っ走ったら餓《かつ》え死にするでえ」

中年の美術係がこんな不安を覗《のぞ》かせると、茶々を入れるのは放送屋の習いで、どこか冷めたテレビの制作マンが、

「糧道を断つは戦《いくさ》の常道、何も驚くにはあたるめえ」

と、澄まし顔で、他人事のように言った。

そこへまた、やはり中年の車両係が弱音を吐いた。

「ふた月も労資が睨み合ってるんだから、ちっとは厭戦《えんせん》気分にもなるがな。ちょいと中休みしたいが」

中年の男たちは、生活のことが頭を過《よぎ》って、本音をちらつかせるのだった。

「おふざけでない、いい加減にしろ！」

「会社は、組合を潰す頃合を見計らっているのですよ。敵に尻尾を見せるものではありません！」

「おい、指揮官はおらんのか？　委員長は何をしておる？　書記長はどこへ雲隠れしていやがるんだ？」

みんなは、組合の執行委員が、いつまでも姿を見せないことに、もどかしさを募らせていた。

「どこかで思案の最中だろうよ」

「労連の指示を待っているんじゃないか？」

「執行部がいなくちゃ、話にならねえ」

いよいよこれからが正念場だと腹を据える活動家、組合の指示に従っていれば無難だと呑気に構えている並の組合員、心をひとつにして型の如く戦い抜くのだと自身に言い聞かせている女子社員、家族が心配しないかと気を揉んでいる中年男、離島の小学校へ取材に行く約束が反古《ほご》になって胸を痛めている制作マン、持久戦は止むなしと評論家を気取る一言居士、うまく寝返って昇進の機会を掴《つか》もうと不埒《ふらち》を決めている抜け駆け野郎——一枚岩ではないが、さりとて烏合《うごう》の衆でもない、ひとつ鍋の具材のような連中が、焚きつけ合ったり擦《こす》り合ったりして、次第に沸騰していく。

「執行委員たちはまだ来ないのか？　いつまで待たせる気なんだ！」

活動家たちは逸る気持ちが抑えられない。

「敵は問答無用と洒落のめして来たんだ。こちらも問答無用でよ、一丁俺たちで雪崩《なだ》れ込んでやるか！」

「戦意を見せてやれよ！」

「竹槍の用意！」

「混《ま》ぜっ返すんじゃねえ」

「会社側の挑発に乗ってはいけません！　ねえ皆さん、もっと冷静になりましょうよ」

「これは兵糧攻めだあな。俺たちを食えなくしようという寸法さ。辛抱でよ、何事も」

芝居好きのカメラマンが剽《ひょう》げてみせる。

「いつまで続くのかしら？」

「それは、俺たちが干乾しになるまでさ」

カメラマンが反射的に応じた。

「たわけたこと言いなさんな。そげんこと、わしは嬶《かかあ》には言えんでよ」

中年の車両係が目をむいて反発した。

「敵は組織の破壊を狙っているんですよ。弱みを見せてはなりません！」

「独身貴族が威張りくさって、偉そうなこと抜かすでない！」

中年の車両係が顔を真っ赤にして怒りを破裂させた。

「会社の思う壺だあな、そういう不協和音がよ。組合員の仲間割れが、御前《ごぜん》には、涎《よだれ》が垂れるほどの珍味になるんだぜ」

活動家たちは不協和音の修復に躍起となる。

「それにしても、会社はいつから準備を始めたのでしょうね？」

「たっぷり時間をかけたのさ。労務担当はそれが仕事だからな」

「きっと出世の花道にするつもりで策を練ったのだろうな」

「いや、それは違う」

と、誰かが異をはさんだ。

「ワンマン社長のことだぜ。社長一人の意向だぐらいは、目に見えてらあ」

そこへまた、異を唱える者がいた。

「いや、それも違うね。これはな、全国か地方ブロックの社長会議で、決行する局を決めたのさ」

「中国ブロックは、我が社が指名されたってわけか？」

「もっと大きい局が指名されても、おかしくはないのにな」

「うちは筋金入りの活動家がいないからさ、格好の餌食にされたんだよ。見せしめにするにも、我が社はうってつけの規模だし、社員もお坊っちゃまばかりだからな」

「それに今度の組合対策は、左傾化を嫌う政治家の意図も、裏では働いているだろうね」

「多分な。だけど今回の暴挙は、きっとワンマン社長の方から、進んで手を挙げたんだと思うよ。なんたって功名心も自己顕示欲も人一倍強い田舎天狗だからな」

「労働組合を潰したら、勲一等だあ」

「恥も外聞もかなぐり捨てて、こんなバリケードを作ったからといって、功名にはならないだろう？」

「いや、そんなことはない。恥や外聞は、君、専務や労務担当に負わせれば、それで済むことじゃないか！」

「どの道、成功すれば大手柄さ。業界の模範と仰がれることは間違いない！」

「政界入りの道も開けてこようというものさ」

「まさか！」

「いやいや、政界入りにも色気があるって話だぜ」

「民衆の心が解らない人に、政治は任せられないわよ！」

日付が変わって零時を過ぎる頃になると、バリケード前の空気は、逆上《のぼ》せ上がったように乱気流を生み、更に異常さを増していった。人数も七十人を超えていた。

化粧もそこそこに、乱れた髪を帽子で隠してやって来た女子社員が、バリケードと対面すると、ふっくらとした可愛らしい脚に力を入れて、

「こん畜生！　こん畜生！」

と、黄色い声を発しながら、呰の角材を蹴り上げた。

その黄色い声に触発されてか、誰かが、

「速やかにバリケードを撤去しろ！」

と、分厚いカーテンの隙間から幽《かす》かに明かりが漏れてくる、三階の社長室の方に向かって、澄んだ大きな声で二度続けて絶叫した。

「速やかにバリケードを撤去しろ！」

その絶叫が合図になったと見えて、銘々《めいめい》が感情の縮こまりを溶解させ、誰彼となく、統率する者もいないまま、堰《せき》を切ったように悪態をつき始めた。

「外道さらあ、不当措置はやめろ！」

「恥さらしのバリケード、除《の》けんかい！　阿呆ん陀羅《だら》」

「土突《どづ》きあげたるでえ、小便たれの穀潰《ごくつぶ》し！」

「わしらを、ほうたる（捨てる）のかあ？　わしらを、ほうたって飢え死にさせる気かあ？」

「余は天狗鼻の暴君であるぞよ！」

興奮が興奮を誘発し、思考の回路を迂回することなく、活動家たちはてんでに喚き散らすのであった。

そのヒステリーの間隙を縫って、悲鳴にも似た、絞り上げるような叫び声が、みんなの耳目を引いた。

「こげえなこと、親がすることかあ？　御前《ごぜん》は親じゃなかったのかあ？」

バリケード前のヒステリックな雰囲気の中で、変調を奏でるように泣きべそをかいたのは、中年の庶務係の男であった。その嘆き節は、恨み言のようでもあり、哀訴のようでもあった。

「あんまりでよう、わしらを締め出してよう！　御前《ごぜん》はわしらを継子《ままこ》扱いになさるのかあ？　わしらは親子じゃなかったのかあ？　社員とは親と子の間柄じゃと言いなさっていたのは、大法螺じゃったのかあ？」

その上擦《うわず》った、思い入れたっぷりの悲痛な叫びに、誰もが可笑《おか》しさを堪《こら》えていたが、声を立てて笑う者はいなかった。と言うのも、その哀訴は、みんなの胸の底のどこかに、吸血動物のように張り付いている、幾分甘ったれた稚拙な思いを代弁していたからであった。

社長の源左衛門――どういうわけか、局の内外で人々はそう呼んでいた――は、常々、社長と社員との関係は、親子の間柄のようなものだと言っていた。社長と社員とが、親子のような情愛で結ばれていてこそ、経営も安定し、社の繁栄も従業員の幸せも約束されるのだと、折あるごとに説いてやまなかった。社長は良き父親であり、社員は親鳥の羽の下で、心置きなく、茫洋とした夢を貪る雛だというのである（だから社員は、いつまでも甘ったれの、お坊っちゃまなのだ）。それが社長の牢固とした信念であり、人心掌握の勘どころとも心得ていたのであった。

そんな押しつけがましさに、自尊心を傷つけられたように思って、歯噛《はが》みをする者もいたが、社員の大方は、その〝親子関係〟を憎からず思い、その懐《ふところ》に阿《おもね》り、安堵さえしていたのである。

それというのも、社員の殆どが、何らかの縁故を通じて採用されていたからであった。

「これが親のすることか?」と泣いて叫んだ中年男は、決して皮肉を言ったのではなかった。信じていた主従関係の情愛と綾が、掌《てのひら》をかえすように裏切られ、悔しかったのである。

縁故採用は、源左衛門の確固とした経営理念として貫かれており、社是にも等しい暗黙の不文律であった。源左衛門にしてみれば、然《しか》るべき家柄の子女か、有力者の紹介がある者でないと、とても信用が置けなく、安心できなかったのである。

この独善的な社長に言わせれば、良家の子女というものは、仮に「左」に傾くことがあったとしても、それは麻疹《はしか》に罹ったようなものであり、いずれはその麻疹も平癒し、やがては落ち着くべきところに落ち着くというのである。源左衛門には、良家の子女というものは、第一毛並みが違うのであって、道を踏み外すことなど決してあり得ないし、ましてや変節などあり得べからざることだったのである。

そんな源左衛門の〝閉鎖性〟について「由緒を重んじる生粋の純血主義者だからな」とか、下品に「殿様だから駄馬は御免蒙《こうむ》ってよ」などと、野次馬根性から揶揄《やゆ》する向きも巷《ちまた》には結構あったのだが、しかしその頑迷さに対しては「経営を与《あずか》る者、かくも傍若無人に独り善がりの意地を通すべきなのか！　その見識や尊し。実に敬慕の念、禁ずること能《あた》わざるなり」と讃辞を呈する者も多く、羨望の的でもあったのである。

「縁故」には「従順」という価値が付随している。であるならば、縁故採用による血族的な結束こそ、経営哲学の根幹であらねばならぬ――それが源左衛門の信条であった。

しかし面白いことに、この「縁故」なるものは、社員の側からすると、「隠れ蓑」という好都合な価値も、少なからず有していたのである。つまり、社員の誰かが若気の至りから無分別な所業に及んだり、羽目をはずして顰蹙《ひんしゅく》を買ったとしても、後ろ楯の有力者に泣きつけば、大したお咎《とが》めもなきよう、万事うまく執り成してもらえたのである。

　このような「縁故」によって醸し出される親子の情愛は、当然ながら「甘え」を分泌する。その「甘え」に、時代を風靡《び》していた、「労働者は権利を行使すべし」という、至ってまともな「思想」が絡みつくと、初期段階の社員の組合活動はやんちゃのような観を呈し、組合側の要求も比較的会社側に呑んでもらえたのであった。

　その当時は、給料もかなり安く、生活も決して楽ではなかった。そのため、学生時代には学生運動などには冷淡で縁もなかった良家の子女や〝お坊っちゃま〟たちも、元来が下《げ》司《す》の根性で欲深かったから、「生活の向上」という殺し文句には手もなく搦《から》めとられ、多くの者が労働組合の（似非《えせ》）活動家に豹変したのであった。親子の情愛が支える「孝の徳」も「パンの誘惑」には勝てなかったのである。

　こうして「労」と「資」は、裏では「縁故」という絆《きずな》で結ばれ、「甘え」を仲立ちにして、双方とも〝しまり〟なく、親子喧嘩のような啀《いが》み合いを続けていたのであった。つまり家族的な情愛と労働者の権利――この相反する双曲線が、馴れ合いと緊張を綯《な》い交《ま》ぜにした、異様な空間を社内に醸し出したのであった。

　ところで、地方局の組合活動を指導する、上部組織の「放送労連」には、「唯物弁証法」や「史的唯物論」を信奉する幹部が幅を利かせていて、地方局もある程度の賃上げを勝ち取ってくると、春闘に対する「放送労連」の指導が、経済闘争の域を食《は》み出しかねない様相となって行った。「放送労連」の指導には、組合の活動を革命運動の一環として位置づけようとする意図が透けて見えるようになり、「打倒資本」のスローガンが掲げられるようになった。組合活動は勢い過激になり、先鋭化する道を辿《たど》り始めたのである。

そうした路線の変化が、組合員の士気を高め闘争心を煽りもしたが、会社側も劣らず硬直化し、強権的になって、その態度を一変させたのであった。

組合側は要求が受け入れられないと、判で押したようにストライキを打ち、経営側は頑《かたくな》に拒否の姿勢を貫いて、春闘は無駄の多い、不毛な争いに終始するようになった。春闘は長期化が常態となり、「労」にも「資」にも、疲労が汚泥のように沈殿し、双方とも無力感のぬかるみの中をさ迷うばかりで、争議は空転を重ねるばかりとなったのである。

その頃、企業側には資本の自由化など内外の経済事情から、経営体質を強化するため、全国的に「出費の無駄を省いて効率的に利潤を追求」する「経営の合理化」が課題として持ち上がっていた。そのために企業側は、機械の自動化や業務の下請け化を進めたり、職場の配置転換や非正規社員の雇用、〝人減らし〟などを強行したり、更には不動産業など異業種に手を拡げる多角経営に乗り出したりしていた。

これに対して組合側は、「合理化」によって身分差が生まれたり、人間関係が稀薄になると主張し、「合理化」反対の立場を鮮明にした。

一方、企業側の労働組合に対する姿勢は、次第に強圧的になり、遂には「合理化」に反対する組合の弱体化を狙うようになった。そして組合対策の最後の一手が、組合組織の破壊を企図する「職場閉鎖」だったのである。

また、山海放送の現在の争議は、賃上げの闘争というよりは、「合理化」の先鞭として技術部員二名の活動家を、報道部と営業部に配置転換する〝内示〟を出したことから、労資の間が極めて険悪になり拗《こじ》れていった結果現出した〝修羅場〟なのであった。

「情け無あでよう。わしらが何の悪いことしたちゅうんか？」

嘆き節を語っていた、あの中年の庶務係の男が、バリケードの端の方で、ぽつねんと事の成り行きを見守っていた久慈志朗のそばに擦り寄って来た。庶務係は、周りの多くの者たちが、彼への同感を隠したまま、調子を合わせようとする素振りも見せず、虚勢を張っていることに不貞腐《ふてくさ》れ、独り言のように話し始めた。

「御前《ごぜん》がこんなお方とは知らなかったでよ。わしらを締め出すちゅうんは、鬼にでもなられたんかいのう。親心を捨てなさったんかのう。役人上がりは、いざとなりゃあ冷たいもんよ。口は達者じゃが、情《こころ》がないのよ。こう言っちゃあなんだけど、わしが運転して、どこぞへお連れしても、これで蕎麦《そば》でもお上がりとか、そんなお恵みは一度もなかったねえ。どだいがケチで、しみったれに生まれついているのよ」

中年の庶務係が〝蕎麦〟云々と言ったものだから、久慈志朗は噴き出してしまった。庶務係はちょっと身を縮めたが、歯痒い思いを抑えられないのか、彼のぼやきは続いた。

「今思えば先《せん》に勤めていた保険会社の支社長さんの方が、よほど出来たお人でしたよ。何たって上に立つお方は、包容力がなくちゃいかん。はやく言えば気遣いよ。下々《しもじも》のことが、ちゃんと頭の中に納まっておる。そして一人ひとりを生かしていく。そういうお方が偉いのよ。殿様みたいに威厳をひけらかすのは下《げ》の口だあ。懐が浅いちゅうもんよ。だから大きな魚は棲めないのさ。集まってくるのは雑魚《ざこ》ばかりだあな。あんたも、その口じゃろう？　雑魚が集まれば諍《いさか》いが始まる。喧嘩が絶えんなあ、ごもっともでござんすねえ」

庶務係は「ふうっ」と息を吐くと、志朗の方を睨んで、また話し始めた。

「わしはの、ちょっと大工仕事もできれば運転もできる、それに若いもんもまとめる腕利きが欲しい、そう社長が望んでおられると口入れをする人があっての、まあ、わしも芸事なんか嫌いじゃなし、少しは毛色の変わった世の中を見るのも満更ではないと、年甲斐もなく、ちょいと色気を出したのさ。それでここのお世話になることにしたんだが、新入りのくせに係長とはと、やっかむ目もあってな、社長の腰巾着と思われるのも癪じゃろう？それにあんた、下々《しもじも》のことなぞ社長にお聞かせ申し上げるのも、わしの役目かなと思ってさ、それで組合に入ったのよ。これも御奉公の一分だあと割り切ったのさ。やれ賃上げだ、やれボーナスだあではないのよ。

それがあんた、こげんことになってもうて、ああ情けない、情けない。ほんまに情けないがな。わしは組合には大して義理はないけんの、明日にでも相談に行かにゃなるまいて、わしに口入れしてくれたお方のところにの。

あんたは、どうする気かの？　あんたも徹底抗戦の口かね？　好き放題をやらかす手合いかの？　情けないのう、ほんとに。ああ情けない、情けない」

この男は、新たな奉公先と決めて飛び込んだ放送局が、エゴイズムの修羅場であることに幻滅を感じているのだろう。

「……」

志朗は押し黙ったままでいた。彼もまた〝情けない〟思いを微熱のように抱え込んでいるのだ。

しかし、その〝情けなさ〟は、人間の「業」としか言いようのないもの――欲望に翻弄され、争いを好み、他者への配慮を忘れて目先の甘い汁を貪ろうとする、人間に通有の性向、更には対話も協調精神もなく、他人を蹴落としてまで銘々が勝手に踊ろうとする自己中心性――に対する遣り切れなさから滲み出てくるものだった。その人間の「業」としか言いようのないもののために、本来は美質を備えている筈の「人間」が、どこかに姿を隠してしまっているのだ。そんな思いが、不安な心情と戦闘に走らんとする衝動との交錯する放送屋の集団の中で、久慈志朗を押し黙らせているのだった。

そこへ半畳を入れる不届き者が二人の前に現れ、緊迫した争議の場を白けさせた。

「お情け下され、源の殿。情けが仇《あだ》とは、情けなや、情けなや」

営業部の茶々郎であった。眉が太くて首の短い、丸顔でずんぐりした、ふとっちょの男である。彼にはいつも挨拶代わりと言わんばかりに、人を見下したような物言いで、絡むような茶々を入れる可笑しな癖があったので、仲間内からは〝茶々郎〟と呼ばれているのだった。

中年の庶務係は、むっとした表情を露《あらわ》にすると、猫のようにすごすごと、その場を離れて行った。

「こちらの水は苦かろう、あちらの水は、あーまいぞう」

「……」

「俺は誰が真っ先に白旗を上げるか見ているんだ。ただねえ、最初の二、三人は小心者だろうよ。ただ臆病風に吹かれてるだけさ。それか、見え透いた胡麻摺りねずみだよ。あちらさんも、つまり源の殿もだね、その辺はよく心得ていらっしゃるから、そんな手合いは、ちっとも先陣の功にはならねえ。お主《ぬし》もその手は桑名の何とかだろう？　そんなことでしくじったら、お先真っ暗だあな」

茶々郎は相手のことを、よく〝お主《ぬし》〟と呼んでいた。その当時は、そんな時代がかった呼び方をする田舎猿が、縁故採用の妙で、何人か見受けられたのであった。

「だけどよう、お主《ぬし》、機を逸しては、元も子もないぞ。早い話が、遅かりし由良之助になったらな、まずは出世の御利益にはありつけねえ。偉い奴はな、仲間をお連れして御帰館だあ。そういう抜け目のない提灯持ちが、覚えもめでたいのよ」

「僕を誘っているのですか？」

　志朗は冷静に応じた。

「いやいや、そんなはしたないことは致しませんよ。ただね、物事にはタイミングがあると言ってるだけですよ」

「やはり誘っているではありませんか？」

「ひひひひ」

　茶々郎は馬の嘶《いなな》きのような、野卑な笑い声を立てた。

「いやいや、潮の目を読みなさいと言っているだけよ。逃した鯛は大きかったと、後で悔やんでも始まらないからな」

「僕が敵前逃亡でもすると決めつけているんですか？　あなたのしていることは、卑劣なスト破りですよ。いろいろ思いはあるでしょうけど、今は心をひとつにしていないと、組織は散り散りになってしまいます。それでは何のための組合か、何のための活動か分からなくなってしまいます」

　志朗は茶々郎の歴《れっき》としたスト破りを看過してはいけないと思った。

「ひひひひ。お主《ぬし》、わしはな、確かな筋から聞いておるけど、源左衛門の爺さんはな、前々から組合をぶっ潰す腹でいると、一部の者には洩らしていたそうだ。まあ、爺さんのことだあ、後に引く気遣いはない。安気《あんき》に構えていると、足を掬われるだけだぞ！」

「だけど組合を潰すのは、不当労働行為でしょう？　法に背くことになりますよ。会社も法を犯すことはできないのではありませんか？」

志朗は努めて平静を保とうとして穏やかに言った。

「お主《ぬし》も血の巡りが悪い奴だなあ。いいか、お主《ぬし》、組合を潰すというのはな、組合を骨抜きにするということだぜ。つまりな、組合を空き家同然にしちまおうという寸法さ。源の殿も考えたもんだねえ、雪隠《せっちん》詰めとはなあ、恐れ入りやの何とかだよ。これから爺さん、じっくり構えて組合員を燻《いぶ》り出しにかかるぜ」

何でも茶化してしまう茶々郎の軽口に少し辟易《へきえき》したが、志朗は辛抱して聞いていた。

その茶々郎が横柄な口をたたくのは、彼が〝田舎猿〟だからである。と言うのも、農山村地域は保守党政治家の強固な地盤になっており、茶々郎たちのような〝田舎猿〟は、大物政治家との太い人脈の網に縋《すが》って入社していて、その縁故が後ろ楯となって、彼らを我が物顔に振る舞わせているのだった。

「お主《ぬし》も覚悟しておいた方がいいぞ。戦いは力だからな。労働争議だって、力の強い方が勝つ。それが道理だろう？」

茶々郎は更に言葉を継いで、志朗を追い詰めようとする。

「法律がどうのこうのは、労資の力学には、大して役には立たねえ。あの頑固爺さんが一度出した尻を引っ込めるかい？　だから溺れないうちに、うまく瀬を渡れと言ってるんだ」

「僕を誘っても、プレミアがつくほどの手土産にはならないでしょう？」

志朗はやんわりと田舎猿を制した。

「ひひひひ」

茶々郎は頭から抜けるように甲高く嘶《いなな》いた。

「お主《ぬし》みたいなへっぴり腰では、この関は三日と持つまいて。今度ばかりは肚《はら》を括《くく》ってからないと、みんな枕を並べて討ち死にだあな。誰も見取ってはくれまい。それとも何かい、お主《ぬし》には骨を拾ってもらえる、誰か奇特なお方でもいらっしゃると言うのかい？」

茶々郎は自分の後ろ楯を仄《ほの》めかして志朗を責め立てた。

「あなたは社長や専務から、組合員の脱会工作を言い含められているんでしょう？　昇進というニンジンが目の前にぶら下がってるんですね？」

志朗は本陣に矢を放った。茶々郎は何食わぬ顔をして、

「ひひひひ」

と、間歇泉《かんけつせん》が噴き出すように、下品で大きな笑い声を立てた。

「まあ、そういう話は無しだな。ねえ久慈君、お主《ぬし》、感情過多症に罹って、のぼせ上がっ

ても、覚悟にはならねえぞ。覚悟というのはな、いいか、覚めていなくちゃならない。覚めたまま、自爆するもよし、反対にうまく寝返るも、これまたよしだ。どちらに転ぶにせよ、覚めていなくてはならん。何も気張ることはねえ。見ろよ、このバリケード。源左衛門の爺さんの覚悟のほどが解るじゃねえか。殿様がなりふりかまわず、自ら裸踊りを御披露に及んだのよ。満座の驚愕を尻目に、どでかいおけつを御供覧にいれたのさ。だから聞いているのよ、お主《ぬし》、覚悟はいいかとな」

茶々郎は若僧の昼行灯《あんどん》を説得しようとして畳みかけたが、志朗の方は、住んでいる世界が違うとの思いを深くするばかりであった。

「それで、あなたこそどうなのですか？　労資の問題に、どんな定見を持っているのですか？　僕は〝生きる〟ということでは、それなりに覚悟をしていますよ。僕の精神が、これからどんな滑空を演じるか、そこに自分を賭けてみるつもりです。これは労資の問題が深刻になるにつれ、少しずつ膨らんできた僕の思いなのです」

皮肉屋を相手に話すことでもなかったが、自分の意志を確かめるように、志朗は自分の思いを述べた。

「ひひひひ」

茶々郎が相手を小馬鹿にして、鼻孔を震わせた。それに構わず、志朗は自分を鼓舞するように続けた。

「つまり僕たちは、千載一遇の僥倖《ぎょうこう》に逢着《ほうちゃく》したのです。この度のこの椿事は、まあ椿事と言って良ければですがね、僕たちを精神的にも思想的にも鍛えてくれることは間違いないでしょう。僕はね、僕はイデオロギーには拝跪《はいき》なんかしません。イデオロギーがないと心棒が立たないと活動家連中は言うかもしれませんが、イデオロギーにしてみれば、しがみつかれるから否応なく硬直してしまうのです。左右にかかわりなく硬直したイデオロギーは、人間をどこかに置き忘れてしまいます。人間を振り落として暴走するのです。ですから僕には、生身の人間の方がよほど大事なのです。

端的に言えば、この生身の僕自身が大事なのです。この度の騒動で、一個の生身の人間である僕自身が、どのように鍛えられるのか――それが一番肝心なことです。それが僕の戦《いくさ》です。この戦《いくさ》を通して、僕という人間が何らかの変化を経験することは間違いないでしょう。その予感で胸が高鳴っていると言ってもいいくらいです。うまい具合に爺さんの方から、賽《さい》を投げてくれましたね。だから僥倖と言ったのです。これは感謝しなくてはなりませんね」

不安と喧騒が乱気流のように旋回している周りの雰囲気を余所《よそ》に、志朗は自分の思いを吐露した。

「お主《ぬし》はエゴイストだから、そんな呑気な阿呆陀羅経がほざけるんだ」

田舎猿が目尻を吊り上げ、痼癪持ちらしく語気を強めて言った。

「いい気なもんだぜ、お主《ぬし》は。甘ったれてるだけじゃねえか。お主《ぬし》は〝生身〟なんてほざくけどな、その〝生身〟の人間から、血飛沫《しぶき》が噴き出して舞い上がろうとしてるんだ。何も組合の幹部に忠義面することはあるめえ。今度ばかりは、挫折なんて甘っちょろいものではないぞ。もう降参するか、それとも激突して果てるか、道は二つに一つだ！　だからよ、なあ久慈君、わしに任せとけよ、悪いようにはしないさ。わしはお主《ぬし》を買ってるんだぜ。いい値をつけてやるからさ、一丁肝を据えてよ、わしの話に乗ってくれろ！」

茶々郎は媚《こ》びるように次第に語気を和《やわ》らげて、本音を吐いた。志朗は泰然として動ずることはなかった。〝未来の予感〟に彼の心は照準が合わされており、揺《ゆ》るぐことはないのだ。

「僕は今言いましたように、この先が闇だとしても、その闇の中を突き進み、突き抜けることを考えているのです。降参もしないが、討ち死にもしない。きっとそんな道があると思うんです。そういう予感がするのです。僕はその道を探りたいと思ってるんです」

「ひひひひ。そげえな天狗でも通いそうな抜け道があるもんか！」

「いや、それは分かりませんよ。生きるということは戦うことですからね。戦えば――僕の言う戦いとは、内面の戦いも含んでいるのですが――きっと戦えば、明るい道が見えてくると思うんです。それが僕の〝予感〟でもあり、信念でもあるんです。心の奥でそう感ずるのです。ですから僕はそこに自分の〝未来〟を賭けようと決めているんです！」

ここまで話すと、志朗は押し黙ってしまった。田舎猿は不快そうな表情を露《あらわ》にして、その場を離れ、他の獲物を窺い始めた。

時刻はとうに零時を回っていた。

バリケード前には、連絡のつく組合員は、鉄屑が磁石に引き付けられるように、ほぼ全員が呼び寄せられていた。

晩酌の酔いを醒ましてから身仕度を整えて来た実直なアナウンサーもいれば、ほろ酔い機嫌で足元が覚束《おぼつか》ないまま、異様な障害物に腰を抜かした報道記者もいる。そんなへな猪口《ちょこ》を横目に、臨戦態勢だと言わんばかりの鉢巻き姿で凛々《りり》しさを誇示する、技術部員や女子社員たちも交じっていた。

委員長は未だ姿を見せない。書記長も他の執行委員も雲隠れしたままである。そのため〝つんぼ桟敷〟に置かれたままの、様々の個性や思惑が入り乱れた、ひと固まりの集団の頭上で、不安と血気が縺《もつ》れ合い渦を巻いていた。その更に上空で、足早に流れて行く千切れ雲の間から、楕円形に膨らんだ晩春の月が、憐れむような薄い光を投げかけている。

嘆き節を語った、中年の庶務係は、いつの間にかバリケード前から姿を消していた。

（三）　下剋上

「こらっ！」

　子供の悪ふざけを叱責するような、植木屋の癇癪が破裂した。誰かが力を入れて、バリケードの開き戸を蹴り上げ、更に追い打ちをかけて、その戸口を思いっ切り揺さぶったらしかった。

　指揮官のいないまま、「バリケードを撤去しろ！」とか「ロックアウトを解除せよ！」などと、断続的に叫んでいた組合員の闘争心や憤怒《ふんぬ》が、思わぬところへ飛び火し着火したのであった。

「おっさんよ、ここを開けたらどうだい。開けられないのか？　おい、開けろ！　おっさんが開けないならな、木槌持ってきて、ぶっ壊してやってもいいんだぜ！」

　面長で白皙《はくせき》の、血気盛んな若いアナウンサーが、植木屋を標的にして、目を引きつらせ、痩せ犬が吠えつくように弾けた。

「……」

「開けろと言ったら、開けんかい！　偉そうな面《つら》しやがって、何様のつもりだい！」

「……」

門番の植木屋は、むっとした表情は隠さなかったが、口を噤《つぐ》んで自制していた。

そこへ技術屋の一人が割り込んできて、怒りの形相も露《あらわ》に火を噴いた。

「そこは、お前らのおるところじゃなかろうが。早《はよ》うどかんと、しばき（叩き）あげるでぇ！　お前らのしちょることはのう、スト破りでよ。スト破りちゅうんはのう、働く者を裏切ることでよ。お前も一丁前の労働者じゃろうが。職人の意地ちゅうもんがあろうがや！　おい、ここを開けろ！」

「開けるわけにはいかんでよ！」

植木屋が反射的に居直った。咄嗟《とっさ》の反応が職人の自制心を綻《ほころ》ばせたようだった。それでも胡麻塩頭を五分刈りにした初老のこの男は、思わせ振りに両手で作業帽を整えると、誇り高い近衛兵のように胸を張ってみせた。主《あるじ》への心中立《しんじゅうだ》てのようでもあれば、孤高を保つ隠士のようでもあった。

「てめえの出る幕じゃねえだろう。引っ込んでいろよ！」

新入りの若い報道記者が、声を上擦らせて植木屋に噛みつくと、更に二の矢を放った。

「おんどりゃあ（お前たち）、ここを開けないと、面《つら》の皮をひん剝くぞ！」

その子供っぽい若僧の威嚇が、蜂のように近衛兵の誇りを刺したようだった。

「そんなにむきになりなさんな」

植木屋は諭すように語りかけようとした。しかし腹の虫が治まらないのか、次の瞬間、語気を強めて応酬した。

「あんたらが大人しゅうせんから、〝天罰〟が降《くだ》ったんじゃ！　会社を大事にしなさらんと……」

植木屋はちょっと言い澱むと、年長者の威厳を示すように胸を張り、言葉を継いだ。

「会社に楯突くと、結局、身を滅ぼすんは、あんたらでよ！　天罰じゃ！」

植木屋は空を見上げると、またも思わせ振りに澄ました顔を作り、細い目を更に細めて知らんぷりを決め込んだ。

この珍妙な争いを、淡い月が、流れていく薄い雲の切れ目から、冷ややかに覗いて見ていた。

「おんどりゃあ！　天罰じゃと？」

あの猛者《もさ》と言われている技術屋が、すごい剣幕で割り込んで入った。太くて短い首っ玉の喉元を痙攣《けいれん》させ、赤ら顔の額には青筋が立っている。そして、どんぐり眼《まなこ》には侮蔑《ぶべつ》の色が。

「こん外道、馬鹿も休み休み言えよ！　ストはな、働く者の権利でよ。それが会社に楯突くことか？　えっ？　お前らこそ、俺たちに楯突いてるじゃないか！　お前ら、いつから俺たちに説教垂れる身になった？　こん外道、会社の犬になりやがって！　働く者を裏切るつもりか？」

植木屋は、自分たちとは別世界にいる横着な若僧から、権柄《けんぺい》ずくを浴びせられて面食らい、口をあんぐりさせていたが、鶏が嘴《くちばし》で肉を千切るように、隙を狙って一矢報いようとした。そして下腹に力を入れると、彼は断を下すように、若僧たちに向かって強い語調で言い放った。

「あんたら、〝下剋上〟はいけんでよ！」

「何だと？」

若僧たち、みんなが憤った。血気盛んなアナウンサーも、新入りの報道記者も、猛者も。

「何を抜かす！」

周りにいた、その他の組合員たちも、目の色を変えて憤慨した。

そこへ思わぬ水が入った。

「おっさん、なかなかの学者じゃねえか」

またしても茶々郎であった。今度は一端《いっぱし》の組合員の顔をして、植木屋に絡むのであった。

「〝下剋上〟とは穏やかじゃねえな。だけど、おっさんよ。組合は何も社長の首を取るわけじゃなかろう。遊び好きのお坊っちゃんがさあ、パパにおねだりしてさあ、ちっとばかり甘えが過ぎたってわけよ。それで〝勘当だあ〟と、お目玉を頂戴したのさ。逆鱗《げきりん》に触れたってやつだね。それにしても、おっさんよ。実入りのいい仕事にありつけたじゃねえか。寝ずの番だからさ、たんまり貰えるんだろう？　ごっつぁんじゃねえか。しこたま儲けて、どうしようってんだい？　皺《しわ》くちゃ婆さんと連れあって、温泉にでもしけこむ気かね？若いおなごとじゃ、身が持たないよな。ひひひひ」

「何を言いなさる！」

植木屋は近衛兵の威厳を忘れ、眉を吊り上げて憤慨した。自制心を美徳とする近衛兵ではあっても、青瓢箪《びょうたん》のような若僧からの侮蔑には、我慢がならなかったのであろう。そして態《わざ》とらしくそっぽを向くと、他人事のように皮肉交じりに言い捨てた。

「〝ぐうたら経〟を読んで飯が食えるとは、ええ御時勢でよ。天下泰平じゃのう！」

不意を食らったように、若僧たちが顔を見合わせた。その一瞬の隙を衝いて、植木屋は近衛兵の誇りを、波打つ怒りの奔流で押し流し、自制心の戒《いまし》めを解き放った。

「あんたら、わしが、金が欲しゅうてここにおると思うてか？　あんたらは、誰のお蔭で〝おまんま〟を頂戴しとるんじゃ？　恩を忘れるとは、人の道を外れた畜生でよ。恩を仇《あだ》で返すのは外道のすることじゃ。わしは、ほん好かん、都会の学校を出た青二才がの。東京かどこか知らんが、遊ぶことと楯突くことしか習うちょらん。恩を置き忘れて地元に帰りゃ世話はないが。

御前《ごぜん》はの、ええかの、助けると思うてよろしゅう頼むと、わしらに手を合わされたんじゃ。泣けたでよ、わしは。日頃世話になっちょる御前《ごぜん》から頭を下げられてみいさん。一肌も二肌も脱ごうちゅう気になろうがや。わしはの、儲け抜きで御奉公しちょるんでよ。

わしは第一、仕事もせんで飯を食おうちゅう、あんたらの料簡が気に食わん。浅ましいかぎりでよ。あんたらも、御前《ごぜん》に楯突く暇があったら、働けばええじゃないか。それでお天道様も拝めるちゅうもんでよ。

御前《ごぜん》はの、ええかの、わしらに言われたんじゃ。『不逞の輩《やから》が〝下克上〟を企んでおる』とな。わしは腹が煮えたでよ。御前《ごぜん》が辛い思いをなされちょる。日頃の御恩に報いるは〝只今なり〟と思うての、わしは『何なりとお申し付け下さりませ。精一杯の御奉公はさせてもらいまする』とお約束申し上げたのじゃ。それが人の道じゃろうが。御前《ごぜん》はの、ええかの、『無理をせんでもええからのう』と言われての、『頼むでよ』と手を合わされたんじゃ。わしはのう、泣いたでよ。金が欲しいなんて、口が裂けても言えんじゃろうが」

植木屋は胸につかえていた悲憤を吐き出したのであった。彼にはストライキを繰り返す若者たちの〝軽佻浮薄〟が、何よりも気に入らなかった。しかし洟垂《はなた》れ小僧と言い合って、胸の澱みを流したからといって、若者に対する不愉快な気持ちが消えたわけではなかった。

しかしそれよりも、曲がりなりにも世話になっている会社の中で、労資が醜い啀《いが》み合いを続けていることの方が、律儀な植木屋にとっては、もっと遣り切れない思いを疼《うず》かせているのであった。

そんな胸中の佇《たたず》まいを見透かしたかのように、じっと聞き耳を立てていた茶々郎さんが、職人の守旧的な口説《くど》きに評点を加えた。

「おっさんよ、組合員とは口を利いてはならないと、言い聞かされてるんじゃなかったのか？　見ざる、言わざる、聞かざるだろう？　おっさんには御大層な箝口令《かんこうれい》じゃないか。御前《ごぜん》様も感激して泣いてござろうよ。ひひひひ」

茶々郎が嘶《いなな》くと、植木屋は慌てて口を噤み、図星だと言わんばかりに、くるりと背を向けた。その操り人形のようなぎこちなさは、「こげえなことは不慣れなことだからのう」と、変貌する時代の波浪に向かって、心ならずも愁訴する、三文役者のような所作に見えた。

久慈志朗は、現実が裏返ったような、怒りや闘志、更には不安や阻喪した戦意などが交錯する、非日常的な空間の中で、いつの間にかお伽《とぎ》の国に迷い込んだような錯覚に捉われていた。

周りの組合員に付和雷同することもならず、志朗は油に弾かれた水滴のように、仲間たちから心理的に少し距離を置くと、仄かに明かりが漏れてくる三階の社長室の帳《とばり》の中で、今どんな密議がこらされているのだろうかと、その光景を想像してみようとした。すると突然、彼の内なる世界全体が、田舎芝居の舞台に変貌したのであった。

その舞台は、戦後間もない片田舎の小学校の講堂で、志朗が子供の頃に観た、旅回りの役者たちの滑稽で卑猥な舞台とどこか似ていて、薄暗く雑然としていた。

舞台の中央で、大柄な男が葉巻を燻《くゆ》らせながら、ふんぞり返っている。社長の源左衛門――図体が大きくて、容貌は怪異ではないが、まずは醜男《ぶおとこ》の部類に括られよう。毛虫のような眉毛。平べったく、四角い赤ら顔は瓦のようである。その融通の利かない、頑固そうな顔の真ん中に、大きな団子鼻が無造作に鎮座している。そしてやや吊り上がった細い双眸《そうぼう》からは、妖しげな光が放射している。

源左衛門の後ろの方で、どこか仙界からでも吹いてくる風のような、幽愁を秘めた声が谺《こだま》する。

『おお源左衛門よ。愛すべき田舎侍よ。今、汝の胸奥に去来するは、いかなる思案ぞ。非情なる首切り役人の手ぐすねか。将又《はたまた》、馬謖《ばしょく》を斬らんとする悲哀なるか。おお源左衛門よ。俄《にわか》商法のお武家よ。今、汝の挙動やいかん。自若として、白旗の陰翳《いんえい》を待ち構える体なるか。将又《はたまた》、取り巻く揉み手巧者の、蜘蛛猿《くもざる》を睥睨《へいげい》、叱咤に惟暇《これいとま》なきか』

舞台奥の晦冥《かいめい》から、狭霧《さぎり》のように立ち昇る、その反響には、人間の〝業〟の上澄みのような哀しみがまといついていた。

そこへ四人の男が、かじかんだように身を屈《こご》めて、源左衛門を囲むように擦り寄ってくる。

専務の鷲尾、常務の宇佐美、労務担当の北原、それに秘書課長の海田のようだ。

四人を見据えて、源左衛門が息巻く。

「親御さんらが泣いておられようぞ。偏った考えに誑《たぶら》かされちょる息子のことを思うての。『放送労連』のおかしな奴らが、のさばりかえっちょるからじゃ。『放送労連』の阿呆どもに、真面目な社員が焚きつけられとるんじゃ。じゃからといっての、いつまでも強突張《ごうつくば》る奴は、ただでは済むまい。ええかの労担、朝一番に父兄のところへ電話を入れること！　労働組合を脱退しないと、昇進の目はないと言ってやれ！　ええかの専務、主立った紹介者に、組合員と父兄の説得をよろしくお願い申し上げると懇請してくれたまえ！　紹介者から説破してもらうのが、一番傷がつくまい。そこへ親御さんが泣きの一声も入れてくれれば、大方外堀は埋まるじゃろうて」

源左衛門は何度も同じことを繰り返し言っているのだろう。取り巻きの四人は、無表情のままでいる。

そこへ屋外から、組合員の罵声が飛んで来る。

「くそじじい！」

「人でなし！」

源左衛門には屈辱である。矜持が許さぬ。赤瓦のような源左衛門の顔が、憤怒の形相に歪《ゆが》む。蜘蛛猿たちは、ただオロオロするばかり。

すると専務の鷲尾が、執り成すように口を挟む。彼は色白で細面の、背が高い実務型の男である。度の強い乱視の眼鏡の奥から、社長に阿《おもね》りながら、その一方で、さりげなく距離を保とうとしている。

「御前《ごぜん》は常々、跳ね上がりの、あの不埒な輩どもにつきましては『上を犯す者』との仰せにござります。誠にもって至言にござりまする。位階秩序は当社の基にござりますれば、これに従わざる不届き者は、逆賊の汚名を蒙ること必定にござりましょう。斯様《かよう》なる曲者が善良なる社員の中に紛れおりまするは、人事を与《あずか》る小生と致しますれば、唯々汗顔の至りにはござりまするが、実の悪党は上部組織の幹部にござりますれば、諸先生方の説諭の労をば、社員諸君も賢慮をもって聞き分けてくれましょうほどに、御前《ごぜん》におかれましては、何とぞご安心下さりますようお願い申し上げる次第にござりまする。労担の北原も、心して父兄の説得に当たると申しております。かかる仕儀に相成るとは、御父兄方も夢想だにせぬこと、北原君も万全を期して事に当たってもらいたい。よろしくお頼み申す。一世一代の大勝負と心得なされ！」

太鼓腹の労担が謹厳な顔をして、短い首をぴょこんと下げ会釈した。

労務担当の北原は、本当は不安でたまらない。というのも、職場閉鎖を決定したのは社長の源左衛門であっても、争議が終結した後には、かかる事態に立ち至った不始末の責任を、労務担当の自分が背負うことになるのは目に見えているからである。社長も専務も、いざという時には〝知らぬ顔の半兵衛〟を決め込む、御大層な御仁たちなのだ。いずれは〝切腹〟を申し渡されるに違いないと、労担は今から心穏やかではないのである。

癇癪持ちの源左衛門が話を続ける。

「ええかの、奴らの無礼を許しては相成らん。奴らは人の道を弁《わきま》えておらん。組合員に同情する部長がおるそうじゃが、罷《まか》りならぬことじゃ。ええかの、『上を犯す者は乱をなす』ちゅうからの。変に仏心《ほとけごころ》を出す部長がおったら承知せん！　ええかの、厳命での。天道は『乱をなす』無礼な輩を許さぬのじゃ。心を鬼にしてでも、組合を潰してしまおうでの」

側にいる者たちは、神妙な顔をして、両手を前に揃え、無心を装って御宣託を聞いている。

専務の鷲尾が、こんな時の癖で、唸《うな》るような、長く引き延ばした咳払いをする。それが社長に肩入れしているのか、それとなく異を唱えているのか、いつも判然としない。

源左衛門の口上は続く。

「ええかの、組合にも前々から言っておるが、我が社は、今贅肉を落としておかんと、いつ動脈硬化を引き起こすか分からんのじゃ。じゃから、組合員を餌ばかり欲しがる豚にしておいては相成らんのじゃ。今が不景気だからじゃない。君たちも知っての通り、日本の経済は、これからは世界との競争じゃ。経営の合理化は避けては通れん。足腰の強い会社にしないと、これからは生きてはいけん。その道理が組合の馬鹿どもには解らんのじゃ」

「ごもっともの仰せにございます。二年前から不景気が続いておりまして、斯様《かよう》に争議が長引きまするると、今年の我が社は、減収減益を覚悟致さねばなりませぬ。御承知のように、既に二十社以上の同業者が、本年度の減収減益を予測しております」

　実務型の専務が、源左衛門の冷めやらぬ興奮を鎮めるように口を挟む。

「我が社におきましても、かかる困難の時勢にございますれば、人件費の抑制・削減は必然の策にございまする。加之《しかのみならず》、新規の採用を控え、足らざるは配置転換をもって之を補うは、これまた合理化の不可避の計略にございまする。この度の我が社の争議は、技術部員二名の配置転換が絡んでおりまするゆえ、組合も強硬なる姿勢を崩そうとは致しておりませぬが、我が社の行く末を惟《おもんみ》ますれば、御前《ごぜん》仰せの通り、何としても組合を潰し、合理化の道筋をつけねばなりませぬ。我ら一同、粉骨砕身、事に処する所存にございまする」

　専務の追従を余所に、源左衛門は次第に語気を強めて憤慨する。語るにつれて、肺腑の中の風圧が高まるのであろう。

「職場の閉鎖は断腸の思いじゃ。しかしの、会社には人事権ちゅうもんがある！　組合からいちいち人事に文句をつけられては、経営は成り立たん。分かるの？　技術屋を営業に回して、何が悪い！　報道部で何がいけない？　資本の自由化は、もう目の前に来ておる。競争力をつけるには、体質改善しかあるまい。ええかの、技術屋であっても、営業もせにゃならん。そういう御時世での。組合の阿呆どもは、わしの考えが古いと、いつも抜かすがの、組合の阿呆どもの方が、よっぽど時代遅れでよ。そうじゃろうが……」

「ところで社長は、社員が可愛いのでございましょう？」

常務の宇佐美が何を思ったのか、口を挟んだ。

「阿呆ん陀羅、そねえに暢気《のんき》な話をほじくる暇はなかろうが」

源左衛門は声を荒らげて常務を一喝し、そのまま平然と講釈を続けた。

「君らも知っての通り、これからライバル局も認可されるじゃろう。影響を受けるのは当然じゃ。機械も自動化せねばならん。金が要るでよ。技術部は人が余るが、営業は強化せにゃならん。跳ね上がりの技術屋を配置替えすればの、組合の切り崩しにもなる。ええかの、先手でよ。ぼやぼやしたら、会社は泥船に乗って沈没するでよ」

専務の鷲尾が、またも唸るような咳払いをして間を取ると、おもむろに口を開いた。

「大概の組合員は、善良で、平素は大人しい者ばかりですから、四、五日もすれば、雪崩を打って恭順の意を表するでありましょう。ともあれ、諸先生方および御父兄方からの説得は、必ずや実を結び、上々の首尾と相成りましょう。斯様《かよう》に信じておる次第にござります」

　そこへ常務の宇佐美が、唐突に、やっと自分の出番だというように日頃の思いを開陳する。

「今となって思いますに、配置転換を内示した技術部の二名につきましては、予め本人たちに、誠意をもって根回しをしておくべきだったのではありませんか。それに待遇面でも色をつけてやるとか、多少の温情があっても然るべきでなかったかと思わぬでもありませんが……」

「それは甘かろう。厳父のすることじゃあないでよ」

　源左衛門が自尊心を傷つけられたのか、四角張った顔に不快の色を滲ませる。常務の宇佐美は構わず続けた。

「厳父ですか？　なるほど、親心ですな。親心にもいろいろありましょうが、二人の配置転換については、何かの待遇なり条件が約束されていれば、本人たちも考えるでしょうし、組合もむやみに反対はしなかったと思いますよ。今回の争議は、ベースアップよりも、技術部員二名の異動の内示が争点になって拗《こじ》れたのですから、その辺の機微を勘案なされて、今一度、組合と話し合われては如何《いかが》ですかな」

　源左衛門の渋面が引きつり、口が尖る。

「ど阿呆！　何であの二人を選んだのか、あんたも分かっちょるじゃろうが。あの二人は、いつも組合の旗振りをやっちょる。みんなを焚きつける〝火吹き竹〟みたいな奴らじゃ、放ってはおけん。ええかの、目的は一つでの。骨抜きにすることでの、組合の！」

その時、労担の北原が社長の顔色を窺いながら、

「半月ぐらいはかかりましょうかの？」

と、遠慮がちに聞いた。

「いや組合も、ひと月ぐらいは粘ると思いますよ」

秘書課長の海田が、珍しく意見を述べた。

彼は秘書という立場上、ずっと聞き役に回っていたのだが、労担の見通しの甘さに、黙してはおれなかったのである。

労担は、会社側のなりふり構わぬ〝圧力〟に満腔《まんこう》の期待を寄せ、組合の陥落にはさして時間は要しないと値踏みをしていたのだが、秘書課長の方は、「放送労連」のオルグが強硬路線を打ち出すだろうと、心配でならないのである。彼は言葉を足した。

「オルグについては『放送労連』ばかりでなく、地元企業の労組からも、入れ代わり立ち代わり、やって来ますでしょう。組合はオルグ様々ですから、簡単には手を引かないと思います。そう易々《やすやす》とは音《ね》をあげませんね。それでも、将来性のある者を選んで、昇進を匂わせてやれば、優等生なら割と早く恭順の意を示してくれましょう。ですから、そうした駿馬には、特に御父兄の方に懇《ねんご》ろにこちらの意をお伝えすべきでしょう」

「ほほう、いわゆる〝ニンジン〟ってやつですな」

常務の宇佐美が懲りずに自説に固執する。

「でも、その〝ニンジン〟を、先に配置転換する技術部の二人に食わせてやるべきではありませんかな。人情の機微ってやつですよ」

常務の言辞は、源左衛門にとっては、生温くて我慢がならない。

「馬鹿たれ、〝火吹き竹〟のような跳ね上がりの……組合員は、労連の幹部から〝気狂い水〟を飲まされちょるんでよ。ええかの、組合に得手勝手を言わさんようにせんといけんのでよ。組合を甘く見てはいけんでの！」

「社長は何ですかの、いわゆる、その……〝落としどころ〟を、どうお考えになっておられましょうかの？」

労務担当の北原が妙なことを聞く。彼は最後には、自分が争議の責任を取るようになるだろうと感じているから、争議が長引けば、それだけ自分の責任が重くなることを心配し、早期の決着を望む気持ちが強いのである。それで彼は、組合を料理する〝匙《さじ》加減〟を聞いたのであった。

「阿呆、今更何を言うかの？」

源左衛門は目を剥いた。そこへ専務の鷲尾が助け船を出した。

「〝落としどころ〟などと、つまらぬことは考えなさんな。一切の妥協はないものと覚悟なされ！　みんなに申し上げるが、放送労連のオルグが、組合に何を焚きつけるか分かりませせぬ。突拍子ものう、事を大きくするやもしれませぬゆえ、ここ二、三日は模様眺めと致すのが、得策ではありますまいか。組合が騒ぐのであれば、存分に騒がせておき、焦らず、じっくりと追い詰めましょうぞ」

「〝焦《じ》らし〟の専務さんらしいですな」

常務の宇佐美が合の手を入れると、源左衛門が型通りに一喝して、釘を刺した。

「敵を舐めてはいけんでの！」

「敵も同じことを言ってますぞ」

常務の宇佐美が目を細め、いたずらっぽく笑った。

その時、

「ぼうっとして何を考えているんだね？」

と、声をかける者がいて、志朗の脳裏で演じられていた〝田舎芝居〟は、陰画のような深夜の異空間に砕け、散乱してしまった。

不意を食らって、やおら志朗が振り向くと、先ほどバリケードを前にして『こんなことがあっていいのか。あり得べからざることだ』と慨嘆していた、あの訳知り顔の報道記者であった。顔に穏やかな笑みを湛《たた》えて、その記者は不審そうに志朗の様子を窺っていたのだった。

その男が酒飲みで、郷土料理などにも興味を持っており、なかなかの通人で争いを好まぬ温厚な質《たち》でもあることを知っていたから、志朗は、

「源の爺さんも、無粋なことをしてくれましたね」

と、水を向けてみた。

すると、このなかなかの通人は、

「いや、植木屋など傭兵を囲うというのは、これはまたとても粋なことだと、俺は感心してるんだ」

と、意外な答えを返してきた。

「第一、身内みたいなものだから安上がりだよね。それに、言うことを聞かないと仕事やらねえぞと脅せば、それでよござんすからね。あちらさんも二つ返事で、汚れ役だって引き受けて下さる。銭《ぜに》を貯《た》めたかったら、そういう知恵がなくてはいけない。そういう小細工が俺には粋に映るんだ」

その生煮えのような感想を耳にして、志朗は、組合員であったとしても、出費を削減するために経営側が弄する小細工――身内同然の出入り業者を傭兵として、格安で仕事を請け負わせる――には、その姑息な知恵に一本取られた思いをする者も結構いるのではないかと想像した。そして、経営側のそのような小細工は、今後ますますその傾向を強め、拡

げていくだろうと思った。

「私は反対に、とても無粋なことだと思いますね。だって、このバリケードにしろ、バリケードに伴って生まれるであろう敵の策略にしろ、僕には労資双方の欲望が切り結び、その挙句に欲望が発酵し、饐《す》えて異臭を放っている姿としか思えません。欲望の乱痴気騒ぎが嵩じて、とうとうこの始末です。決して〝人間的〟とは言えませんよね」

志朗は少々苛立《いらだ》って抗弁した。

「〝人間的〟とは、どういうことかね? 君は欲望がどうのこうのと言うけどな、経済の駆動力は人間の欲望だよ。組合だって欲の権化じゃないか。もっとゼニくれろ。くれないならスト打つぞ。労働者の権利とか言って高尚ぶってもよ、ひと皮剥けば欲の面《つら》だ。会社の方も儲けるために策を練る。労資というのはだね、欲と欲との突っ張り合いだよ。これが人間の姿じゃないのかね?」

志朗より二、三歳年長のこの記者は、いわゆる〝現実主義者〟なのだろう。恐らく彼の育ってきた環境が、そのような考え方を強いてきたのだろう。そして大半の組合員も、その心底《しんてい》を覗けば五十歩百歩、同じような痼《しこ》りを抱え込んでいるのではないか。志朗はそんなふうに思いながら、〝現実主義者〟に抗《あらが》って自説を語らずにはおれなかった。

「でも目の前の紛れもない現実を見れば、とても健全とは言えませんよね。どう考えても人間性の持つ善性とか美質とは相容れませんよね。だから〝人間的〟ではないと言うのです。これから私たちは、人間的なものの、つまり今言いました人間に備わる善性とか美質ですね。その垣根を飛び越えた、途方もない未知の領海で、労資が四つに組み合って戦うことになるのです。今までに経験したことのない異次元の世界に足を踏み入れるのです。そこがどんな世界か分かりません。だからこそ私たちは、人間的であろうとする座標軸を手放してはならないのです。一番怖いのは、目の前の現実と馴れ合ってしまうことです」

「気楽に、君は講釈垂れるけどな、これからどんな会社の裏技が飛び出してくるか分からないんだぞ！　ひとつの考えに変に固まっていると、いつ足を掬われるか……だからさ、何があっても対処できるよう、君も頭の中の雑草をきちんと抜いておくことだね」

〝訳知り顔〟と言われているように、世間擦れしているこの年上の記者には、いざとなれば身を躱《かわ》す危うさが感じられたので、志朗は今は場違いであっても誠意を尽くす時と思い、彼の心中でさざめいている思いを吐露することにした。

「お言葉を返すようですが、もう少し聞いて下さい。僕たちのような戦後世代の者が、放送の仕事に携わるひとつの意味は、民主主義を根付かせるために心を砕くことだと思うのです。民主主義は個人の『尊厳』を高らかに謳いあげていますよね。それなのに他者に対して敬意を払わないとなれば、それは片手落ちでしょう。他者に敬意を払わないと、自己の尊厳も輝きを失います。

今、労資の間で、互いに敬意を払うということはありません。あるのは憎悪だけです。

でも他者を敬わない『自我』は、〝慢心〟で彩《いろど》られています。〝民《たみ》〟が〝主《あるじ》〟といっても、その〝主《あるじ》〟の『自我』が〝慢心〟でどす黒く血濡れていれば、それはもう民主主義が専制的なものに豹変しかねません。ですから、今僕たちは、労資が互いに敬意を払うという、民主主義の根っこのところに立ち返るべきではないでしょうか？」

「……」

「こんなことを言えば、組合幹部は『そういう考えは労働者階級の唱える民主主義ではない』と目を怒らして反論し非難するでしょう。でも僕はこういう非常事態だからこそ、人間の『善性』に信を置くことが、とても大事なことだと思うのです。労資が互いに敬意を払えば、相互理解も進み、調和のとれた、より良い企業や社会を目指していくことも可能になるのではないでしょうか。何といっても、今は互いに胸襟を開いて話し合うことが、第一番に必要不可欠なことですよ！」

「何だい、俺に説教か？」

年上ということもあってか、訳知り顔の記者は機嫌を損ね、むっとした顔で、目に底意地のある不愉快そうな色を浮かべると、詰《なじ》るように志朗を睨みつけた。

「俺に説教垂れても無駄だぜ。俺は一級の活動家ではないが、労働者の権利は守らなくてはならないと考えている。何も源の殿の言いなりになるつもりはないぞ！　だけどよ、労資がこのように正面衝突したんだから、行き過ぎた行動をとれば、悲惨な顛末《てんまつ》を迎えるのは目に見えている。だから事に当たっては、柔軟に対処できるよう心構えをしておくことが大事なんだよ」

記者の意見を聞いて、その考えはいざとなれば右にも左にも転ぶ言い訳のように思え、志朗はいやでも自説に拘泥せざるを得なくなった。

「労資といっても、我が社は百五十人余りの小さな企業です。確かに、労にも資にも、その背後には強大な力が存在しています。しかし僕たちが生きている現実は、小さな地方の一放送局に過ぎません。その小さな会社の中で、エゴとエゴの角を突き合わさなくても、もっと別の道が、つまりは話し合いですが、そういう道が求められても良いのではありませんか？　団交ではなく、君子の話し合いですよ。民主主義の根っこには、他者への敬意が大事と言いましたけど、労資双方が互いに人間としての敬意を払えば、話し合いの道も開けてくるのではありませんか。

もっとも今は労資が大喧嘩をしている真っ最中ですから、双方が互いに敬意を払うのはできない相談だと反論されるかもしれません。しかし民主主義の精神に立ち返るしか、これから先の光明は見えないと思うのです。そして僕が言いたいのは、民主主義のルールとか精神というものは、一人ひとりが努力し、自己訓練をして身につけていくものだということです」

「何だい、俺たちに苦行僧にでもなれと言ってるみたいじゃないか！」

訳知り顔の記者は、相変わらず憮然とした表情を崩してはいなかった。志朗は構わずに続けた。いわゆる〝現実主義者〟の危うさには黙しておれなかったのである。

「労資がこのように剣呑《けんのん》な事態に陥ってしまったのですから、私たちは発想の転換を迫られていると思うのです。そして、こういう機会を捉えて、蝶のように脱皮し、新しい姿に生まれ変わるのです。そういう幸運を天が与えてくれたのです。端的に言えば、今こそ『人間』という原点に、労資双方が虚心坦懐に立ち返るべきなのです。喜怒哀楽の波浪が心の中の岸辺を洗い、自由な精神で創造的に生きようと願う、労資にわたって共通する『人間』という原点に立ち返ることから、新しい一歩を踏み出すべきではないでしょうか？

ですから組合員も源の爺さんを尊敬する。一方会社の役員や幹部も、組合員一人一人を、温かい血の通った一個の独立した『人間』として尊重する。その信頼関係の上に、腹蔵のない意見を出し合って話し合っていく。そうすれば必ず展望は開けてくると思うのです」

訳知り顔の記者と話を噛み合わせようと腐心している中《うち》に、志朗の考えは、労資は共に同じ「人間」という一点に収斂《しゅうれん》し、次第にまとまってきた。「人間的」でありたいという強い願いに促されて、彼は自分自身に言い聞かせるように、ゆっくりと噛み締めるように説いたのだった。

訳知り顔の記者の方は、机上の空論に思える理屈に飽き飽きしたのか、怒気を含んだ渋面を、興醒めしたような情けない顔に変えていた。それでも自尊心を誇示するためなのか、断を下すように言い放った。

「労資というのはな、最初から利害関係が対立しているのだ！　本質的に対立しているのだぜ。だからさ、心底、両者の心からの和解というものはあり得ない。それを承知の上で、妥協点を模索するしかないのだ、労資の間というのはね。だから先走ってはいけない。急《せ》いては事を仕損じるだけだよ。今はじっくり構えて会社の出方を待つべきなんだ」

世故にたけた記者の話に耳を傾けていると、志朗は両者の違いが、〝身の丈を現実に合わせようとする者〟と〝真摯に現実を打開しようと心を痛める者〟との懸隔であると理解せざるを得なかった。所詮は生き方の違いなのだ。こうなれば孤独の原野を進むだけだ！

彼は深淵のような孤独を噛み締め、一人進む覚悟を定めた。

「真夜中の　侘《わ》び寝に恋し　昼行灯
一句献呈仕《つかまつ》るよ。ひひひひ」
獲物を鋭く嗅ぎ分ける本能のような嗅覚に誘《いざな》われて、無節操で不埒な茶々郎が、ここでもまた割り込んできた。ここが風待ちの寄港地であるかのように舞い戻ったのである。
「さっきから聞いてりゃあ、久慈の薄のろは、まるで道学者先生じゃないか。今時、そんなお堅いの流行《はや》らねえよ。経営者が道学者の真似してたら、ゼニの方が逃げていくぜ！

この御時世、経営者はな、情を捨てて我を通す、無茶もする。つまり、ちったあ自堕落にならねえと、儲けにはならないのよ。俺たち営業マンだって、飯の食い上げだあな」

「経営者が自堕落だと、従業員も自ずと自堕落になりますね」

「ひひひひ。そりゃあ見てのご覧の通りじゃねえか！」

「……」

「ストライキに夢中になっている組合員だってよ、大概は、いっぱしの嗅覚は備えているぜ。今に見ろ、変わり身の早い奴が重宝されるに決まっている。思想・信条に生きるなんていう頑固者は、組合の中だって、ほんの一握りの奴らだけさ」

「僕は無節操で自堕落な、モラルを欠いた働き手にはなりたくありませんね。それでは人間性の〝退行〟ですよ。労働者は単なる使用人になりかねません。そうしたら労資の間も、昔の地主と小作のような関係になってしまいます。僕は生きていく上で『良心』という羅針盤は見失いたくありませんね」

「ひひひひ」

茶々郎が人を小馬鹿にしたように、鼻から息を出して甲高く嘶《いなな》いた。

「経営者がだよ、〝人間性〟なんてほざいていたら、商売にはならねえ。経営というのはな、〝手腕〟なのよ。なりふり構わず横車を押し通してさ、世間が眉をひそめるくらいのことをやってのけないと、儲けにはならないのよ。そういう御時世さ。その風向きに舵を切る。

それが〝手腕〟なのよ。源の殿は、その風にうまく乗って見せてくれたのさ。それがこのバリケードじゃないか！　経営を与《あずか》る者、かくの如く自堕落であれ！　恥も外聞もかなぐり捨てよ！　赤ふん一丁馬鹿踊り、それで可愛いゼニが慕い寄るってなもんよ。ひひひひ。お主《ぬし》がいつまでも組合の阿呆どもに肩入れなさるなら、それはそれで〝よし〟とするか。ひひひひ」

茶々郎は取り澄ました顔で、誰かを物色するように、団子状態になって騒いでいる組合員たちの方へ目を移した。彼は自らを俗物と称して憚らない。志朗はつむじ風のように湧き立つ腹立たしさを、ぐっと堪《こら》え、充血した目でお調子者の下司野郎を睨んだ。そして心の底の地盤から突き上げてくるような切実な思いを、この与太郎に向かって語らずにはおれなかった。

「茶々郎さんの言うようになれば、私たちは欲望の奴隷になるようなものではありませんか。労でも資でも、最後の一線は、自制心を働かすことではないでしょうか。自制心を働かすのが、人間の人間たる所以《ゆえん》だと思いますよ。動物と変わらないような生き方は御免ですね。労働者も経営者も最後のところは、人間としての〝品性〟を保つことにあると思いますね」

「なるほど、昼行灯のお説教だな。だけどよ、〝品性〟で飯は食えないぜ。もっとも昼行灯は霞《かすみ》があれば、腹は減らないじゃないか！　ひひひひ」

茶々郎の与太に訳知り顔の記者も頷《うなず》いているのを見ると、腹立たしさが地熱のように湧き出して、志朗は意識的に力を込めて心を鎮めなければならなかった。それでも行く手に立ちはだかる蚋《ぶよ》の群を追いやるように、心の内をさっぱりと拭《ぬぐ》い晴らすと、彼は最近心の中を占めていた、ある〝考え〟を語った。下司野郎の与太やいわゆる〝現実主義者〟の馴れ合いに拮抗して。

「先ほど、門番の植木屋が『恩を知れ！』と言っていましたよね。もっともな忠告にも聞こえますが、私は、恩というものは相互的なものだと思っているんです。経営者が従業員に対し、お前たちを雇ってやってるんだ、と一方的に恩を売りつけていたら、従業員を丁《でっ》稚《ち》か小僧のように扱っていることになります。それは前近代的な経営感覚と言わなければなりません。爺さんの周りには、そんな雰囲気がまるでないとは言えませんね。そうした古臭い匂いが漂っていることは否めません」

「また俺たちにお説教を始めるのか？」

訳知り顔の記者が、その窪んだ目に怒りの色を滲ませる。

「昼行灯の御高説とあらば、謹んで承ろうじゃないか！　ひひひひ」

珍しく茶々郎が殊勝に合の手を入れた。

「つまりはこうです。企業も従業員が働いてくれなければ成り立ちません。企業を支えているのは労働者であり従業員です。ですから経営者も労働者から恩を蒙っているのです。

労働力の売り買いだけで会社が回っているわけではありません。たとえば〝目に見えない信用〟というようなものは、働いたことによって生まれる付加価値です。それは金銭に換算できません。これはあくまで一例ですが、そうした広い視点から労働者一人ひとりに敬意を払い、経営者は労働者から蒙っている恩に思いを致すべきではないでしょうか。

労働者も一人の人間として企業に参画しているのですから、労資は互いに敬意を払って然るべきです。お前たちを働かせてやっているんだ——そんな専制君主みたいな考えは前近代的ですし、第一労働者の自尊心が深く傷つきます。労働者も一人の人間ですし、一つの人格です。人間として、また人格として、労資はどこまでも対等であり、平等です。それが現代の考え方です。そして労資は、互いに恩を与え、また恩を受けているのです」

「ひひひひひ。昼行灯　夢は空理《くうり》くうりと駆けめぐるってな。夢想居士の考えそうなことよ。お主《ぬし》の言ったことは空想に過ぎん。もっと下世話にならねえと、この世は渡れねえぞ！　ひひひひ」

例によって茶々郎が、高く響く声で、けたたましく嘶《いなな》いた。その嘶きは、志朗の人生そのものを愚弄するように、薄い月明かりに憩うている深夜の空漠の中へと昇っていった。

「君は源の殿の覚悟が少しも理解できていないようだな。殿が本気で組合を潰そうとしているのは間違いない！　少しは目を覚ましたらどうなんだ？」

訳知り顔の記者が口を挟んだ。

「こういう事態だからこそ、僕は人間的でありたいし、人間としての向上を模索したいのです！」

何と言われても志朗は、自分の座標軸を手放すことはできなかった。

「お主《ぬし》は、自分で自分の人生を生きにくくしてるだけじゃねえか！　それで懐が温もれば、めでたしめでたしだぜ。ひひひひ」

「懐が温もっても、心が寒ければ、それは悲しいことです」

志朗は茶々郎に一矢報いるように反論した。


「大変長らくー、お待たせを致しましたあ！」

伝令の風間が息を弾ませながら、古びた自転車を重たそうに漕いで、近くの旅館「すみれ荘」から今や遅しと駆けつけ、犬の遠吠えのような上擦った声で叫んだのだった。

「本当に長いことお待たせをしました。こんなに遅くなってしまい、申し訳ありません。地区労連の幹部の方も交えて、今後の対策を検討しておりまして、こんな時間になってしまいました。間もなく委員長、書記長もやって参ります。今暫く、御辛抱願いまーす」

ひょろっとして背の高い風間は、申し訳なさそうに平身低頭し、何度も頭を下げなければならなかった。

時刻は、既に深更一時をかなり回っていた。

(四)　宙ぶらりん？

旅館「すみれ荘」の奥まった一室を占有し、こんなに遅い時刻まで、額を寄せ集めていた執行部の面々は、職場閉鎖という、津波のようにいきなり襲ってきた非常事態に周章狼狽し、上部組織の指示を仰いだりして、鳩首対応策に追われていたのであった。

彼らは、或る程度予測はしていたものの、前触れもなく突きつけられた、争議の険しい局面に何の備えもしていなかったから、いやでも協議に手間取り、みんな夜が更けていくのも忘れていたのである。

緑がやや濃さを増してきた桜の葉が、深夜の冷気を受けて浅くまどろんでいる傍近い正門からの進入路を、執行委員の一団が、ゆっくりと歩いてやって来た。進入路は正門から玄関前まで七十メートルぐらいあった。彼らは一足ごとに、興奮と遅参の負い目とで波打つ胸の動悸を、踏み押さえるかのように、どたどたと靴音を響かせていた。委員長と書記長は、遅参の負い目を隠そうとしているのか、渋面を装って、わざとらしい不機嫌な顔になっていた。

「急がば回れか！」

パラパラと彼らを迎える拍手の間から、待ち草臥《くたび》れていた組合員の野次が飛ぶ。

「イヨォーッ」

奇声を発する者もいる。

「はあ、夜が明けるでえ」

「大将が後詰めたあ、はなから負けでよ！」

詰問の飛礫《つぶて》が執行委員たちの顰《しか》めっ面を襲う。彼らはますます渋い顔になる。

――この職場閉鎖が、春闘の初期の段階で襲来したのであれば、執行部も一般組合員も、その闘争心は弥《いや》が上にも燃え上がったであろうに――

執行委員たちの渋面には、そんな遣り場のない思いが蟠《わだかま》っているように見えた。その思いはまた一般組合員にも少なからず蔓延していたと言って良い。本来なら、戦いの中から自ずと湧き上がってくる闘争心や高揚感が、今は燻《くすぶ》ったまま、みんなの胸中で檻《おり》の中の猪のように足掻《あが》いていた。既に二ヶ月も続いている経営者側との神経戦的な睨み合いで、幹部たちも草臥《くたび》れ果てていたところへ、職場閉鎖という衝撃が加わったのだから無理からぬことでもあったのである。

平均的な一般組合員の不安と焦燥、胸の血を騒がせている活動家たちの闘志と緊張。様々な思いや懸念、恐れ、血気、打算などが、時代劇の合戦のように入り乱れている組合員の前に、おずおずと、しかしまた役員としての決然とした物腰も忘れず、執行部の面々がバリケード前に雁首を揃えた。

痘痕《あばた》のある浅黒い顔に銀縁の眼鏡をかけ、ニヒリスティックな風貌の委員長、野見山。胸の厚い、がっしりした体格に、精悍な顔をした書記長の近藤。

組織部長の真鍋。彼は、大抵の組合員が一つの型をなぞるように振る舞っている中で、いつも一番槍となって、戦う意志を前面にひけらかす突撃隊長である。彼はまた、源左衛門が〝火吹き竹〟と言って嫌った煽動家でもあり、更には技術部から営業部への配置転換を言い渡されている焦点の人物でもあった。営業だと広告代理店や得意先を回るのが仕事であり、社外にいることが多いので、口は達者でも活動は制約されるから、組合にとっては手痛い人事である。

次に渉外部長の根岸。彼もまた、技術部から報道部への配転の内示を受けている、もう一人の焦点の男である。写真の愛好家ということで、報道部にと目星をつけられたらしいのだが、彼は組合にとっては労働法に詳しい貴重な存在であり、そのことで配転のまたとない標的にされた節がないでもなかった。

太い黒縁の眼鏡をかけた、実直そうな中肉中背の瀬戸口は財務部長。

広報部長の桧谷は色白で、ふくよかな顔に、人懐っこい温厚な眼をした美男子。伝令の風間は広報部の副部長で、桧谷と二人三脚で活動をしている。

そして生活部長が女性アナウンサーの名和田嬢である。大学で社会学を修めた彼女は、かなり先鋭的な思想の持ち主で、組合員の福利厚生についても、団体交渉の席で、慰安のための社員旅行の必要性を訴えたり、事務職も含め皆が等しく生産の喜びを味わうために、社員菜園を借り受けろと主張したりしていた。また彼女は女子組合員のまとめ役も担っていた。

八人揃って渋面を並べた執行委員たちの表情には、一様に前途を睨んでの厳しさが漂っている。組合員の中には、縁故採用の発条《ばね》が作動して、いつ経営側に寝返っても、それを恥とも思わない異分子が散見されるからでもあった。

そのため職場閉鎖という、降って湧いた大津波に、組合員全員が打って一丸、火の玉となって突撃することもならず、かと言って退却は猶《なお》のことあり得べからざることであり、穏便に解決を図ろうとしても、話し合いの糸口すら見出せず、戦端が開かれた以上、時を稼ぐ余裕などさらさらなく、まさに暗礁に乗り上げた格好で、八人の執行委員たちは緊張と逡巡の谷間で匍匐《ほふく》するような気持ちを強いられていたのであった。

しかし技術部員など、これまで組合活動を牽引し、時に煽動もしてきた一級の活動家たちにとっては、決断の鈍い執行部の煮え切らなさは、何とも歯痒いものであった。彼らは執行部を迎えると、その雁首に向かって、ガス抜きをするように癇癪玉を投げつけた。

「しっかりせんかい！　戦《いくさ》はこれからでよ！」

「模様眺めに、勝ち目はないぞ！」

「明確な方針を早く打ち出してくれろ！　みんな待っちょるんでよ！」

「先手必勝！　今直《す》ぐバリケード壊して、社長室に雪崩れ込もうではないか！」

「委員長、早く檄を飛ばさんかい！」

「バリケード、ぶっ壊すのは任せなさい！」

「吶喊《とっかん》！　鬨《とき》の声をあげるんだ！」

「オーッ！」

書記長の近藤が、投石のように降ってくる野次と詰問の飛礫《つぶて》を掻い潜って、一歩前へ進むと、油気のない髪を照れ臭そうに毟《むし》る仕草をしながら言った。

「皆さん、大変御苦労さまです。また大変長いことお待たせをしましたが、今夜は時間も時間ですし、ひとまず組合事務所の方へ移動し、休憩を取って下さい。朝一番には、整然と抗議行動を起こします。それまで事務所の方で身体を休めて下さい」

威勢のいい檄が飛ぶものと期待していた組合員たちは、肩透かしを食らった格好となり、きょとんとした、訝しげな眼差しを書記長の方へ投げかけた。

誰かが声を荒らげて、噛みつくように詰め寄る。

「会社の動きを察知できなかったのかあ？　これからどうするんじゃあ？　委員長、はっきり言ってくれろ！」

委員長の野見山が心なしか唇を震わせ、何か言いかけたのを尻目に、書記長の近藤が照れたような表情を作りながら、この場から、みんな退却するよう促した。

「ここはひとまず指示に従って、組合事務所の方へ移動して下さい。明日からの戦いに備えて、休養を取って下さい！」

そこへまた誰かが、不安を隠しきれずに、疳《かん》のある声で呻《うめ》くように叫んだ。

「委員長、これからどうなるんね？　書記長、これからどうするんかね？」

長い時間、荒涼とした戦場にほうたらかいかいかいれて待たされた挙句、〝撤退〟の指示とあっては、大方の組合員は腹の中が治まらない。悲嘆に暮れたような声があちこちから聞こえてくる。

書記長の近藤があからさまに苛立って、指示を反復した。

「皆さん、落ち着いて下さい。今は動揺を見せないことが肝心です。一糸乱れぬ固い団結が、敵には一番堪《こた》えるのです。明日の朝には、きちんと方針を発表しますから、速やかに組合事務所の方へ移動して下さい。明日の朝には、団結して整然と行動しますから、どうか安心をして下さい！」

みんながちょっと静まった隙に、委員長の野見山が、のっぺりした顔に少し余裕を浮かべて、それでもためらいがちに号令を発した。

「それでは全員出発！」

執行部からの明確な情勢分析もなく、闘争方針の発表も先延ばしにされて、大方の組合員の気持ちは、不発弾を抱え込んだような不安に占拠されていた。それでも苛立つ不安や不満を、彼らは不承不承、蟠《わだかま》る胸の中へ収めて、ぞろぞろと正門の方へ移動し始めたのであった。
バリケードが築かれているため、組合事務所へ行くには、一旦正門からバスも通る一般道路に出て、放送局の裏手に回らなくてはならなかった。
御影石を積み重ねて作った正門のところへ差しかかると、誰かが懐中電灯の光を当てて、立看板を照らし出した。それは駆けつけて来た時には、みんな気持ちが急《せ》いていて、殆どの者が見落としていた高札であった。
その高札には肉太の墨書が認めてあった。

『　通　告

山海放送株式会社は　本日午前零時をもって　ロックアウトを実施し　職場を　閉鎖する。

放送労連に所属する　当社の　労働組合員は　出勤には及ばない。

以上

昭和四十二年　五月二日

山海放送株式会社
代表取締役社長　佐　野　健　三　』

御影石を彫像のように積み上げた正門から、アスファルトで舗装された一般道に出ると、久慈志朗はもう後戻りのできない、一つの境界線を踏み越えたのだと感じ、身の引き締まる思いを禁じ得なかった。心ならずも最前線に送られて行く、家族思いの田舎出の兵士のようで、うら悲しい気分でもあった。

――これからは、異境の荒野をさ迷い、じめじめした塹壕《ざんごう》の中で、寒い夜を耐えねばならぬこともあろう。砲弾が降れば匍匐《ほふく》して進まねばならないだろう。兵站《へいたん》も当てにはなるまい――地平の果てまで続く砂埃《すなぼこり》の中を、敵も味方も、これからぼろぎれをまとってさ迷うことになろう。待ち望む春は、国境の村で足踏みをしているようだ。――

こんな映像が、風に乗る綿毛のように浮かんで、志朗の脳裏を掠《かす》める。

この否応のない強いられた出陣が、国の経済の離陸期にあって、各々の立ち位置をひたむきに模索する、焦りと戸惑いの入り乱れた青春の群像に、大津波のような一撃を加える、一大事件であることに疑いはないだろう。

経済の離陸を加速させるために、「資本」が効率を一筋に追い求めて、経営の合理化を推し進めようとする、その流れの中で、「逡巡」と「適応」に揺れる若者の心の襞《ひだ》を、「職場閉鎖」は戦車のように踏みしだいて行く。そして、そのように青春の季節の彩りを塗り替えようとする、いきりたつ激浪に遭遇したことは、組合員一人ひとりを、運命を左右する人生の岐路に立たせたと言っていいだろう。

それとも哮《たけ》り立つ激浪を尻目に、青春の記念碑ともなろう、輝かしい抵抗の物語が始まるというのか？　或いは、精神を高揚させる、何らかの飛翔の機会が訪れたのか？

志朗は頭の中を目まぐるしく回転させながら、それらの思いの狭間を透かして響いてくる、遠い海鳴りのような声を認めないではいられなかった。

――〝職場閉鎖〟は、仄暗い青春の情念を、稲妻のように一太刀で切り裂いた。そして無感動のまま過ぎて行く、日常生活の底に沈殿していた惰性を、突如として吹き払い、青年らしい感性の湖水に、鮮烈な目覚めをもたらした。その〝みずうみ〟から、落花のように〝問い〟が、〝命令〟が舞い降りてくる。

――『良く生きるとは、どういうことなのか？』と常に問え！　常に人間的であれ！　日々戦いの局面が変わろうとも、自身が常に人間的であろうとしているか自らに問え！

〝職場閉鎖〟を僥倖と捉えよ！　頭《こうべ》を上げて、胸を張れ！　臆せず前に進むのだ！　――

争議に勝ち目はなく、事態も深刻であったが、遠い海鳴りのような声に耳を傾けていると、労資の軋轢《あつれき》の中で撓《しな》う、精神の滑空が予感され、それが志朗には〝希望〟のように思えるのであった。〝希望〟は戦いの中で創るものだと彼は覚悟した。

これからの一日一日の現実が、間断なく志朗に、〝より良く生きているか〟との問いを突きつけてくることになるのだ！　そう思うと彼は密かに武者震いするのであった。


組合事務所に移動して、朝まで休養をとるようにとの書記長の指示は、一時的にみんなの興奮を鎮めはしたが、同時に、委員長たちを迎えて燃え上がろうとしていた、若者らしい気勢をも削《そ》いでしまった。前のめりになっていた気持ちが躓《つまず》かされて、舌打ちをするお調子者もいれば、不満たらたらの気短者もいた。その一方で「縁故」の網目に組っていれば、まず身を滅ぼすことはあるまいと、鷹揚に構えている呑気坊主も少なからずいた。

そんなちぐはぐな思いが交錯していたから、組合事務所に移動するみんなの足取りは、追い立てられていく家畜の群れさながらに、どこか力がなかった。

組合事務所へ行くには、数軒の民家や、石油化学工場の幹部クラスの家族が入居している、小奇麗な社宅の前を迂回しなくてはならなかった。

みんなは三々五々という形で、のろのろと進んで行った。近所迷惑になるので、士気を高めるために歌う労働歌も遠慮しなければならなかった。

草木も眠る丑三つどきである。だが夜明けとともに、我らの戦いが始まるのだ！

追い立てられるように歩いていると、次第にみんなの思いは、曲がりなりにも朝を待つ期待の方へと収斂されていくのであった。

それでも、その道筋にはいろんな思惑が絡まっているから、一筋縄とはいかない。

「私たちに希望はあるのかしら？」

ラジオ番組の制作に携っている、入社二年目の梨花が、ふうっと甘酸っぱい息を洩らすと、両手で志朗の左腕に縋るようにして身を寄せ、ためらいがちに囁《ささや》いた。

「希望がないのは嫌よ。第一惨めだわ」

志朗はテレビ番組を担当していたが、ラジオの経験もあり、新入りの彼女にいろいろアドバイスをしたり、出演者の紹介をしてやったりしていた。それが二人の間柄であった。

彼女は組合員の中に、不満分子とは別に打算を巡らす〝不届き者〟の気配を感じ、気にしているらしかった。第二組合を画策しているのか、昇進を目当てに会社側へ寝返るのか——まだ姿を現していない組織のひびが気になって、彼女はしゃんと背筋を伸ばせないでいるらしかった。

「希望がないと戦えないわ。希望は一枚岩の団結の中にあるのよ」

「僕らに希望はないと言うのかい？」

志朗がちょっと歩みを止めた拍子に、梨花はそのほっそりした身体を、彼に預ける格好となった。彼女の身体は、どことなく弾力に欠け、冷たい物体を思わせた。

「希望があるか、ないか。それは戦ってみないと分からないよ。ただ僕はね、戦うことの中に、きっと希望は見つかると思うんだ」

「どうして、そんなふうに言えるの？　希望があるから戦えるのではないかしら？」

仰々しいバリケードと対峙して、かえって闘争心を募らせた活動家たちと違って、梨花は控えめな性格であったから、つい考え込んでしまうのだろうか？

「希望は見出すものだよ。いや、戦いの中で創り出していくものと言った方がいい。ともあれ、まず戦うことだ。戦うといっても、何も会社側とドンパチやるだけが戦いではないよ。争議だから、それなりの争いは避けられないけど、その争いの中で、より人間的に振る舞うことを模索するのも、立派な戦いだよ。

いや、むしろその方が本当の戦いかもしれないね。何故《なぜ》って、それは、より良く生きようと努力することだし、より良い社会を目指すことにもなるんだからね。でなければ、僕らはエゴの、また欲望のしもべになってしまう。欲望に振り回されるだけの戦いなら、それは本当の戦いではないんではないかな。本当の戦いというのは、しんどいものだと思うよ」

「……人間的って、どういうこと？」

梨花は、志朗の場所柄を忘れたような熱弁に戸惑いを隠せなかった。

「一言で言えば、良心に照らして恥じない振る舞い、生き方と言えばいいかな。もっと言えばね、欲望に翻弄されるのは畜生だよね。だから人間的というのは、人間性の善性や美質を信じ、その人間性の開花を促すものということになるね。

例えば職場だと、フェアな競争は人間的だけど、人を貶《おとし》める競争は畜生の仕業だよね。人間関係は壊れるし、職場の発展性もなくなってしまう。また、知恵を出し合って、より高いものを目指すのは人間的だけど、個人の意見を封じるのは畜生の振る舞いだ。人を貶めて、相手を下に見ないと己が立たない。我が社には、上にも下にも、そういう類のいびつな人間が多すぎるように思う。そこに『文化』はないよね。労資間の軋轢も、多分にそんな土壌から生まれているのではないかな。

僕はね、組合活動もこれからは、〝人間的〟であるべきだと思うね。つまり〝いい仕事をしたい〟という、本然的な欲求を活動の基礎に置くべきだと、僕は思うんだね」


火の気のない組合事務所は、深夜の空気を閉じ込めて、とても肌寒かった。

かつては社員食堂であった、この粗末な平屋の建物は、新たに食堂が建てられることになった時、労組の当時の委員長が会社側とうまく話をつけて、組合が利用することになったのである。厨房があったところには、机が四つ並べられて執行部が使用し、みんなが集まる食堂の方には、ソファーが三つ置いてあるだけであった。

狭い部屋に鮨詰めになった七十人余りの一団は、収容所へ送られてきた捕虜のようで、皆疲れた顔をしていた。冷たい床の上に、尻からじかに座るほかなかった大半の組合員は、暖をとる猿のように身体を寄せて、互いに居心地の悪さを分かち合った。

「これも戦いの一齣《ひとこま》でしょうね。これからも苦労はついて回りますよ」と女性で優等生の声。

「ついてねえな、俺たち。これじゃあ、野垂れ死にだあ」と血気にはやる、若いアナウンサー。

こんな怨嗟《えんさ》の痙攣が釣堀の虹鱒のように跳ねる。

更に寒さを堪《こら》えて動かずにいると、背筋の方に陰鬱な気流がまとわりついてくる。

その気流の感触を拭い去るように、志朗は彼に凭《もた》れかかっている梨花の耳に向かって、呟くように語りかけた。

「ねえ梨花ちゃん、僕らは幸か不幸か、こういう戦いを強いられているけど、組合が全部正しいとは言えないし、会社側が全部悪いわけでもない。争議というのは、力と力の綱引きだけど、その緊張の中で精神を自立させていく、自立するように努力していく、それが本当の戦いではないだろうか。力だけが頼りなら、人間としての証は、どこに求めるんだね?」

「……」

「本当の戦いと言っても、いろんな戦いの型があると思う。例えば〝不服従〟ということだって、勇気の要る戦いだ。内面の要求に忠実であろうとすれば、〝不服従〟を貫くしか道はない、ということだってあるんじゃないか？〝右〟にも籠絡されないけど、〝左〟の陣営とも、どこか波長が合わない。結局、〝不服従〟しかない。〝内面の要求〟は守り抜かなくてはならないからね」

「……〝内面の要求〟ですって？」

〝内面の要求〟という、組合活動や労働運動の世界では、あまり耳にしたことのない言葉が、梨花をどこか違った星に連れ去っていくような軽い衝撃波となって、彼女を不安にさせた。

「それはね、職業や職種によっても違うだろうけど、少なくとも僕ら放送屋にとっては、仕事を通して得られる充実感だよ。つまり、僕らの仕事が、少しでも地方文化の向上に役立っているか、その手応えがあるかどうかだよ。無論給料は上げて欲しいさ。でもそれ以上に、地方文化の発展に貢献しているという充足感が欲しい。僕らの『いのち』は仕事なんだからね。

これは生き方の問題でもあるけど、僕はね、〝いい仕事をするための条件づくり〟というようなことが団交の席でも議論されて然るべきだと思っているんだ。そういうテーマを議論することは、いい仕事をしたいという願いを実現するためにも、人間としての〝本然の願望〟だし、〝内面の要求〟に応えることにもなると思うんだ」

「今日の久慈さんは、とても難しい話をなさるのね？」

志朗の話が、日頃の組合活動とは懸け離れ、人をどこか枝道に誘《いざな》っていくようでもあり、梨花はちょっと混乱してしまった。

「それはさ、強権的で先制的なロックアウトという、全く非人間的な事件に直面したのだから仕方がないよ。どう対処していくのか、いやでも考えざるを得ないじゃないか！　これは組合総体というよりも、組合員一人ひとりに突きつけられた問題であり、〝現実〟でもあるんじゃないか？　君だって、より良く、より人間的に生きたいと思ってるんだろう？」

普段の話とは趣を異にしていて、梨花は豆鉄砲を食らった気分でいる。

志朗は、梨花の背筋を少しでも伸ばしてやろうと思い、話を続けた。

「組合員の大半は、組合が打ち出す方針に従っていれば、まず怪我はないと高を括っているかもしれない。でもこれからの戦い如何《いかん》によっては、大怪我をしたり、大火傷《やけど》をする者も出てくるだろう。会社は完全に法律を無視し、組合員の人権も虫螻《むしけら》のように矮小化《わいしょう》しようとしている。僕らの人格は無きに等しい。そしてこの度のロックアウトが、組合の壊滅を企図していることは火を見るよりも明らかだ。労働者の権利を全面的に否定する気狂い沙汰だよ。

それでいて社会からの指弾はなされない。革新政党や労働団体からの抗議も、威勢はいいが焼け石に水だよね。現代は、そういうへんてこな時代、馬鹿げたことが罷り通る、鉄面皮の社会を容認する時代なんだ。これが『現実』なんだよ。こういう『現実』と、どう向き合っていくのか。どう生きていくのか、それが僕たち一人ひとりに突きつけられている問題なんだよ。梨花ちゃんだって、避けては通れないよ。これにどう対処するかで、これからの人生が大きく変わってくるからね」

「……何だか私、宙ぶらりん、みたいだわ！　前に突進することもできないし、後ろに下がることもままならない。確かにそうよ。それに猪突猛進する人がいたら、今度はきっと〝処分〟されるわね」

「だからと言って、〝ハイ、ワカリマシタ〟と白旗を掲げることもできないだろう？」

「それはそうよ。本当に私って、宙ぶらりんだわ。みんなもそうかしら？」

「梨花ちゃんばかりじゃないさ。執行部だって宙ぶらりんさ。敵は問答無用、ならば総攻撃というわけにはいかんだろう？　それでは自滅だ。かと言って、退却も考えられない。流浪の民になるからね。一般の組合員も、気持ちは似たり寄ったりだろうよ」

「何だか頭の中が混乱して、滅入っちゃいそう」

「だけど今後の人生を左右する問題だから、逃げるわけにもいかないね」

「本当におぞましい時代に、私たちは生きているんですね。良き先輩に手を引いてもらわないと、渡れないわ、この溝《どぶ》みたいな難所は」

志朗と遣り取りをしていると、事の重大さ、深刻さが、次第に梨花の心を占領していくのであった。

「僕はね、人間性の退行となるような、卑怯な対処はしたくないんだ。長いものに巻かれたり、同志を裏切ったり、裏取引をしたりして、源爺さんの用意する膳にありつくなんて、第一みっともないよ。僕はね、梨花ちゃんもさあ、争議に負けるより、人間として敗北する方が、よほど惨めだよ。僕はね、争議の勝ち負けよりも、〝人間〟として負けない道を選ぶね」

「ロックアウトというのは、私初めての経験だし、思ってもみなかったことだから、本当に暗中模索だわ。……結局、どうすれば良いのでしょうね？　それに〝人間〟として負けないって、どういうことかしら？」

　難しい議論の中に引き込まれ、梨花は、暗澹《あんたん》たる前途が目の前に立ち塞がっているような気分に捕らわれていた。

「良心に恥じなければ、それでいいんだよ。深刻に考えたって始まらないからね。要するに僕らは、〝宙ぶらりん〟の中を駆け抜けていくしか道はないんだ。そう腹が決まったら、もう〝宙ぶらりん〟じゃないさ。少なくとも精神的には、〝人間としての矜持〟という、確固とした信念の上に立って揺るがなければいいんだ！」

「孤立無援の旅人になれっておっしゃってるみたいだわ。私にそんな勇気があるかしら？」

　志朗の話に耳を傾けていると、どこからか運命の扉を叩く音が聞こえてくるようで、梨花は身が竦む思いに捕捉され、足を一歩前に踏み出すには逡巡せざるを得なかったのである。

「何も思い詰めることはないさ。生きることに真剣であればいいんだよ。さっき、仕事を通して、人々のため社会のために役立っている、貢献しているという充実感を求めていると言ったけど、そういう考えが広く浸透してくれば、労資関係もよほど円滑なものに変わってくるだろう。経営者も労働者に敬意を払わなくてはならないだろう。それを『労働力を売っている』とか『搾取』だとか言うから、労資関係は険悪になり、溝も深まってくるんだ。ドストエフスキーがね、ある人物に『労働によって神を獲得なさい』と言わせているんだけど、これは僕なりに解釈すれば、労働を通して人間性が練り上げられ、また人格の向上も図られ、社会にも貢献して真っ当な人間に、真っ当な人生になるということだね。これからの労資関係は、労働者の側が、より『人間的』になろうと努力する中で、新しい展望が開けてくるのだと僕は思っているんだけどね」

「でも今は職場を追い出されているんですよ」

「その代わり、時間があるよ。その時間を有効に使うことだね。勉強をするとか、外部の人との交流を深めるとか、できることをやったらいい。職場に復帰した時のことを考えておくことだよ」

「そうね。そう言われれば、少しは気持ちが楽になったわ」

熱気と冷気とが合わさって圧縮されている組合事務所の床の上に蹲《うずくま》ったまま、梨花は、眼前の荒涼たる原野を進んで行くためには、やはりこれからも、志朗の助言を求めていこうと、小さな胸の中で思い返しているのだった。

深夜の漆黒の闇が少しずつ薄らいできて、四時を回ると、夜明けの足音が次第に近づいてくる。

床にべったり座っていたために、冷え切って痺《しび》れそうになった尻をもぞもぞさせながら、収容所に送られているような惨めったらしい気持ちを手鞠《てまり》のように弾かせる者がいた。

「おうい、委員長！」

委員長たち執行部は、かつては厨房であった仕切りの向こう側で、協議を重ねている。

「委員長、どうだい？　これから五月《さつき》の暁作戦といこうぜ！　早速、殴り込みをかけようでよ！」

その鬱屈した情念の放射は、狩り場の獲物が慌てて飛び出したように、鮨詰めになっているみんなの頭の上を、跳ね転んで行った。

「おう、やれやれ！」

「早う、やっちゃろうでよ！」

「皆の者、突撃用意！」

「バリケード、ぶっ壊せ！」

「源のじじいは、血祭りぞ！」

「イヨオッ！」

なかには、脅えた狒々《ひひ》のような奇声を発する者もいて、疲れてとどのように群れている組合員の間に、不穏な波紋を投げかけた。

「皆さん、落ち着いて下さい！」

一重瞼《まぶた》の精悍な顔をした、書記長の近藤が、調理場だった頃のカウンターの方から、根株のような黒い首っ玉を覗かせて言った。

「皆さん、焦ってはいけません。焦りは禁物です。動揺してもいけません。皆さんは、どうか安心をして下さい。実は朝一番に、放送労連の石嶺委員長が、こちらに到着されます！」

「イヨオーッ！」

奇声を庭先の花火のように打ち上げる者もいる。

ぱらぱらと少ない拍手の響きが、熱気と冷気の入り交じった〝収容所〟の空気を揺さぶる。

「それを早う言わんかい！」

「待ってたわよう」と女形の声も紛れ込む。

「情報は速やかに伝えるべし！」

「皆さん静かにして下さい！」

眉をひそめた書記長は声を荒らげて皆を制し、話を続けた。

「幸いなことに石嶺委員長は、丁度広島に来ておられまして、急遽予定を変更して、こちらに駆けつけて来られることになりました。中国と四国のオルグの方も一緒のようです。ですから、もう暫くの間辛抱して下さい。よろしいでしょうか？」

承諾の意を表す拍手が「イヨオーッ」という奇声を伴って、狭い〝収容所〟の中で波打った。労連委員長〝参入〟と聞かされて、大方の組合員は頼もしい気分になり、安堵感に休らうのだった。何しろ委員長は大将であり、大黒柱でもあるのだ。寄らば大樹の陰ではないか！　なかには、緊張の糸が弛んだのか、慎みもなく、声を出して欠伸《あくび》をする者もいたが、それでも狭くて寒い〝収容所〟の空気は、ひとつの〝戦意〟に向かって収斂し始めたのであった。


朝の街が通勤・通学の自転車や、足早に急ぐ女性たちの靴音で慌ただしくなった頃、放送労連の石嶺達夫委員長が、広島と四国のオルグ二人を連れて、組合員の前に悠然と姿を現した。

委員長は押し潰したような短躯で、肉体労働者を思わせる、厚みのある肩をいからせていた。頭はじゃが芋のようだったが、顔は白くふくよかで、人望がありそうだった。そして丸く光る目が印象的であった。

「待ってました！」

「戦うぞ！」

「ウオーッ！」

みんなは喊声を上げ、リーダーシップへの期待を込めて、委員長を拍手で迎えた。

不安と疲労と寒さが滞っていた〝収容所〟の空気は一変し、陽光が照り渡ったような雰囲気となった。

石嶺委員長は、信越地方の出身で、長年の闘争歴を誇る猛者《もさ》である。放送労連の専従として全国を飛び歩き、様々な争議の局面を経験していたから、地方の小さな放送局の職場閉鎖など、さして意に介してもいないように見えた。

「委員長、待っていたんですよ！　これで勇気百倍です！」

「頑張るぞう！」

「ガンバロウ！　エイ、エイ、オウ！」

「オウ！」

みんなは大船に乗った気持ちになって、歓迎の意を表した。

石嶺委員長はにこやかな顔をして、両手でみんなに鎮まるよう合図をすると、低く透る声で話し始めた。

「皆さんは、このロックアウトを受けたことにより、誰しもが、一廉《ひとかど》の闘士に生まれ変わったのです！　よろしいか？　ここにいる者、みんなが一級闘士である！　あの物々しいバリケードと対面したその瞬間、皆さん方は一人の洩れもなく、闘士になったのである！　そのことをまずもって私は、皆さんに〝おめでとう〟と言いたい！　おめでとう！」

みんなは思いがけない棋譜《きふ》にでも直面したように、きょとんとして互いに顔を見合わせた。唐突な断定であったから、すぐには腑に落ちなかったのである。なかには儀礼的に拍手をする者もいたが、反対にくすくす笑う者もいた。

威勢のいい反応を期待していた委員長は、やや拍子抜けの顔になり、思い直したように言葉を継いだ。

「皆さんが、あの不遜なバリケードと御対面遊ばした時、何を思い、何を決意したのか？　その時、腸《はらわた》の底から叫んだのではなかったか？　〝我らは戦うぞ！〟そう決意したのでしょう？　またバリケードに向かって叫んだのではなかったか？　〝戦闘開始！　突撃用意！〟そのように腹を括ったのではありませんか？」

「そうだ！」

「その通り！」

「ですから、ここに集っている皆さんは、一人の洩れもなく、第一級の闘士なのであります！」

「オー！」

みんなが委員長に応えるように拍手を送ると、放送労連の親分は、丸い柔和な目で、一人ひとりに微笑《ほほえ》みかけながら、話を続けた。

「このロックアウトは、資本の先制攻撃であることは間違いありません。敵の狙いは、ただ一つ、組合組織の破壊です。これは、なりふり構わぬ暴挙と言わねばならない。我々は先制パンチを見舞われたのである！　であるならば、我々は敵に倍する、お返しのパンチを繰り出さなくてはならない！　そうだろう？　そのための作戦は、いろいろ考えているから、安心して下さい。

皆さんは、全国の労働者の模範として、また先駆けとして、最前線に立っています。また放送局の経営者は経営者で手を結び、足並みを揃えて、組合組織の分断を企んでおります。ですから皆さんは、放送労連全労働者の代表として、資本の攻撃の矢面に立ち、真正面から資本とぶつかっているのです。皆さんは選ばれた人たちです。どうかその自覚を持ってもらいたい！　よろしいか？」

「オー！」

みんなは魔法にかけられたように喚声をあげ、拍手をもって親分に応えた。

「我々は今こそ、一大闘争心を燃えたぎらせて、我々労働者の団結が如何《いか》なるものか、我々の底力を存分に見せつけてやろうではないか！」

「オー！」

一際高い喚声が上がると、委員長は、膨らみのある白い頬に、人懐っこい笑みを浮かべて、みんなを勇気づけるように、鷹揚さを振り翳《かざ》して更に話を続けた。

「我々の背後には、放送労連の組合員だけでなく、何百万という全国の労働者が、力強い味方として控えています。今日中にも、この山海放送の暴挙は、全国津々浦々に伝わっていくでありましょう。ですから皆さんは、何も恐れることはありません。これから続々と、全国の労働者が応援に駆けつけてくれます。全国の労働者が一致団結すれば、何も怖いものはありません。必ず勝利は我々のものです。どうか自信をもって、堂々と戦おうではないか！　さあ団結第一で、大勝利を勝ち取ろう！」

こんなふうに士気を鼓舞すると、石嶺委員長は、固く握り締めた挙を突き上げ、〝頑張ろう！〟と、大きな声で叫んだ。

「ガンバロウ！」

みんなも一斉に吸い込まれて、口々に叫んだ。咄嗟に広島のオルグが機転を利かせて雄叫びの音頭を取った。

「ロックアウト粉砕！」

「戦闘開始！」

「バリケードを撤去させるぞ！」

「エイ、エイ、オー！」

みんなは百人力の味方を得たように、興奮し、獣のように吠えるのであった。

しかし束の間の陶酔が引いていくと、地熱のように潜んでいた〝怯《おび》え〟が頭を擡《もた》げたのか、気がかりそうな、不安げな顔も見受けられるのだった。縁故の強い絆が足枷《あしかせ》になっているのであろう。

そんな、どこか和することのない、戸惑った空気が、溜まり水のように隠れているのを敏感に察知したのか、四国のオルグが蟹の甲羅のような平べったい赤ら顔に、やんちゃ坊主のような表情を浮かべて叫んだ。

「皆さんは何の心配も要りません。一糸乱れぬ団結ほど強いものはありません。他《ほか》の地方でもロックアウトを経験しましたが、固い団結で難局を凌《しの》いでいます。労働組合の組織さえ守り抜けば、大勝利は間違いありません！」

軽妙な口調であったが、四国のオルグが口を挟んだことで、一場の空気が怪しくなった。和することを避け、やんわりと異を唱えるのは、放送屋のエゴイスティックな習性である。

「うちは、余所とは、事情がちぃと違うと思うけどの……」

誰かが素っ頓狂な声で風船を放った。

回転し始めた戦いの歯車が、異物を噛み入れたみたいだった。

四国のオルグが不審そうにその男の方を睨んだ。そこへ書記長の近藤が「しゃあないなあ」というように照れ臭そうな顔をして割って入った。

「……」

「我が社には、他局とは少し違う事情があります。それは無線技士の資格を持つ、技術部員二名の、不当配転が争点になっているからです。しかもその二名は、二人とも組合の執行委員です。会社側は賃上げの要求に対して、人事をもって、戦いの争点をすり替えたのです。それに二名とも、組合活動が制約を受けやすい営業部と報道部への配置転換です。会社は不当労働行為を平然と押し進めようとしています。

そして人事権を楯にして、組合組織の弱体化を図ろうとしているのです。会社の考えていることは明白です。組合には、会社のすることにいちいち文句を言わせない。組合は黙って会社の言うことに従え！　うるさい組合は潰してしまえ！　これでは、労働者の権利の侵害です。我が社の争議は、経済闘争から人権闘争・権利闘争に様相が変わっているのです。会社の遣り口は強権的で、交渉も一筋縄では行きません。それで他局とは事情が違うと多くの者が考えているのです」

「不当配転が絡んで、厄介な闘争になっていることは、我々もよく承知しています」

広島のオルグが話の流れを引き取った。

彼は目鼻立ちの整った、色白の美男子で、学者を思わせる端正な風貌をしていた。

「しかし焦りは禁物です。また動揺してもいけません。敵の意図するところが、組合組織の破壊である以上、我々は固い固い団結で応戦しなくてはなりません。一人ひとりが微動だにしないことです。この戦いは持久戦です。音《ね》をあげた方が負けです。ですから耐えて耐えて耐えて耐え抜きましょう。耐えて耐えて耐え抜けば、必ず活路は開けます。だから粘り強く戦いましょう。どうか皆さんは、必ず活路が開けるとの、希望と確信を持って下さい。とにもかくにも団結第一です。鉄の団結さえ堅持できれば、勝利は間違いありません！」

戦いのロマンを追っているような、広島のオルグの口吻を聞いていた石嶺委員長が、挙手をして立ち上がり、「少し補足させて下さい」と言って、口を開いた。

「先ほど私は、敢《あ》えて不当配転の問題には触れませんでした。それはまず皆さんが、全員が足並みを揃え、心を一つにして戦い抜く姿勢を闡明《せんめい》することが、第一番の肝要と心得たからであります。しかし配転の問題が一番のネックになっていることも事実でありますので、少し補足させてもらえば、この度の山海放送のロックアウト闘争は、労働者の権利を守る闘争として明確に位置づけたい！　団結権の侵害との闘いであり、働く権利を守る戦いでもあります。権利闘争でもあり、人権闘争でもある！　ですから配転の標的となった二人の技術屋さんは、戦いの最前線に立つ、誉れの勇者である！　それでは皆さん、二人の勇者に連帯の拍手を贈ろうではないか！」

じゃが芋のような頭をして、工事現場の作業員を思わせる厳《いか》つい風体の放送労連委員長の石嶺が、穏やかに、しかし力強い口調でみんなに呼びかけた。

「ウオーッ！」

「ガンバリヤ！」

「男になれ！」

みんなは奇声を発しながら囃《はや》し立て、〝二人の勇者〟に拍手をもってエールを送った。

〝二人の勇者〟は、カウンターの奥から、ひょっとこのようにひょいと顔を突き出し、照れ臭そうに、ぴょこんと頭を下げた。

組合員の中には積極派と消極派がいることを読み取った石嶺委員長は、一呼吸置くと、一大決心をしたように急に険しい表情になり、あらゆる思惑を振り払うような決断を下した。

稲妻が暗雲を切り裂くように、戦端の烽火《のろし》をあげる号令が、突如として発せられたのである。

「今、大事なのは、行動です。行動が戦局を拓《ひら》くのです。さあ皆さん、我々は勇気を奮い起こして断固戦おうではないか！　勇んで、バリケードを突破しようではありませんか？どうか、恐れてはなりません！　怯《ひる》んでもなりません！　さあ勇気を出して、堂々と戦おう！」

石嶺委員長の巧みな誘導に乗せられて、〝収容所〟の空気は熱せられ、ひとつの意志として燃え盛ろうと始動を始めていた。

「私は今決心をしました。この私が先頭に立ちます！　どうか皆さんも続いて下さい。さあみんなでバリケードを突破しましょう！　戦闘開始！　出陣！　さあ出発！　皆さん続いて下さい！」

「オー！」

「善は急げ！」

「突進！」

みんなは獲物に襲いかかる獣のように吠え哮《たけ》った。なかには口をあんぐりさせている者もいるにはいたが、そんな消極派も根こそぎ浚《さら》って、その場の空気は、一挙に急旋回して渦巻き、上昇気流となって舞い上がった。

執行部としては、バリケード前に整列して、シュプレヒコールを行う予定にしていたので、労連委員長による、いきなりの号令には書記長の近藤もとちめんぼうを食らい、慌てて両手をメガホンにして、大声で急変を告げる指示を出さざるを得なかった。

「速やかに、全員バリケード前に移動して下さい！　速やかに願います。バリケード前に、全員集合です！」

予想外の展開となったため、書記長は悲痛な声で叫んでいた。

皆は発条《ばね》仕掛けの人形のように跳ね起きた。そして栓を抜かれた水槽の水のように、慌ただしく屋外へと殺到していった。何かが吹っ切れたように、誰もが勇み立っていた。燃えないものを胸の内に抱えていた者も、その場の雰囲気から逃れることは叶わなかった。誰もが、力強く足を前に放り出すようにして、大股で歩調を取りながら進んで行った。みんな胸を昂《たかぶ》らせ、息を弾ませ、種々《くさぐさ》の柵《しがらみ》を遠いもののように感じながら歩いているのだった。

——石嶺委員長は、どうしてまた急ハンドルを切るように、いきなり〝バリケード突破〟の強硬策を、しかも独断的に発したのであろうか？

志朗にとっても意外な指令であったが、委員長の心底が想像できないでもなかった。——〝団結〟をスローガンに掲げていても、ひと皮剥けば、放送屋の習いで〝雑魚寝《ざこね》〟のような、しまりのない、エゴイスティックな集団である。組合至上主義者ばかりではない。なかには保守的な考えの者も紛れ込んでいる。内心怯んでいる者もいよう。縁故の網が絡みついている者もいれば、出世の糸口を手操り寄せようとする抜け目のない奴もいるに違いない。

おそらく委員長は、その生温い組織を、一気に引き締めなければ、戦いは前進しないと直感したのだろう。思惑や利害、打算などを振り捨て、労働者としての一体感を醸成するのでなければ、組織を守ることも難しいと考えたのであろう。そのためには〝行動〟しかないのである。

そして委員長は、〝荒療治〟をもって、組合員を一つの目的に向かって集中させようと、〝バリケード突破〟を即断したのに違いないのだ――

志朗は梨花と肩を並べて足早に歩きながら、その早い鼓動に促されるように、頭の中を回転させていた。

――しかし、会社側が今の時点では、話し合いを拒否しているのであれば、むしろ組合の内部での話し合いを深めるべきではなかろうか？

このような職場閉鎖という事態に立ち至った以上は、特に組合員一人ひとりの、硬軟様々な考えや思いを、執行部は聞き解《ほど》くべきではなかろうか？　そこから新しいアイデアを汲み上げ、信義の上に立つ本当の団結を模索すべきではないか。戦いは心の襞に寄り添うべきだし、戦術は柔軟であるべきだ！　――

志朗は折を見て、この考えを書記長に伝えようと決めると、得心したように、そっと梨花の肩に手を添えた。

バリケードを目の前にして、様々な感情や想念が交錯し、漂い、ぶつかり、揺れ動いている。

――血気。吶喊《とっかん》。付和雷同。

――憤怒。自棄《やけ》。捨て鉢。

――不安。逡巡。怖じ気。

そのどこかちぐはぐな集団の頭上で、階級的組織主義の威勢が君臨しようとしていた。

（五） 逮捕

朝の八時半を少し回っていた。

午前の若々しい陽光を浴びて目覚めていた有刺鉄線が、バリケード前に群れ集った、組合員の眼《まなこ》に、尊大な牙を剥き出し、固い拒絶の意志を放射していた。

焚き火は既に消されており、不寝番の植木屋たちも交替して、新たに経理部と庶務課の部長と課長が、争議の思わぬ展開に肝をつぶしたのか、口をあんぐりさせ、開き戸の後ろに放心したように突っ立っていた。

小柄な一人は背中が丸く、子犬を思わせた。もう一人は、のっぺり顔で、事務職らしい優形《やさがた》の男であった。二人とも、きまり悪そうに作業帽を深めに被り、勝手が違うので、おろおろして落ち着きがなかった。源左衛門への忠誠と、職場では机を共にしている組合員への同情との板挟みになっているようだった。

二人とも盗み見るような、自信のない視線を、押しかけて来て屯《たむろ》する組合員の方へ向けていた。恐らくは、組合員のやんちゃには眉をひそめたいのだろうが、さりとて敵意があるわけでもなく、普段は親密にしている者も少なくないのだから、掴み合いなど御免蒙りたいし、二人はバリケードの内側で、何事もなければ良いがと、事の成り行きを案じているようだった。

バリケードの端の方に、その部長と課長が、胡散臭《うさん》そうに時折目をやって気にしている、一様に厳つい肩をした四、五人の男たちがいた。石油コンビナートなどで働く、地元大手企業の労組幹部たちで、オルグとして先乗りしていたのだった。

彼らは労働運動の猛者《もさ》といった、気骨のある風体で、その中の一際頑迷そうな、赤ら顔の初老の男は、手回し良く、大きな木槌を手にしていた。古びてはいたが、樫《かし》材の太い柄のついた、頑丈で重たそうな武器であった。

地元企業の労組幹部は、ひ弱な放送局の組合員ではなく、自分たちの手でバリケードを破壊しようと、独断的に決めているらしかった。彼らにしてみれば、放送局の組合活動など、子供騙しのままごとぐらいにしか見えなかったであろうから、危なっかしくて、とても大事を任せてはおけなかったのであろう。


「木槌をお貸し願えませんか？　拝借したい！」

労連の石嶺委員長が、地元オルグの面々と初対面の挨拶を終え、応援の労を謝すると、いきなり戦いの勘どころともなる、微妙な用件を切り出した。

「ははははは」

赤ら顔の初老の闘将が笑って応じた。

「あんたらがやるちゅうんは、ちいと無理だあな！」

「ど、どうしてですか？」

「ははは。あんたら、ひよっ子が危い橋を渡るとの、お縄頂戴となるじゃろうよ。首が飛ぶかもしれんで。源の殿様のことじゃからの。源の殿様を甘く考えたらいけんでよ。下手をしたら、組織はガタガタになるでの！」

「あなた方がやれば、そうはならないのですか？」

「うん、まあな。わしらじゃったら、器物損壊が落ちじゃろうて」

「私は当社の社員ではありませんから、首になる心配はありません」

石嶺委員長は腹を据えて訴えた。

「ですから私がやります！　私たちにも放送局の労働者として意地があります。全国の労働者が見守っている戦いです。臆病風に吹かれて降参したとなれば、天下の笑い者になってしまいます！　みんなの士気を高めるためにも、私が先陣を切って乗り込むのですから、どうか木槌をお貸し願いたい！」

石嶺委員長は、低音の地声を絞り出して、哀願するように訴えると、ここぞとばかりに初老の男の手から木槌を奪い取り、つかつかと開き戸を目指して大股に歩み寄って行った。

みんなの方にはくるりと背を向け、開き戸に向かって吠えかかって行くような、その役者染みた所作に、屯《たむろ》する組合員の中から合の手が入る。

「待ってました、委員長！」

「イヨォー、男の中の男、イシミネ！」

「男一匹、気張れ！」

放送労連の委員長ここにあり！　というように石嶺委員長は木槌を堅く握りしめ、有刺鉄線を蔦《つた》のように這わせてある開き戸と向き合うと、左足を前へ突き出し腰を下げる、半身の構えとなった。その姿は、隈取りを施した役者を思わせ、もう後には引けぬという、悲痛な決意を発光させていた。

委員長は、腰を下げたまま身体を思わせぶりにのけ反らして一呼吸置くと、おろおろと狼狽《うろた》えている二人の門番に、見下《くだ》すような視線を投げかけた。

胸の中で緊張と不安が犇《ひし》めき合っている組合員たちは、運命の扉が開かれるのを待ち受けるように、固唾《かたず》を呑んで、その一場面を見守っていた。

未知の世界に足を踏み入れる、恐れのような不安から、梨花が吸い付けられるように、志朗の腕に取り縋った。柔らかい胸が小刻みに震えていた。

一瞬の静寂がみんなの頭上を支配する。みんな、金縛りに遭ったように、息を殺していた。

すると次の瞬間、石嶺委員長が「ヤッ！」と、力のこもった大きな掛け声を発した。あらゆる思惑を吹き飛ばすように、木槌が開き戸の蝶番めがけて振り下ろされたのである！

ガシャ！ 鈍いひしゃげた音が、泥のように飛び散った。

石嶺委員長は更に、工夫《こうふ》のようにおもむろに木槌を振り翳すと、有刺鉄線がへばりついている、杉板で拵《こしら》えた開き戸を「エイ！」と打ち据えた。バリケードの内側から、閂《かんぬき》が投げ捨てられた廃材のように、げんなりして跳ね落ちた。二人の門番は制止することも叶わず、顔を引きつらせて後退《あとずさ》りすると、開き戸は仰向けに倒れ、バリケードにはぽっかりと、抜け道のような穴が生まれたのであった。

「やったあ！」

「万歳！ 万歳！」

詰めていた息が、一挙に解き放たれ、歓声がどよめいた。

なかには、突入は危険だと、戦いの方向に疑念を抱いている者もいたであろう。戦いの流れには身を任せるほかはないと、観念している者もいよう。殴り込みをかければ何とかなるさと、当てのない目論見を弄ぶ者もいたに違いない。そんな種々《くさぐさ》の思惑や蟠《わだかま》りを扱《こ》き混ぜて、バリケード前に陣取った一団は、突破口が開いたことで、高揚感一色に包まれた形となった。

そして活動家もお坊っちゃまも、女子社員も腰巾着の抜け駆け野郎も、みんな熱に浮かされたように鬨《とき》の声をあげ、バリケードの中へと、濁流のように吸い込まれて行くのだった。

「突撃！」

「突進！」

二人の門番は、目を真ん丸に見開いたまま、濁流を堰《せ》き止めることもならず、棒杭《ぼうくい》のように、呆然《ぼうぜん》として突っ立っていた。

何の指示もないまま、みんなは鳥の帰巣本能のように、我勝ちに三階にある社長室を目指して突進していった。押し合いへし合い犇《ひしめ》きながら、二階から三階へと、一目散に駆け上って行く。みんなは「ウオーッ」と野獣のように吠え、唸り声を発し、躓きながらも狂ったように駆け上がった。階段が、時ならぬ地響きに揺れ、砂塵を巻き上げているようだった。しこたま足を踏みつけられた女子アナが、「ヒー」と、壊れた楽器のような悲鳴をあげていた。

三階に辿り着くと、てんこ盛りのような一団は、社長室の前を蜂の巣のように群がった。木製の社長室のドアには、長閑《のどか》に空を舞うナベヅルを象《かたど》った、平べったい装飾が施されていた。ナベヅルは、放送局からさほど遠くない山里に、毎年秋が深まると飛来し、詩情や穏和な情趣を奏でてくれる、平安の使者であった。その田園風景を演出するドアの前で、逆上《のぼ》せ上がった組合員は、罵声と哀訴を、室内の主に向けて百姓一揆のように浴びせ始めた。

「不当ロックアウトは、直ちにやめろ！」

「先制ロックアウトは違法だぞ！」

「阿呆ん陀羅！　朕は腹に据えかねておるぞ！」

「バリケードは、直ちに撤去しろ！」

みんなは腹に溜まっていた忿怒の念を、思い思いに吐瀉し始めた。

「おたんちんの、ひょっとこの老いぼれ！」

これは意地っ張りな性格も露《あらわ》な、甲高い金属的な女性記者の罵詈讒謗《ばりざんぼう》であった。

調子づいているのか、自棄《やけ》になっているのか、数を頼んでいるのか？　こうなれば先鋭分子も消極派も、旗振りも腰抜けも、抜け駆け野郎もお坊っちゃまも、淑女も姐御《あねご》も、もう区別はつかなくなっていた。みんな、非日常的な気圏の中に吸い込まれて、異常な感情の噴出を抑制できなくなっているのだった。

しかし、そこに集約されている情感は、決して一色《ひと》の熱風でもなければ、紐帯《ちゅうたい》でもなかった。ましてや同志愛や連帯感など、一部の活動家しか抱いてはいなかったし、革命的な高揚感などあろう筈もなかった。つまり半ば習慣化していた、組合活動の義務的な痙攣であり、思い思いの感情のごった煮であったのである。

それでも一つの釜の飯を分け合っているような一体感で、みんなは結びついていた。それが気持ちを楽にさせたのか、みんなは捌け口を求めるように、叫び、訴え、哀願し、恨み言をこぼし、胸の奥に詰まっていた不発弾を引火させたりしたのだった。

「外道さらあ、出て来やあがれえ！」

「糞じじい、話し合いに応じろ！　どこかの女将《おかみ》が顔を見たいと言ってるぞう！」

「むじなの穴ごもり！　頑固親父の気紛れは許さぬぞう！」

「俺たちは飼い殺しかあ？」

百姓一揆のような一団が、思い思いに鬱憤を弾かせる。

「ロックアウトをやめんかい、べそっかき！　不当配転は取り下げじゃあ、すっとこどっこい！」

「問答無用は無用でよ、老いぼれ！」

「通せん坊の、お殿さんかあ？　恥を承知の殿様かあ？　バリケードは天下の恥さらしでよう！」

久慈志朗が茶々郎の方を目で捜していると、彼は他人事のように澄ました顔をして、面白そうに、焼き栗が弾けるようなみんなの吐瀉を眺めていた。

志朗は、お伽の国のような異空間に攫《さら》われて来たような、この世のものではない世界に浮いている、不思議な感覚に捉えられていた。彼は黙然として、堪《こら》え性のない罵声を、同情と違和感の二つの触手をもって聞いていた。

「ロックアウトはやめて下さい！」

団子状態になって喚いている組合員の中には、丁寧な言葉で哀願する女子社員もいた。

反対に、

「じじいたちは、くたばれ！」

とおらぶ女闘士もいた。

組合員の中でも、抜き手上手の日和見先生たちは、地金《じがね》を見せまいとして、「そうだ！」と合の手を入れたりしている。

例によってお調子者のテレビ制作マンが剽《ひょう》げて見せる。

「腕に覚えのケチン坊。見ざる、聞かざる、言わざると、下々《しもじも》が見えねえ殿様蛙たあ、おらがことだあ！　ウヒヒヒ」

どっと笑いが巻き起こった。その時、

ピーッ！　ピーッ！

急停車を命ずるような鋭い笛の音が、みんなの頭上に鳴り渡った。しゃっくりが止まったように、みんなは一気に押し黙った。

「スクラム！　スクラムを組んで！　早く！　早く、スクラムを組んで下さい！」

体育の教師のような、邪気のない大きな声で、局面を変える咄嗟の号令を発したのは、広島の放送局からやって来た、あのオルグであった。

上気して沸点に達しようとしていた組合員は、みんな操られたように指示に従い、腕を組み始めた。

すると、不思議な連帯感が、歪《いびつ》な透き間を抱えて必ずしも一枚岩とは言えず、不協和音を鳴らしているようなこの集団にも芽生えてくるのであった。

「職場を返せ！　職場を返せ！」

ピッピー、ピッピー
広島のオルグは、抑揚をつけた囃し立てるような調子で、シュプレヒコールの音頭を取り始めた。彼は調教師のように、うまくみんなを鼓舞し、戦意の高揚を煽り立てるのであった。

社長室前に陣取っていた組合員たちは、条件反射のように、声を揃えて応じた。

「職場を返せ！　職場を返せ！」

ピッピー、ピッピー
シュプレヒコールは次第に熱を帯び、リズミカルに滑走していく。この集団には不似合いなほど、声も揃っている。

「ロックはやめろ！　やめろ！」

ピッピー、ピッピー
広島のオルグは間合いを見て舵を切り、雄叫《おたけ》びの内容を切り替えた。そして「やめろ！」の「や」に力を入れて連呼の音頭を取ったので、鬱屈したものを解き放つような抑揚が生まれ、シュプレヒコールは、快調に心地よいリズムを刻んで進んでいくのであった。

「ロックはやめろ！ やめろ！」

ピッピー、ピッピー
全員が声を揃えて叫んでいると、雑念や打算などの不埒な思いが薄らいで、天空に遊ぶような陶酔感が、みんなの胸中に醸されていった。気持ちの上で波長が合ってくると、労働者であることが誇らしく思えた。一体感や陶酔感をもって連呼を繰り返していると、争議にまつわる〝怨念〟なども浄化されていき、敵と対峙しているという緊張感も凋《しぼ》んでいくようであった。

放送局には職人気質の者など、心をひとつにすることが初手から不得手な連中も少なからずいたが、この時ばかりは、似非《えせ》アルチザンは素《もと》より、田舎天狗もぼんぼんも、謹厳居士も表六玉も、仮面紳士も色事師も、おきゃんもアプレも、みんな地熱のような、不思議な連帯感で結ばれたのであった。異端児の、あの茶々郎さんも！ こんな時、彼はカメレオンのように柔順な組合員を装うのである。

久慈志朗も、その心地よい連呼の滑走に身を任せながら、胸の奥に張り詰める緊張の糸を解きほぐしていたのである。この数分の僅かな時間、彼の思考は休息をとって、弛緩《しかん》したまま寝ころんでいたのだった。

まさにその時であった――。

階段に近い廊下の端の方から、ピーピー！ ピーピー！ と、耳を劈《つんざ》く長く鋭い笛の音が、廊下一杯に鳴り響き鳴り渡った。続いてどやどやと、集団になって階段を上ってくる、重くて威圧的な靴音が聞こえてきた。

何だ？　嗚呼《ああ》、この闖入者たちは、機動隊と地元の警察官たちではないか！　利かん坊みたいな面影のある署長を先頭に、総勢二十四、五人はいる！　青二才のような若い警官もいれば、貫禄のある中年の警部補もいる。

この、時ならぬ闖入者たちは、組合員と対峙すると、立ちはだかったまま無言の行のように押し黙っていた。そして任務に忠実なだけというように、どの顔も一様に無表情であった。ただ署長だけは、頃合いを見計らっているのか、意地悪そうな顔をしてハンドマイクを弄んでいた。

それにしても、会社側の手際の良さは何ということだ！　見事なものではないか！　よほど以前から、綿密な計画と行程が練り上げられていたのだ！　そしてロックアウトを花道とする、掟破りの「組合潰し」こそは、源左衛門一世一代の大勝負なのだ！

警察官の導入という、予想だにしていなかった、いまいましい事の成り行きに、梨花が身の竦む思いに囚《とら》われ、志朗と組んでいたスクラムの腕を、海辺の軟体動物が触手を窄《すぼ》めるように、自分の胸の方へ引き寄せた。志朗は思わず力を抜いて、彼女の胸のふくらみの方へ、自分の腕を委ねた。志朗は、その蕾《つぼみ》のようなふくらみが微《かす》かに震えているのを電信のように感じた。

彼は梨花の耳元に小声で、

「僕らの希望を手放してはいけないよ」

と囁きながら、組んでいた彼女の腕を、労《いたわ》るように引き戻した。

梨花は志朗の励ましに頷きながら、自分を落ち着かせるように「ふうーっ」と、大きな溜め息をついた。

警察官に出口を塞がれたことで、広島のオルグが血相を変え、喚くように吠え始めた。

「帰れ！　帰れ！」

ピッピー、ピッピー
声は上気して上擦り、学者風の顔が粘土細工のように歪む。笛の音も、荒い息遣いのようだった。

オルグの叫喚と事態の異様さに泡を食った組合員たちも、やたらと声に力を入れて、怒声のような連呼を続けた。

「帰れ！　帰れ！」

ピッピー、ピッピー
「帰れ！　帰れ！」

ピッピー、ピッピー
組合員と向き合っている署長は、汚物でも見ているような不快そうな顔を露《あらわ》にし、威厳を示すためか、両眼をかっと見開いていた。署長は逆徒の中に、顔見知りの記者やカメラマンがいることも認めたが、敢えて目を合わせようとはしなかった。

署長は一つ間を置くと、おもむろにハンドマイクを口元に寄せた。

「皆さんは、ここを不法に占拠しています。即刻退去しなさい！」

ピッピー、ピッピー
「帰れ！　帰れ！」

署長の一言が引き金となって、火に油を注いだように、シュプレヒコールは一層勢いを増し、リズムを取り戻して、調子よく滑走する。

ピッピー、ピッピー
「帰れ！　帰れ！」

再びハンドマイクを口元に寄せると、署長はやんちゃ坊主を諭すように、連呼に動揺することもなく、穏やかな口調で語りかけた。

「皆さんは速やかに退去しなさい。ここを占拠することは許されません。皆さんの行動は、家宅侵入です。不法侵入罪になります。直ちに退去しなさい！」

「帰れ！　帰れ！」

ピッピー、ピッピー
警官との対峙で不意打ちを食らった格好となって憤激した組合員たちは、半ば自棄《やけ》っぱちになって連呼を続けた。警察官と衝突することになろうとは、誰もが予想していないことだった。

百五十人余りの、小さな、縁故採用による家族愛的な人間関係を基調とした社風の中で、大方の者が労資の隔てなく馴れ合っていたのだから、警察官の導入というような身内に弓を引く蛮行など、誰が思い描いたであろうか。それだけ会社側が、組合組織の破壊に、なりふり構わず本腰を入れたということだろう。そして組合組織の破壊は、不当労働行為であり、法に触れると抗議を行えば、反対に組合の行為は秩序の破壊であり、会社の基盤を危うくすると反論するであろう。

明治から終戦までの日本という国の有り様を、〝幻想〟であったと断じた、それも左翼的ではない経済学者がいるけれど、源左衛門や年配の役員は、今もその〝幻想〟にしがみついているのに違いない。だから組合活動と言っても、〝お上〟に楯突くだけの、法外な、あり得べからざる謀叛《むほん》と映るのであろう。

事の成り行きを見守っていた放送労連の石嶺委員長が、スクラムを組んでいる腕の鎖を掻き分けて、署長の前に進み出た。委員長は、肩はがっしりしていたが、足が短くて背が低いので、顎をしゃくり上げ、にらめっこをするような格好になって署長と対面した。

「ここは、あなた方の出て来る幕ではないでしょう！」

シュプレヒコールを制止させ、委員長は落ち着いて静かに抗議をした。

「これは労資間の問題です。労資の間で話し合って解決すべき問題です。言ってみれば一つの会社の中の内輪揉めです。第三者が入って来るような、そんな性質のものではありません。どうか速やかに、お引き取り願いたい！

それに会社側が取っている措置は違法なものです。不法行為を私たちは認めることはできません。私たちは正当な権利を行使しているだけです。責められるべきは会社側の方ではありませんか？　お解りいただけたら、速やかにお引き取り下さい！」

署長は渋面を保ったまま、眉ひとつ動かすこともなく、黙って聞いていた。

――権力が、人間の尊厳と善の心を守るために、抑圧ではなく、慈愛をもって民衆と伴走する。そんな時代はいつ来るのだろうか？――

委員長が署長に抗議している時、久慈志朗の脳裡で、そんな問いが流れ星のように光って消えたのであった。

――つまり、権力を人間化することは、あり得ないことなのだろうか？――

志朗が、「文明」とはそういう方向に進んで行くのではなかろうかと思っていると、放送労連の石嶺委員長は、署長と二、三の押し問答をしたあと、腰を屈《かが》めて、獅子が舞うようにくるりと組合員の方へ向き直った。そして両手を大きく振り下ろしながら、悠然とした表情を繕って叫んだのであった。

「さあ皆さん、座り込みをやりましょう！　腕を組んだまま、腰を下ろして下さい。さあ早く、早く座って下さい！」

　みんなはどたばたと、その場に座り込んだ。スクラムを組んだままでいたので、押されたり引っ張り合ったりして、尻もちをつく者もいた。「ヒーッ」と悲鳴をあげる女子社員もいた。

　急変を告げるように、蟹の甲羅のような平べったい赤ら顔をした四国のオルグが金切り声を発して、新たなシュプレヒコールの口火を切った。再稼働した連呼は、どこかヒステリックであった。

「帰れ！　帰れ！」

「帰れ！　帰れ！」

　ピッピー、ピッピー
　ピィーー、ピィーー
　その時であった――。

　時の流れを跳ね返すような、その場を圧する長く鋭い笛の音が、運命を変えるように鳴り響いた。その号笛は、息を潜めていた警察官への合図であるとともに、ひと悶着ありそうな気配に、その場に根を下ろそうと気持ちを切り替えかけていた組合員への威嚇でもあった。

　号笛を吹くと、署長は渋面を一層強張《こわば》らせ、肝を焼く娘たちやどら息子たちに、『仕様のない奴原よ』と言わんばかりの、呆れた一瞥を投げた。そして、今や遅しと待ち構えている署員たちの方へ、顎を引き締めて向き直った。

「かかれ！」

沈着にして、厳かな下命であった。腹に力は入っていたが、職務上の義務的な、短い命令でもあった。

二十四、五人の機動隊や警察官たちは、予め決められていたらしい手筈に従って、為《な》すべきことに取りかかった。

捕り物が始まったのである。放送局の廊下が、片田舎にあるような、芝居小屋の狭い舞台に変貌したのであった。

「こん外道、何をするでえ？」

取っ付きにいた、山家育ちの中年のカメラマンが、一番手の功名をと、肩を怒らせて抵抗を試みた。両腕に力を入れ、相手を突き飛ばそうとしたのである。

「来なさい！」

先陣を賜った若い警官が、少しも怯むことなく、そのカメラマンの怒り肩に手を添えて、穏やかに立ち上がるよう促した。

「クソガキ！」

山家育ちのカメラマンは、更に頭突きを食らわせようと、猪のように頭を下げて身構えると、小競り合いを察知した初老の警察官が、さも心得ているように、すかさず手助けに入った。左右から挟み撃ちにされたカメラマンは、猶も駄々っ子のように、足をじたばたさせようとしたが、両脇を抱え込まれては、万事休すと相成らざるを得なかった。

四国のオルグは、顔を引きつらせ、シュプレヒコールの音頭を、悲鳴のように振り絞って取った。

「帰れ！　帰れ！」

ピッピー、ピッピー
「帰れ！　帰れ！」

ピッピー、ピッピー
警察官たちは、頬を嬲《なぶ》るような連呼を馬耳東風と聞き流し、顔色ひとつ変えることもなく、不逞の徒輩の捕獲作業を進めた。

彼らは「さあ、立ちなさい！」と、子供を相手にするように、やんわりと起立を促した。そしてスクラムを組んでいる腕の鎖を、木工を操るように解き放し、その腕を鷲掴みに掴んだまま起立させると、三階から二階へ、二階から玄関へと、組合員一人ひとりを誘導して行くのであった。組合員の抵抗に、時に顔を顰《しか》めたり歪めたりすることはあっても、概して警察官たちは、平静で淡々と任務をこなしていた。

それに引き換え、窮地に追い込まれた反逆者たちは、不貞腐れて仏頂面を横柄に誇示する者、警官の手を払い除けて、自尊心をひけらかそうとする記者、観念して神妙に縛につき、罪人のように引き立てられていく営業マン等々、みんなどこか芝居染みた役回りを、それぞれが演じているのであった。なかには羽をばたつかせて足掻く鶏のような格好となって取り押さえられた女子社員もいた。

「来ないで！　嫌よ。触らないで！」と、ガラスの破片が飛び散るような声を上げ、べそをかきながら焦《じ》れてみせる、痩せぎすの女子アナもいた。

剽げ者のテレビ制作マンが、腕を掴まれると、自分から立ち上がりながら、にやりとして、

「まっこと人生、花嫁御寮！」

と、自嘲ともつかぬ与太を飛ばした。

周りの者が思わず噴き出したので、腕を取っていた警察官は、自分が笑われたような、戸惑った顔をした。

梨花の番になった。

――どうして、こんな窮地に陥ってしまったのだろう？　――

胸の中で困惑が旋回していたのであろうか。彼女の青ざめた頬には、うっすらと透かしの入ったような涙の跡があった。

彼女は大人しく誘導に従った。

続いて図体の大きい、若い警察官が、機械でも扱うように無雑作に志朗の腕を掴んだ。志朗は、泥水を撥ねかけられたような、不快な気持ちが悪寒のように走るのを感じ、反射的に身を竦めた。それが反抗的な態度のように映ったらしく、その若い警官は、声を荒らげ、噛みつくように吠えた。若い警官の自制心が綻《ほころ》びたのであろう。

「この野郎！ おい、立つんだ！」

いささか感情的な声が、志朗を追いたてた。志朗は別に意に介することもなく、やおら自分から立ち上がり、警官の手を振り解くと、一人で歩き始めた。

――自分はいま、人間が崩壊する現場に立ち合っている！ 良識や信義、協調といった、或いは対話する精神といった、人間性の美しい部分が壊れようとしている！ 人間が人間としての輝きを失い、単なる動物に堕《だ》そうとしている！

たとえ大きな権力の意思が、経営者側の背後で働いていたとしても、また組合側が、革新政党などの遠隔操作による、教条主義的な偏向を余儀なくされていたとしても、労資双方に大局観に立った、放送局としてのビジョンがあれば、対話の扉を開くことは可能だったのではあるまいか？

しかし現実は、労資とも狭いエゴの中に閉じこもり、そのエゴをほじくり返すのが習性になっているのだ。元々「心を開いて話し合う」という習慣も意識もないのだから、相互の理解も生まれないし、高らかな目標を共有するということもあり得ない。

これは〝病《やまい》〟ではないか？

そう、これは「対話不能症」なのだ！

――「対話不能症」というのも、部課長にしろ、お坊っちゃまにしろ、野心ばかりを高ぶらせ、「志」というものがまるでないからだ。だからビジョンも生まれないし、心を寄せ合って一つの目的を共有する、人間的な習性にも欠けるのだ。これでは対話が生まれないのも当然である。思慮や良識が働く余地もなく、みんなエゴの裸踊りに酔い痴れている！

――もし自分が今、経営者の立場であったなら、どう対処したであろうか？　ひょっとしたら、同じことを仕出かしたのではないか？

否。断じて否である！

自分はどこまでも「人間的」であろうと努《つと》めるだろう。「人間的」とは、他者を、相手を思いやることだ。対話の力を信じることだ。人間への郷愁に生きることだ！　――スクラムから牛蒡《ごぼう》抜きにされて階下へ誘導されながら、久慈志朗の頭の中は、目まぐるしく回転していた。そして彼は「人間の旗」だけは、決して手放すまいと、固く心に誓うのだった。

組合員たちは、全員が揃うまで、玄関の内側で待たされた。

志朗の傍らで、梨花が心細そうに青ざめた顔をして、立ち尽くしていた。彼女は、小さな花びらのような唇を、小刻みに震わせているようだった。前途は濃い霧に包まれているし、これから先、何がどうなるのか、皆目見当もつかないのだから、無理もないことであった。

「大丈夫だよ。誠実に生きれば、必ず展望は開けるさ。そういう戦いをしようよ！」

志朗がそんなふうに励ますと、梨花は、

「闇よ。闇だわ」

と、心許なく呟いた。

彼女の胸の汀《みぎわ》では、不安と焦燥が寄せては返し、波打っているようだった。

「これから、どうなるんでしょうね？　何か運命のようなものが、忍び足で迫って来るみたい！」

彼女が独り言のように、小声で問いかけた。

「運命？　運命なら、逃げても始まらない。運命と言うのなら、それを生き抜くしかないのではないかね。これから日々変わっていく現実と、どう関わり、どう向き合っていくのか。そこに〝運命〟が顔を出すのだと思うけど、いずれ何らかの決断を迫られる時が来るに違いない。その時、僕たちが『人間的』であり得るかどうかだ。つまり、人間としての『尊厳』が守れるかどうかだね。『尊厳』というのは、胸中に、精神の王城が聳《そび》え立っていることだよ！」

志朗は、これからの道程《みちのり》が茨の道であるのなら、手を引いて一緒に歩いてやろうと思った。梨花が、灯台の明かりのような、何か道しるべがないと、前へ踏み出せない質《たち》だったから。

ロックアウトがいつまで続くのか。どんな形で終結するのか。どんな戦いを展開すれば、風穴を開けることができるのか。全ては闇の中である。皆目見当がつかない。組合の執行部にも、その知恵はない……。

「僕たちは白旗を揚げることはできないしさ」

志朗は自問するように、梨花に語りかけた。

「〝犬〟に成り下がることも、自爆の道を選ぶことも、勿論できないよね」

「それは当然だわ」

「つまり、さっき言った〝人間としての尊厳〟を貶めることになるのだからね。精神の自由と自立は絶対的ということだよ」

「それが〝尊厳〟ということなのね？」

「そうだよ。僕たちは今、〝人間としての尊厳〟を守る〝防衛戦〟に赴いているんだ！」

「そんなふうに考えるのは、あなただけだわ。久慈さんって、異星人みたい！」

「はははは、異星人か？　悪くはないね。では異星人として言わせてもらうとね、この争議で賃上げを勝ち取ることも、技術部員二名の配転を撤回させることも叶わなかったとしても、それは決定的な敗北ではない。しかし〝人間としての尊厳〟を踏み躙《にじ》ってしまえば、それは〝地獄〟だろう。権力に尻尾を振る〝犬〟に成り下がれば、人間としての良心が、深い傷を負う。それは一生拭えまい。だからさ、僕たちは今、〝人間としての尊厳〟を守る〝防衛戦〟に出陣したんだよ！」

「でも、目の前が闇であることに変わりはないわ」

　警官隊によって出端《でばな》を挫《くじ》かれ、戦意を萎えさせられていた組合員は、言わば暗闇の中に捨て置かれた状態に陥っていた。梨花も、その漆黒の中に沈んで、途方に暮れていることに変わりはなかった。

「確かに今は試練の時だよ。しかし、その試練は〝人間〟であることの意味を問い直す試練だよ。だからこの〝青春の劇〟を一緒に生きてみようよ。ほかに道はないんだからさ……」

　牛蒡抜きに遭ったからといって、すぐさま闘争方針の変更も儘《まま》ならず、当面は惰力で進むしか策はないと、組合員たちは漠然と思っていた。梨花も同じような隘路《あいろ》に足を踏み入れていた。

「私、久慈さんのようには、そんなに易々と楽天的にはなれないわ」

　それは正直な気持ちであった。

「僕はね、信ずることだと思うんだ、希望はあるとね。未来は必ずあると信じようよ。信じれば、希望も生まれてくるよ。朝の来ない夜はないと言うじゃないか！」

志朗の励ましに、半信半疑ながら、梨花は頷いた。

「そうね。結局、信ずるしかないのかもしれないわね。きっと希望は生まれて来るんだとね」

何だか落とし穴に嵌《は》まったみたいな気持ちになって、彼女ははにかんだような笑みを浮かべた。その顔に、やや生気が蘇《よみがえ》っていた。

捕捉された組合員が全員揃うと、相変わらず無表情のまま、淡々と任務をこなしている警察官に腕を抱えられ、この逆徒たちはバリケードの外まで誘導されて行った。十メートル余りの短い距離ではあったが、護送されて行くその姿は、さながら自由を奪われた囚人のようであった。

降参して、俯《うつむ》き加減の腫れぼったい目を、悔しそうに瞬かせている良家の息子もいれば、労働者としての沽券《こけん》にかけても、矛を収めるわけにはいかないと、尊大に顎をしゃくり上げている猪突男もいる。

戦意が衰えていないことを誇示して、わざとらしく胸を反らし、大股に歩いてみせる、模範囚のような斬り込み屋もいれば、どうにでもなれと不貞腐れて、愛想づかしのような顔をしている姐御もいる。

戦うことが義務であると心得て、決められたレールの上を愚直に進むことを信条としているのは、おなご衆たちだ。彼女たちは、成るがままと言うように、平然とした顔をしている。

しかし多くの囚人たちは、一場の筋書きに身を任せるほかはないと観念して、渋い顔を保ったまま、不器用に振る舞っていた。

そうした彼らの胸中に去来しているのは、争議の先行きのことだろうか？　やり残している仕事のことか？　家族や恋人のことだろうか？　おお、それとも、寝不足と空腹のことなのか？

バリケードの内側では、報道部と編成部、それに技術部の三人の部長が、火事場の見物人のように遠巻きにして、捕獲された組合員の護送を見つめていた。

『放送局の体面を汚す、不逞の輩め！』と言わんばかりに、眼に侮蔑の色を浮かべている、社長の腰巾着。

警察官の導入という、非日常的な事の成り行きに、戸惑いを隠せない、実直者の部長。

部下のことが心配で、虜囚の身を案じている、おっとりして人の好さそうな、呑み助の部長さん。

そんなやきもきしている部長たちの後ろで、放送局に出入りしている、デザイン会社の職人や清掃会社の従業員たちがびっくりし、口をあんぐりさせて、白日の捕り物を眺めていた。

バリケードを挟んで、内と外とでは、空気の密度が違っているのだった。

内側は圧力釜のようであった。何しろ少ない人数で、放送の業務を維持しなければならないのだから、部課長や俄に掻き集められた傭兵たちが、悲壮な思いで忙しく働かなくてはならなかった。勢い社内の空気は、緊張と焦燥で圧縮されていったのである。

それに引き替え、バリケードの外側は、放心と倦怠を誘《いざな》うような、弛緩した空気がゆるやかな弧を描いて旋回していた。そこは見捨てられた灰色の空間であり、時間の流れから取り残された、小人《こびと》の国のような、虚構の世界を思わせた。何かが生まれようとする、その胎動のような気配は、どこにも見当たらなかった。「お先真っ暗」というのが、大方の組合員の思いであった。

組合員が侵攻した時に壊された開き戸は、角材をあてがって補強され、蝶番も一回り大きな規格のものに替えられていた。

「御苦労さん！」

「源の殿様を甘く考えては、いけんでの！」

「胸を張れ！　戦《いくさ》はこれからじゃ！」

開き戸の傍らで、地区労連のオルグのおっさんたちが待ってくれていた。

厳つい顔をした初老の闘士が、

「作戦は練り直しじゃな。午後また来るから、その時話し合おう。テントを手配するから、届いたら手伝ってくれたまえ」

と言い残して、他のおっさんたちと引き揚げて行った。

砦の外に放逐された組合員たちは、その角材の異物を憎々しげに睨みながら、次の指示を待っていた。

そこへみんなの後ろの方で、

「ギャー！」

と、怯えたような、絞り上げるような悲鳴が上がった。

放逐されて虚《うつ》ろになっていた大方の組合員が、その突風のような叫び声に振り向くと、誰もが息を飲んだ。一瞬、凍りつくような沈黙に縛りつけられた。

と次の瞬間、みんなはマスゲームの隊形を変えるように、どやどやと雪崩れを打って進んでいった。するとまた、呆然となって、立ち尽くした。

今まさに、放送労連の石嶺委員長が、手錠をかけられ、待機しているパトカーの方へ連行されているのであった！

逮捕された委員長は、こうした修羅場には場馴れしているのか、むきになって抗弁するでもなく、かといって卑屈でもなければ不遜でもなく、警察官にジャンパー姿の腕を預けたまま、のっそりと歩いていた。

「役者だなあ、委員長は……」

「背中で言ってるんだよ『心配するな』とね。あの人は勘どころを心得てるね。自然体が一番ってことだよ。下手に騒ぐと、事がややこしくなるからね」

放送屋は、こんな評定をすぐ始める。

取り乱すこともなく、従容として縛につく石嶺委員長の、いささか芝居染みた姿を見て、みんなは驚愕から解放され、束の間の安堵感を覚えた。その姿は「安心せい！」と殿様が言っているようであった。

してみると、もう一方の殿様の意地と、こちらの殿様の美学とが、この陰画のような異空間でせめぎ合っているのだろうか？　これから一幕のファルス（笑劇）でも始まるのだろうか？

そんな空想に、志朗は捉われていたが、その幻影はすぐに破られた。次の指示が発せられたからであった。

「皆さん、これから全員で、警察署に抗議に行きましょう！」

書記長の近藤が、敵陣にまで届くようにハンドマイクの音量を上げ、思い入れたっぷりに訴えた。

「委員長の逮捕は不当逮捕です！　明らかに会社側の脅しです！　こんな見え透いた脅しに、惑わされてはなりません！」

胸に納まらないものがあるのか、書記長の顔は、次第に憤激の色合いを帯びていった。

「いいですか皆さん、こんな暴挙は断じて許してはなりません！　我々は怒りの炎を燃やさなくてはなりません！　さあ皆さん、今こそ我々は、一致団結して、我々の怒りを警察と会社に叩きつけてやろうではないか！　それでは皆さん、これから全員で警察署に向かい、委員長の即時釈放を要求しましょう！」

「ウォーッ！」

表情に憤懣の色を浮かべて話す書記長の指示に、組合員は鬱屈した気持ちの捌け口を求めるように、喚声をもって応えた。

「それでは皆さん、出発して下さい！」

委員長の野見山が、鶴の一声のような号令を発した。

砦の外に放逐され虚脱状態に陥っていたのだから、目の前に降って湧いた、抗議行動という新たな目標は、萎《しお》れかけていた闘争心を蘇らせるには充分であった。

元気を取り戻した組合員は、威勢よく、大股で飛び出すように出発した。戦いの道筋は見えなくても、取り付く標的があるのは幸いだと、闘士たちは晴れがましい気持ちになるのだった。

（六）抗　議

放送局の正門を後にして暫く行くと、さして大きくもない藩庁門があった。その寂《さび》れた藩庁門は、江戸時代、そこに藩邸があったことの名残として留め置かれていたのだった。

門の奥の藩邸跡は、すっかり様変わりして野球場になっていたが、その門から南側の市街地に向かう方へは、真っすぐに桜並木が伸びていた。その並木道の周辺には、幽《かす》かではあったが、昔の城下町の面影が漂っていた。

砦の外に捨て置かれた形となっても、新たな標的に闘争心が蘇り、反抗心を滾《たぎ》らせた組合員たちは、警察署を目指し、並木道の葉桜の下をぞろぞろと歩いて行った。それでも職人肌であったり、自尊心に呪縛されていたり、鶏冠《とさか》のような自己顕示欲に取り憑《つ》かれていたりして、統率を嫌う者も多い放送屋の行列は、どこかしまりがなかった。傍目には、暇を持て余した素浪人が、徒党を組んで、酒でも食らいに出かけて行くような光景であった。

素浪人たちは歩きながら、闘争心を燃やす一方で、銘々の思いを反芻していたから、概して寡黙であった。また警官隊によって排除されたという、圧制への反発から、自ずと先鋭的にもなっていた。あまり組合活動に熱心でなかった者も、経営者側のなりふり構わぬ圧力には眉をひそめたのであった。

その一方で、組合員と言っても、大方の者は縁故採用という〝手形〟を介して、源左衛門とは何らかの繋《つな》がりを持っていたから、聖域を土足で踏み躙る捕り物や、おぞましい逮捕劇など腑に落ちるものではなく、その上、このように荒野にほうたらいかされたのだから、身の処し方に戸惑い、抜け殻になっている者も少なからずいるのだった。

昨晩からの争議の局面が、回り舞台のように、目まぐるしく次々と転変したので、みんなはいささか草臥《くたび》れていた。そのため闘争心に駆られながらも、みんなの足取りは次第に変調を奏で始めて鈍くなっていった。威勢よく放送局の正門から飛び出したものの、だんだん押し流されるようになっていたみんなの胸の内では、昨夜からの一連の局面が映像となって去来するのだった。

――深夜の緊急招集から不細工で仰々しいバリケードとの対面。その驚愕と湧き上がる憤怒。激した感情の下品な吐露。深夜の淋しい月明かり。組合事務所の冷たい床の上での仮眠。労連委員長を迎えた、束の間の興奮。そしてみんなが鉄砲水のようになって走り出した、バリケードの突破。快調にリズムを刻んだ、シュプレヒコールの波のうねり。そこへ警察隊による牛蒡抜きが勃発。テレビ制作マンが「まっこと人生、花嫁御寮」と嘯《うそぶ》くと、労連委員長が捕まった！

嗚呼、荒野に捨て置かれた我ら素浪人に、更なる烈風が襲来するのか？

果たして我らの未来に、光明は射し込むのであろうか？――

久慈志朗もまた梨花と並んで歩きながら、やはり黙然《もくねん》として、今後の行く末について思いを廻《めぐ》らせていた。

――争議は、きっと我慢比べの持久戦になるだろう。それにしても経営者側が軟化するとは考えられない。源爺さんが待っているのは、組合員が痺れをきらして、音《ね》をあげることだ。そして堪《こら》え性のない者から、順次落としていく算段であろう。妥協や保身に走ろうとする、小賢しい雌猫どもは格好の獲物となろう。いや出世目当ての野良犬たちは、明日からでも隠密に事を運ぶかもしれない。間諜の茶々郎はどんな振る舞いをするのだろうか？

――組合の執行部は、全国の労働者に支援の輪を求めて、籠城に備えるだろう。各地からオルグが入って来て、気炎の狼煙《のろし》を上げるだろう。保守党の政治家も、革新政党の政治家も視察にやって来よう。革新政党の政治家は「先制ロックアウトの違法性」を議会で追及するかもしれない。片田舎の小さな放送局の、コップの中の小競り合いが、思わぬ反響を巻き起こさないとも限らない。

――争議が長期化すると、路線の違いと主導権争いから、奉公息子たちが第二組合の結成を目論んで、経営者側に秋波を送るかもしれない。いやもう、その蠢動《しゅんどう》は始まっていよう。そうした動きに日和見先生たちは、素知らぬ顔を装って風見鶏を決め込むだろうが、最後は手を握るだろう。

――それにしても、我々の行動や態度が粗暴な力の前に屈服するのなら、我々の人間性が蛮性へ頽落《たいらく》したことになる。硬軟いずれの戦術にせよ、間違っても利己主義に走ってはならない。――

頭の中で、こんな切れ切れの思いを回転させながら、志朗が梨花の方を見遣ると、彼女はキッと口元を結び、何か辛いものを表情に滲ませて歩みを運んでいた。そのいじらしさに、志朗の胸の中で、彼女と運命を共にするのだとの閃《ひらめ》きが、一瞬五月の風のように吹き抜けていった。その薫風に吹き寄せられるように、「人間共和」という言葉が志朗の脳裡に浮かび上がった。

――そうだ、自分が望んでいるのは〝人間の共和〟なのだ！　みんなが知恵や個性を寄せ合って、一つの目的を成就する、モザイクのような世界だ。心と心が和音を奏で、みんなが潤う人の世の仕組みだ。他者を重んじ、対話によってビジョンを共有することだ。良心と良識を大切にし、人間を手段化しないモラルの確立だ！

――しかし、この八方塞がりの状況では、今は〝耐え〟ていくしか手立てはなさそうだ。己の立ち位置を見失わないためにも、経営者側の非人間的でおどろおどろしい力の行使に、耐え抜くしか道はない。権柄《けんぺい》ずくの力に、誰が心なんか許すものか！　〝耐える〟ということは、己の尊厳を守ることなのだ！　耐え抜けば、新たな道も開けてこよう。その予感に胸が高鳴るのだ！

――たとえこの先、ぬかるみに足を掬われようと歩き続け、厚い壁に行く手を阻まれたとしても、決して希望を手に入れることを諦めないことだ！　――

こんなふうに決意を固め、安易な妥協とは反対の方角を選んだことで、久慈志朗は前途が険難な行路であることを噛み締めた。これから先の道程《みちのり》は得体の知れない重力を押し分け、逡巡と錯誤を重ねながら進んで行くことになるだろうと、志朗が黙りこくって歩いていると、

「ねえ、先輩……」

と、人懐っこく話しかけてくる者がいた。

無精髭を生やした、さほど親しくもない編成部の窪川であった。

「こうやって抗議に行くのは、無駄骨ではありませんかね？」

「……」

「私は〝あるがままに〟生きる主義でしてね。無駄と分かっていて望みを高くするのは、性に合わないですね。どうも、この……やみくもに喧嘩ばかりするのは、あまり〝お品《ひん》〟のいいものじゃありませんね」

窪川は、場違いなことを口にしてしまったかなと言うように、春先に姿を現す毛虫のような無精髭に手をやりながら、いたずらっぽい眼差しで志朗の方を盗み見た。

抗議行動を〝徒労〟だと断じたいのか、物事は成るようにしか成らないと〝事勿《なか》れ主

義〟を標榜しているのか、それとも組合から離れたくて、仲間を誘うための値踏みをしているのか、志朗には計りかねた。

――それにしても、争議というごろた道に歩き疲れて、こんな戦闘忌避者が姿を現すのも、別に驚くことではあるまい。これから先、どんな人間喜劇が繰り拡げられるか、分かったものではないのだから。

――紹介者や家族からの圧力と、己の打算や欲望とが紛乱し、先鋭分子と穏健派との間には、深い溝が開いていくだろう。自分はその亀裂の中に、人生を賭け、勇気をもって飛び込んで行くことができるだろうか？　その亀裂は、やがて一人ひとりの人生模様を鏡のように映し出すに違いない。

――先鋭分子ではないが、力への屈服も拒んでいる自分。左翼でもなく、権力の側に立つのでもなければ、折衷派でもない自分は感ずるのだ。それらの空隙にこそ、自分が望み、憩える、光の世界が微笑んでいるのを！――

要領のいい奴の筈なのに、警察署に向かって進んでいく歩行のリズムと合わない窪川の問いかけに、志朗は暫くの間黙っていたが、どこかへ踏み迷って行くようなやさ男の姿に、ちょっと哀れなものを感じて、志朗はその青白い横顔を見つめながら口を開いた。

「要求を通そうとするだけが、戦いではないだろう？」

「……」

窪川は唇を噛むと、殊更に怪訝《けげん》そうな表情を作って、志朗の方へ盗み見るような一瞥を投げかけた。

志朗は、窪川が自分自身から逃避しようとしているように思えて、共に困難な道を歩んでいこうと促すように、心情を語った。

「今僕たちが直面している、問答無用の力の論理が罷り通っている時だからこそ、組合の要求は勝ち取れなくても、人間としての尊厳は守り抜かなくてはならないのではないかな? 一人の人間は絶対不可侵の存在だからね。君だって、心を売り渡すことはできない相談だろう? ただ、この攻撃的なロックアウトの渦中にあっては、人間としての尊厳を守ることが、どうすることなのか、どう行動することなのか。その答えを見つけ出すのは、容易じゃないと思うけどね」

窪川は、毛虫のような和毛《にこげ》の無精髭をつまみながら、ちょっと眉を顰《ひそ》めた。

「あなたのおっしゃっていることは、いささか解《げ》せませんね。労働組合の活動とは次元の異なる話ではありませんか。私が言っているのは、戦術上の公式主義のことなんです。つまり、組合の遣り方は、今の時代にはそぐわないということです。要求が拒否されると、すぐ自動的にストライキを打つ。芸が無さ過ぎませんか? スケジュール闘争というのも、融通が利きませんよね。今の時代、経営の合理化が避けて通れないのなら、組合の方も時代に即応した戦術を考えるべきでしょう。少なくとも左翼的な体質からは脱皮すべきでしょう。もっと柔軟な戦術を考えるべきです。そう思われませんか？　古い体質に縛られるのは、もう御免蒙りたいですね」

窪川は気色ばんで、早口に捲《まく》し立てた。更に彼は追い打ちをかけるように、神経質そうな青白い顔を引きつらせて、不服を唱えた。

「私には、この抗議行動は虚勢としか思えませんね。単なる虚勢なら、草臥《くたび》れ儲けですよ。一体何の意味があると言うのです？　我々が抗議に行ったからといって、それで委員長が釈放されるわけではないでしょう？　我々の行動は結局のところ、空回りするだけですよ」

「組合はもっと柔軟になるべし。僕にも異論はないよ」

ニヒリスティックな後輩が可哀想になり、志朗は諭すように語りかけた。

「でもね、警察署へ抗議に行くことに意味がないとは言えない。我々の行動には、相手に我々の意志を伝えるという役割がある。また行動を起こすことによって、組織を引き締め、闘争心や労働者意識を高めることができる。それから行動を通して、次の行動のアイデアも胚胎《はいたい》するんだ。それにねえ窪川君、行動を通して、己と向き合い、己を鍛え、自分の進む道を発見していくことが大事なんだよ。だから抗議行動に結果や効果を、安直に期待してはいけない。僕はね、労資関係は当分の間、膠着したままだろうから、今はみんなが一人の人間に立ち返って、戦うことの意味を問い直すべきだと思っているんだ」

志朗は、窪川が纜《ともづな》を切らした小舟のように思え、どこかへ漂流して行くようで、彼を支えてやりたいという気持ちになっていた。

「先輩は、経営の合理化をどう思っているのですか?」

志朗の話をつまらなそうに聞いていた窪川が、挑むような口調で質問の矢を放った。

志朗は自若として答えるのだった。

「これから合理化は、容赦なしに進められていくだろう。労働組合が反対しても、その流れは止められない。経営の合理化は、言わば時代の趨勢《すうせい》だろう。しかしね、合理化というのはね、資本や〝モノ〟を主人公にして、人間を部品化することだろう? コストを切り下げて、利潤の拡大を図る——そのために、思いやりや信頼といった人間的な温かさ、創意工夫とか建設的な意見の具申といった労働意欲、そういった人間の心の中にあるものを無惨にも切り捨て、人間はひたすら部品化し、〝モノ化〟されていく。五体に血潮が脈打っているのか疑わしくなる人間が鋳造されるのだ。だからさ、それだけ人間の側に、強い主体性が求められるわけだ。僕たちは組織化された社会や企業の機械でもなければ人形でもないんだからね。人間の部品化に抵抗するのは、時代の要請だよ。でないと、合理化の行き着く先には、おぞましい精神の荒廃が現出するだろうよ」

「……」

窪川は呆気にとられたように、口を噤んだままでいた。彼には志朗の口舌が、空気の密度が違う、架空の世界の話に思えたらしい。

志朗は、窪川の青白い横顔が心なしか引きつっているのを感じながら、労るように話を続けた。

「でもね、どうやって主体性を確立していくのか。どうやって労働者が、人間らしく生きてゆく世の中を作るのか。それはね、戦いの中で探っていくしかないと思うんだ。差し当たっては、〝心を強く持て！〟ということかな、〝決意あるところに道あり〟と言うじゃないか！　君もより良く、より強く生きようと心の焦点を定めることだよ！」

五月の若々しい日射しが、葉桜の間から洩れ、素浪人たちの行列に斑《まだら》模様を投げかけている。歩道と車道を区切っている、植え込みの躑躅には、青春そのもののような、赤や白の花々が咲き香っていた。

道沿いの古い民家の二階から、中年の小太りの主婦が、物珍しそうに、まとまりのない行列を眺めている。

住んでいる世界が違うような志朗の話に、少し淋しい気持ちになっていた窪川は、そのうら淋しい気持ちを仕舞っておけず、阿《おもね》るような口調で、また志朗に語りかけた。

「私はこの戦いにのめり込むと、〝無力感〟に陥るんじゃないかと、危惧しているんです」

争議の風圧が、窪川の胸の内を、軟体動物のように縮こませるのであろうか？　彼は悲しそうな眼をして志朗を見た。

「無力感？」

志朗は反射的に問い返した。

窪川は、はにかんだような作り笑いをしながら、小声で答えた。

「そうです。網の中に入っているみたいで、もがくほど無力感が募るような気がするんです」

志朗は、窪川の縮こまった胸の中に、暖かな微風を吹き込んで、元気づけてやりたいと思った。

「無力感――。結局、自分を信じないから、無力感が生まれるんだよ。今は会社側から僕たちは掃き捨てられた状態だからね、その吹き溜まりの中でさ、〝もがいて、もがいて〟展望を拓くしか道はないだろうよ。苦しみは生みの母だ。苦しまなければ、何も生まれないよ。君は君らしくしっかり苦しむんだな！

君は〝あるがまま〟と言ったけど、それが〝あきらめ〟という〝病《やまい》〟に豹変しないことを、僕は祈るよ。こういう伸るか反るか、切羽詰まった状況だからね、〝あきらめる〟ということは、己の前途を、いや己自身を諦めることになるんだよ！　それは自分自身に敗けた、敗残の兵士の姿じゃないか！　こんな悲惨なことはない。権力の僕《しもべ》になれば、個の尊厳も主体性もなくなってしまう。それは民主主義の根幹が腐敗したことにもなる。君はそれでいいのかね？」

「……」

「ところで、それはそれとして、ひとつ僕のお伽噺《とぎばなし》を聞いてくれないか？

源爺さんの君主政治が我慢ならなくて、民衆（組合員）が蜂起したんだ。民衆の要求は、経営上の戦略や合理化にしろ、ニュース報道や番組の制作にしろ、社員全員がアイデアや意見を出し、それを集約してコンセプトを練りあげ、より優れた形のものにしていこう、というものなんだ。源爺さんは経営権を楯に、勿論承知しない。労働組合の経営参加も、君主制だから、受け入れることはできない。

そこへ民衆の方から、温泉のある保養施設を作ってはどうかとの提案をしたのだ。そういう施設があれば、社員の慰安になり活力も湧いてくる。お客さんの接待の場にもなるし、地域の人たちとの交流の場にもなり、利益も生まれる。軌道に乗れば、施設の拡充もできよう。ざっと、こんなふうに、民衆は粘り強く交渉を続けたんだ。

すると欲得には抜け目のない源の殿様、『それも一興。しかし、それは自分が考えていることだ』と言い繕って、民衆のアイデアを自分のアイデアにしてしまったんだ！　それでも社員のアイデアを汲み上げる方途を考えるよう、常務に指示して、実質的に民衆の要求が受け入れられたのだ。それで社員全員が経営者になり、また社員全員が労働者にもなったとさ！　めでたし、めでたし」

「ハハハハ」

憂鬱な顔をして、不満を燻《くすぶ》らせていた窪川が、その日初めて笑った。志朗のやや後ろで、それとなく聞いていた梨花も笑った。

「全くの夢物語ですね。白昼夢ですよ。ハハハハハ」

「君はそう思うかい？　だけどね、業種や企業の規模にもよるけど、二、三百年後には、そんな社会に様変わりしていくのではないかな？　それが僕の予感だ！　それがまた、僕の展望でもあるんだ！」

「……」

「久慈さんは、異星人なんだから、話半分に聞いてあげれば、それでいいんですよ」

梨花が、戸惑いを隠せないでいる窪川に、執り成すように耳打ちをした。

「少し付け加えるとね」志朗は聞き手の顔色を窺いながら、更に自説を敷衍《ふえん》した。

「これからの時代は、高等教育がもっと拡がっていくだろうし、大量の情報も世界を駆け巡るだろう。そうなると知識も平準化してくる。そうした環境の中で、若い人たちの間からも、優れたアイデアが生まれてくるだろう。それと並行して、またリーダーの資質にも、一人ひとりの個性を尊重し、多様な意見や能力を生かしていく、調整型の指導力が求められるようになるだろう。そんなふうに僕は思うんだけどね。

そして資本主義が爛熟し、利潤の追求だけが目的となり生き甲斐ともなれば、人間としての精神が空洞化し、その悲惨さに人々は耐えられなくなってくる。そうなれば否応なく、人々は人間的な温かさや連帯、更には文化や教養を求めて止まなくなるだろう。だから僕は、今から〝文化〟ということを、人生の、更には社会の中心軸に据えようと思っているんだ」

志朗の講釈に、窪川も梨花も黙ったまま、敢えて反論もせず、素浪人の行列の中で頷いていた。

「ついでだから話すけどね」志朗は半ば弾みがついたように言葉を継いだ。

「僕の高校時代は終戦から間もない頃だったんだけど、ある英語の先生がね、いつも授業を五分早く終えるんだ。そしてね、島崎藤村の詩をガリ版で刷った用紙を配ってね、『さあ歌いましょう』と、我流の節をつけて歌われるんだ。みんなにも『一緒に！』と促されてね、坊主頭の我々も、その頃の高校生は大概坊主頭だったからね、

まだあげ初《そ》めし前髪の
林檎のもとに見えしとき
前にさしたる花櫛の
花ある君と思ひけり

やさしく白き手をのべて

林檎をわれにあたへしは
薄紅《うすくれなゐ》の秋の実に
人こひ初めしはじめなり

と、まあこんなふうに歌ったんだよ」

「ハハハハハ」

志朗の音痴がよほど可笑しかったのか、窪川が憂鬱症らしからぬ、かなかなのような、けたたましい笑いを突発させた。

志朗は意に介することもなく、先を急ぐように続けた。

「つまりね、戦争で青春を犠牲にした教師たちが、文化的飢餓を修復しようと一生懸命だったんだよ。それが高校生の我々にも痛いほど解るんだ。だからさ、合理化も行き着く先が文化的飢餓だとしたら、どうするんだい?」

「……」

窪川も梨花も身につまされたのか、黙したままでいた。

「経営の合理化が進んでいくと、それと並行して薄っぺらな、その場限りの消費的な文化が蔓延するだろうね。だけど文化というのは、人間性の昇華した花なんだから、もっと深い精神性の文化が求められるようになるだろうね。僕はそう思うんだよ」

志朗は独り言のように、また自分自身に確認するように語り継いだのであった。

素浪人の行列が、一軒の雑貨店の前に差しかかると、いがぐり頭の初老の店主が、ロックアウトのことを聞き知っていて、商人らしい人懐っこさで、

「あんたら、源の殿様と一戦交える気かの？　まあ、あのお方は威張っちょりさえるけんの」

と、冗談めかして、組合員にエールを送ってくれた。

「まかせちょき！」

ボールを投げ返すように、笑って応ずる者がいた。

素浪人たちの、しまりのない行列は、三十分近くかけて、目的地の警察署へと辿り着いた。

警察署は、国道と交差する四つ角にあり、近くの石油コンビナートから舞い降りてくる煤煙で、外壁は薄黒く汚れていた。

素浪人たちは、どたどた雪崩れ打つように、署の横手へと回って行った。そこから光沢のない鉄格子を嵌めた窓が見えた。三階の、その部屋が留置場で、取調室は二階にあると、記者の武田がみんなに教えた。してみると、石嶺委員長は今頃、二階の取調室で尋問を受けているのではなかろうか。

ピピピピッピー！

その時、鋭く長い笛が鳴った。

「返せ！　返せ！」

ピッピー、ピッピー
広島のオルグが、ハンドマイクを使って、急発進するようにシュプレヒコールの音頭を取ったのだった。

「返せ！　返せ！」

ピッピー、ピッピー
「返せ！　返せ！」

ピッピー、ピッピー
素浪人たちは、声も惜しまず囃したてる。そこへ、跳ねっ返りのはみ出し者が茶々を入れる。

「お二階の刑事さん、いばりを垂れるでないぞ！」

この野次につられて、また別の野次が飛ぶ。

「不当逮捕をやめんかい！　やめんと大砲ぶっ放すぞ！」

「返せ！　返せ！」

ピッピー、ピッピー
シュプレヒコールに身を預けていると、束の間の陶酔感が全身を浸し、一時《いっとき》の微酔が、種々《くさぐさ》の煩いを押し流す、炭酸水のような浄化作用の役を果たしていくのであった。

連呼に和しながら、志朗が梨花の方を見遣ると、彼女はその浄化作用に身を委ねるように、眠たい目をして「返せ！　返せ！」と蕾のような口元を動かしていた。その横顔に志朗は郷愁のようないとおしさを感ずるのだった。

一方、志朗の脳髄は、連呼の諧調が心地よく弾む中でも、休むことを知らなかった。

——経営者側が躍起になって合理化を押し進めようとし、労資の間もこのように険悪な事態に立ち至ったのは、源左衛門の単なる思いつきからではあるまい。その背後には、時代の底流で、経済と社会に何か地滑りのような現象が起きているのではあるまいか。時代そのものが地殻変動を起こしているのではないか。もしそうであるなら、その地殻変動は、人間の生き方や考え方にも変化を強いている筈だ。人間の生き方や考え方に新しい発想が求められているのだ！　経営者には経営者としての、労働者には労働者の、新しい発想が、また生き方の転換が求められているのだ！

では地殻変動とは何か？　恐らく資本は肥大化の傾向を辿り、社会は消費の洪水を呼び起こすのではあるまいか。だとしたら「人間」という原点に立ち返るほか道はなさそうだ。「人間に帰還せよ！」と、時代の地殻変動が叫んでいるのだ——。

志朗がこんなふうに思いを廻らせていると、野見山に向かって、

「委員長、早く署長に面会しろ！」

と、誰かがせっつくように、大きな声で叫んだ。

ピー、ピピピーッ
四国のオルグが機転を利かせて、鋭く笛を鳴らし、シュプレヒコールに区切りをつけた。

「委員長、さっさと乗り込め！」

また誰かが合の手を入れた。

委員長の野見山は、圧縮されたような、その場の空気に押されて、記者の武田にも同行を求め、書記長や渉外部長と一緒に署内へと向かって行った。

「その調子！」

「頑張れ！」

「一発、どやして来い！」

みんなは喚声と拍手をもって、委員長たちを見送った。

委員長たちにしてみれば、労連委員長の逮捕は突発事件であり、当然抗議文を用意する余裕もなかったから、音吐《おんと》朗々と、労連委員長逮捕の非なることを訴え、組合の正当性を主張し、逮捕者の釈放を要求するという〝儀式〟を演ずることは叶わぬ相談であった。

ピー、ピピピーッ
四国のオルグが委員長たちを背後から加勢するために、再びシュプレヒコールの連弾を促した。

「返せ！　返せ！」

ピッピー、ピッピー
「返せ！　返せ！」

ピッピー、ピッピー
囃し立てるようなシュプレヒコールに後押しされ、野見山委員長たちは、抗議文も何も持たない、言わば丸腰のままで、薄暗く日の射さない正面玄関に足を踏み入れた。この時ならぬ闖入者たちを真っ先に迎えてくれたのは、厳《いか》つい顔をした凶悪犯の手配写真と麻薬や暴力の追放を訴えるポスターであった。

その奥のカウンターでは、高校を卒業したばかりのような、まだあどけなさの残る、お河童頭で日焼けした丸顔の女子署員が、目を真ん丸にして招かざる訪客たちを見つめていた。

室内は全体に明かりが乏しく、十数人の署員たちが、実直そうに机にしがみついて書き物をしたり、立ち姿で忙《せわ》しそうに電話の応対をしていた。カウンターでは、お河童頭の向こうで、年増の婦人警官が来客を相手に、愛嬌のある甲高い声を発しながら、親しそうに何やら相談に乗っていた。

お河童頭の前まで来ると、委員長の野見山は、ちょっと済まなそうな引いた物腰で、署長に面会を求めた。彼女は一瞬きょとんとし、それから真ん丸にしていた両の目を、訝しげに曇らせた。

「どちら様でしょう？」

不審そうな表情を保ったまま、型通りに氏名などの確認を行うと、彼女はふてぶてしく小馬鹿にしたような目つきを、招かざる来訪者たちに投げかけながら、受話器を取って誰かに伺いを立てた。
二、三の応答があって受話器を置くと、彼女は相変わらず小馬鹿にしたような眼差しを委員長たちに向け、復唱するような口調で上司の意向を伝えた。
「署長はお会いしないと言っております」

至ってぶっきらぼうな返答であった。

お河童頭は事もなげにそれだけ言うと、そのまま下を向いてしまい、愛想尽かしのように何食わぬ顔をして書類に目を落としたのだった。

委員長の野見山は、彼女の取りつく島もない素振りにむっとしたが、小娘を相手にしても仕様がなく、ひとまず矛を収めて引き返すことにした。

そこへ交通課の安西という、田舎親父然とした警部補が、記者の武田を認めて近寄って来た。

「よう、どうかの、不景気な顔して……」

警部補は〝ちょっと一杯やるかの？〟というような気さくな物言いで、武田に声をかけた。

安西と武田は、行き付けのおでん屋が同じであったから、年は離れていても、よく並んでコップ酒を酌み交わす間柄であった。

地方の小さな都市で、手頃な飲み屋も自ずと限られていたから、新聞屋や放送局の記者たちが、市の職員や警察署の関係者と、夜の巷で鉢合わせをすることは、特段珍しいことではなかった。

「あんたら、今日はこれで帰りんさい」

頭に白いものが見え始めた安西が、世間慣れした、執り成すような口調で助言をくれた。

「あんたらは『嘆願書』を持って来るのが、賢明な策での。それもほろりとするようなのがええ。間違っても抗議文は禁物でよ。署長はすぐにへそを曲げるお方じゃからの。火に油を注ぐことになるで。反抗はいけん。何たって、この世は〝情〟じゃよ。低頭改心しての、『温情あるところをお示し下され』と、お頼み申すことよ。署長は、ああ見えてもの、情に脆《もろ》いところがあるけえの。

だけど武田君、あんたらも〝実〟を取らんと、世間は渡れんのと違うかの？　事は穏便に済ますのが、利口ちゅうもんでよ」

警部補は現実的な選択を奨めたが、場所柄抗弁もできず、武田たちは言葉を呑むほかはなかった。

「おっちゃん、また来るがな」

記者風の挨拶をすると、武田は顎をしゃくって、委員長たちに退出を促した。

委員長の野見山は、そそくさと玄関を後にし、血の気のない浅黒い顔を顰《しか》めて、待ち受けている組合員の前に項垂《うなだ》れて姿を現した。

ぱらぱらと、疎《まば》らに拍手が起こった。

「イヨーッ、蚤《のみ》の山頑張れ！」

野次もどこか空しかった。

事の不首尾は歴然としていたが、この時、書記長の近藤が何食わぬ顔をして、断を下すように指示を伝えた。

「石嶺労連委員長の釈放につきましては、弁護士の方ともよく相談をして対処致します。今日は、皆さんも大変疲れていると思いますので、ここで解散致します。明日は午前九時に、全員組合事務所に集合して下さい。よろしいでしょうか？　それでは解散！」

この応急処置を施すような書記長の指示が、散漫に終始した抗議行動の幕引きとなって、みんなの周りには、すかんぽのような、気抜けした空気が漂った。

みんなは朝食を摂っていないことに気づき、俄に空腹を覚えた。それと同時に、昨夜から猫の目のように変転した遮二無二な戦いにも、小休止のような区切りがついてみると、眼前には、逸る胸の内とは裏腹に、展望の見えない、茫漠とした曠野が果てもなく拡がっているのを、誰もが感じないわけにはいかなかった。

今後どのような秘策が組合にはあるというのか。険悪な労資間の縺《もつ》れは、どうすればほぐれていくのか。

執行部が「団結」を叫び、訴えても、組織の谷間では、もう小刻みな地割れが始まっているかもしれない。

組合の「正義」に身を任せるのか、小狡《ずる》い世渡りの手綱を引き寄せるのか、組合員たちは様々な思いを帯電させながら、ガラスが砕けるように、その場から散らばって行った。


「一緒に飯を食わないか？」

志朗が書記長の近藤に声をかけた。日頃はさして親しくもない間柄だったので、書記長は訝しげに、志朗の方を見返した。

「少し聞いて欲しいことがあるんだけど……」

書記長にしてみれば、流浪の民のようになり、みんなの闘争心も窄《すぼ》みかねない今、大半の組合員がどんな気持ちでいるのか、みんなから卒直な意見を聞き、同志たちの心模様を掴んでおきたいに違いない。それも革命的ロマンの夢を弄ぶでもなく、先陣を競う急進派でもなければ、かといって組合活動に後ろ向きでもない、言わば久慈志朗のような平均的な中間層の心情を、まず一番に把握しておきたいであろう。

その中間層というのは、生活を守るための組合活動を諾《うべな》ってはいるが、先頭に立って旗を振るつもりはなく、職場への愛着も強い、見た目は温厚な紳士淑女である。それに加えて、中間層というのは、入社時に世話をしてくれた有力者への恩義を後生大事に守っている。それでいて、生活のためには労働組合の活動にも精励するのである。

書記長にとって、そのような中間層の動向や心情は気掛かりであるに違いない。多数を占める中間層が崩れてしまえば、組合の組織は体を成さなくなるのだから。

書記長は黙ったまま目配せをして、誘導するように顎を前方に振り、そのまますたすた歩き始めた。

久慈志朗は梨花を伴い、書記長の後を追った。執行部の面々も同じ方角に向かっていた。中央分離帯には楠が並木になっていて、柔らかい緑の若葉が美しい。その広い道路を挟んで、市役所が警察署と向かい合って建っていた。

執行部の面々は、混乱に陥っている戦況の中で、組合員が士気を削《そ》がさぬよう、新しい闘争方針を打ち出す必要に迫られていた。その協議のためにも、早々に組合事務所に引き揚げねばならず、彼らは昼食を手っ取り早く済まそうと、近間にある市役所の食堂に駆け込んだのであった。

天井が低く、かなり広い食堂は、ちょうど昼時であったため、市の職員で混雑していたが、闖入者のような田舎侍たちも、何とか席を確保することができた。志朗と梨花は、書記長の近藤と対面する形で、並んでテーブルに着いた。

　みんな朝食を摂っていなかったので、ほかの執行委員も含め、誰もが注文した定食やかつ丼を、前線の兵士さながらに、首を突っ込むようにして貪り食った。

　書記長と志朗はかつ丼を食べ、梨花は天丼を選んだ。

　書記長の近藤が豚のように鼻を鳴らしながら、勢い込んで飯を掻き込むのが可笑しくて、志朗はつられるように口を開いた。

「これからどうなるのかねえ？」

「流れに任せるしかないだろうよ」

「えっ？　流れに任せる？」

　書記長の返答は、彼がマルクス主義者と目されているだけに、意外なものだった。階級的理論家の言辞とは、とても思えなかった。

　争議の舵取り役を担ってはいても、書記長の心の奥底では、ひょっとしたら諦念のようなものが、微熱のように疼いているのかもしれない。この国の湿潤な精神風土に根差した、鈍重でけだるいような惰力が、組合活動の闘士の心的態度にも、抗しきれない水圧を加えているのだろうか。

「感性的唯物論というわけだね、流れに任せるというのは。美徳だなあ」

　書記長の応答が全く予期せぬものだったので、志朗は思わず皮肉な言い方をしてしまった。

「安きに流れ、浅きにつく。固いものは、お歯に合わない。長いものには、自ずと巻かれていく。我々の精神風土には、安きを求めて深入りを拒むような、心情の湿地帯が、確かに横たわっているよね。本当はそこに足を踏み入れると、心の根っこが腐蝕しかねないんだけど、争議にも、その力学が働いているように思えるんだ。だから〝いざ〟となると、自然体を好むとか言って、みんなへっぴり腰になるんだ！　僕は〝あるがまま〟とか〝流れに任せる〟というのは好きになれないね」

　晴朗な精神の気圏を希求する久慈志朗にとって、因循姑息で、ぬかるみのように湿潤な心的態度や精神風土とは、生理的にも相容れなかったから、彼はこのような言い方で、自分の立場を仄めかしたのであった。

　書記長の近藤は、その精悍な四角張った顔に、苦虫を噛みつぶしたような、迷惑そうで不快な色を滲ませて、黙ったまま聞いていた。

　梨花も、

　――場所柄もわきまえず、何てことを言うのよ。どうかしてるわ――

　というように、詰《なじ》るような視線を志朗の方へ向けていた。

　先を急ぐ執行部の面々が、食後の茶を啜《すす》るのもそこそこに、席を立とうとしていた。書記長の近藤も、志朗の方をじろりと睨むと、両手でテーブルを勢いよく叩いて、立ち上がろうとした。

志朗は慌てて、

「ちょっと待って!」

と書記長を制して、話の穂を継いだ。

「引き留めて悪いんだけど、少し聞いて欲しいことがあるんだ。実はね……」

場違いであることも、書記長が急いでいることも、志朗は充分承知していた。しかし丁度今が、夕凪《ゆうなぎ》のような労資の攻防戦の切れ目であり、そこに自分たちが行く手をまさぐりながら佇立しているのだという思いが、抗い難い引き金となって、志朗は憑かれたように心の中を打ち明けようとしたのだった。

「僕も僕なりに、これまで組合の活動をしてきたし、組合の方針に異を唱えたこともないんだけど、最近少し気になることがあるんだ。それはね、闘争方針とか労働運動の路線とかの問題ではなくてね、ちょっと感性的なことなんだ。

さっき君のことを感性的唯物論と皮肉を言ったけど、実は僕にも感性の轍《わだち》があるんだよ。つまりね、唯物論を根底にした考え方に立脚して活動をしていると、自分の感性の部分が干からびてしまい、自分自身が〝モノ化〟するように思えるんだ。丁度貝が海中からカルシウムを取り入れて、殻を作るようにね、唯物論に身を委ねていると、自分の精神や感性の中に、唯物的な石灰分が分泌してくるみたいなんだ。自分が立脚する思想と自分の精神や感性の間には、何かそれ相応の交換システムがある。或いは共鳴装置と言ってもいいのかもしれないけど、そんな相関関係があり、相互作用が働いているように思えるんだ。経営の合理化も、人間を〝モノ化〟するけど、唯物論も人間を〝モノ化〟してしまう。別に労働運動や組合活動を否定しているわけではないよ。ただ唯物論には、人間性の最も柔らかい部分を摩滅させ、石灰質や角質に変容させてしまう、そんな働きがあるみたいだ。だから僕は、人間性と相容れない労働運動や組合活動は見直すべきだと思うんだ。

因《ちな》みに僕の立場は、右ではないけど左でもない。その中間でもないし折衷でもない。言わば〝ないないない〟を重ねたところから浮かび上がってくる、人間的な『真実』こそ、僕らの標的なんだ。その『真実』を僕は追い求めていくつもりでいるんだ」

短い言葉ではあったが、志朗の告白は吐露であった。落花のように胸の底に溜まって閊《つか》えていた思いを、志朗は抑え切れずに、とうとう吐き出したのである。

志朗は、照れ隠しのように、残りの番茶をゆっくりと飲み干した。

書記長の近藤は、憮然とした表情を崩さず、猜疑心を滲ませた鈍《にび》色の眼差しを、黙ったまま志朗の方へ投げかけていた。

場所が市の職員で立て込む市役所の食堂であったから、長居をするのは憚られたが、志朗は生理現象のような、胸の内の〝催し〟に促されて、話を続けた。

「そこで書記長にお願いするんだけど、職場が閉鎖されて時間がたっぷりあるんだから、この機会に組合員一人ひとりの意見や気持ちを聞き解いて欲しいんだ。組合の在り方とか、合理化や仕事のことについて、或いは地方局の問題とか、要するに思っていること、腹の中に溜まっていることを、ざっくばらんに、本音のところで話してもらうんだ。それを元にして、組合の活動方針を組み立てて欲しい。またみんなが納得できる〝大義名分〟をスローガンとして掲げて欲しいんだ。どうかお願いしますよ」

書記長にとって志朗の語ることは、あらぬ方角から光が射し込んでくるような、異質なものであった。その中味は、尻の青い書生の議論のようでもあり、夢想家のお喋《しゃべ》りのようでもあった。それでいて何がしかの真実を含んでいるようにも思え、必ずしも非現実的なものと論難できないように感じたらしい。

しかし書記長は、生粋の唯物論者であったから、労資関係は〝力の論理〟で展開していくとの思想を、易々と変えるような、やわな闘士ではなかった。志朗の語ったことは、決して書記長の信条と相容れるものではなかった。

また恐らく大方の組合員も、精神論的な講釈では、観念の中に遊ぶようで、腹の足しにもならないと一笑に付したであろう。

志朗の打ち明けた話は、唯物論の立場からは、大いに疑義があったし、組合員としての思考や生き方の〝型〟からも、少なからずはみ出していた。

しかし〝内的現実〟というものを認めれば、一抹の真実を含んでいるかもしれない——

書記長の近藤がそんなふうに感じてくれればいいのだが……。

志朗がこんなことを思いながら、書記長の意見を求めようと彼の顔色を窺うと、彼は大事な会議を控えていたからか、つまらなそうな顔を保ったまま、「また話そうよ」とだけ言い残し、この場から立ち去って行った。

志朗は一瞬、ぽっかりと空洞が生まれ、その中にいるような錯覚に捉われた。

梨花は、初めて耳にする志朗の胸の内を知って戸惑いを隠せず、大勢の市の職員が忙《せわ》しそうに食事を掻き込む様子を、放心したように眺めていた。

――志朗さんだって、組合に反旗を翻しているわけではないし、彼のかこつ〝違和感〟も内面的なものだから、結局志朗さんも、表向きは組織の一員として振る舞っていくしかないのだわ――

梨花は、こんなふうに思いながら、憂いを含んだ、つぶらな瞳をまた志朗の方へ戻した。

彼は大切に仕舞っていた、密《ひそ》やかな胸の内を一挙に吐き出してしまったので、いささか興奮していた。その火照りを鎮めるように、卓上のポットから、新たな茶を注《つ》ぎ足した。

しかし、その茶は飲まないで、

「さあ帰ろう」

と、彼は梨花を促し、どこか強張《こわば》りの解けない彼女の腕を取って、すっくと立ち上がった。

人いきれのする食堂を後にすると、目映い五月の陽光が、険悪な争議の雲行きを晴らすかのように、微風を伴って二人を包んだ。職場閉鎖という災難の真っ只中で、あてどなく彷徨《さまよ》っている身の上を忘れ、二人は暖かな自然の愛撫を受け入れた。

二人は来た道とは反対に山手の方に向かい、志朗は梨花を、彼女のアパートまで送って行った。

第二部

（一）　作務衣

一夜の休養を取って精気が回復した素浪人たちは、それでも前途が茫漠としているので、何かに縋りつきたい気持ちを抱えながら、九時に集合との指示を几帳面に守り、風に吹かれる落ち葉のように、三々五々集まって来た。日の射さない、狭い組合事務所は、流浪の民でまた鮨詰めになった。

もうみんなの眼からは、昨日《きのう》のような、いきり立つ闘争心の光は消え失せ、なかには新しい戦いに好転の望みを託しているような、甘ったれた迂闊さも見受けられるのだった。

しかし久慈志朗には、これからの戦いがますます空回りしていくように思え、彼は何かちぐはぐな居心地の悪さを感じながら、梨花と肩を並べて、冷たい床の上にじかに腰を下ろしていた。

志朗は努めて自若としていようと思い、まずは争議の動向を見極めていくことだと心に決めながら周りを見渡すと、姿を見せていない者が何人かいることに気がついた。

茶々郎がいなかった。訳知り顔の報道記者も見当たらない。

出世欲に駆られて、労働組合から逃げ出す算段をつけ、雲隠れしたのか、朝寝坊をしてしまい遅刻をしているだけなのか？　それとも詰め将棋さながら、一毫《いちごう》のゆとりもないような、打ち続く戦いの連続に堪《こら》え性がなくて、どこかで油でも売っているのか？　そんな詮索をする同志的な連帯感は、いつの間にか干涸《ひから》びていて、みんな知らんぷりをしたまま、不在者のことなど気にも留めていなかった。つまり流浪の民には、他人のことに頓着するほど、気持ちの上に余裕はなかったのである。彼らは独りぼっちになるのが怖くて、誰かとの〝繋がり〟をまさぐっていた。同志的連帯よりも、個人的な仲間との紐帯が欲しかったのである。

　しかし久慈志朗には、個人的な好悪の感情が付随する、恣意的な〝繋がり〟よりも、目的を共有する組織の一員としての自覚の上から、みんなと心を合わせていくことが戦いの本筋だとの考えを手放すことはできなかった。

　また、顔を見せていない何人かの同志のことも気掛かりであった。不在の人たちのことを思いやるのが、同志の在り方だと志朗は単純に考えるのだった。それが人間としての振る舞いなのだから。彼は折を見て、その連中とも話し合いができればと願いながら、頭の中を忙しく回転させていた。

　梨花が小さな口を窄《すぼ》め、息を潜めるようにして呟いた。

「会社がこんなふうに力ずくでロックアウトを強行するのは、暴力の行使じゃないの？　問答無用みたいなところがあるでしょう？　あなたが〝不服従〟ということを言ったけど、解るような気がするわ。〝暴力〟には従えないということね」

「そうなんだよ。暴力に負けるのは、〝尊厳〟が踏み躙られることだからね。もう今の時代は、力で世の中を動かしていく、そういう時代じゃないよ。一人ひとりに光を当てて、一人ひとりを大事にしていかないと、物事はうまくいかないさ。そういう時代なんだよ。

でも現実は違う。今の僕らの周りには、人間を手段化し、断片化し、隷属化させようとする力が渦巻いている。僕たちが直面している、このロックアウトもそうだよね。無理矢理にでも〝順応〟を強いようとしているんだからね。本当に野蛮なことだよね。

でも労働組合が伝家の宝刀と言っているストライキも、暴力だよね。つまり僕が言いたいのは、力で、暴力で世の中を動かしていく、物事を解決していく、そういう遣り方は時代遅れということなんだ。労も資も、一人ひとりが人間として、互いの尊厳を認めれば、自ずと話し合いの道が開けて来ようじゃないか！　暴力から対話へ、それが時代の流れだよ」

「人間の尊厳って、一人の人間は絶対不可侵の存在だということね？」

「そうなんだよ。僕たちは、精神的にも肉体的にも、何物にも犯されてはならない。野蛮な力にだけじゃない。自分のはしたない欲望に翻弄されても、尊厳性は泥《どろ》にまみれてしまう。だからさ、今僕らに問われているのは、〝人間性の砦〟を、どうやって守るかということだよ。とにかく、今できることは真実を求め、もがいてもがいて〝人間的であろう〟と努めることだよ」

　志朗は朝から饒舌であった。饒舌にならざるを得なかった。と言うのも、昨日昼食を摂りながら、書記長に「唯物論に立脚すると、人間が〝モノ化〟する」と自説を述べ、暗に〝モノ化〟しない組合活動の在り方を求めたし、更に組合員一人ひとりの考えを、きめ細かく聞くよう要望もしたのだから、ただの傍観者になってしまえば、卑怯者の誹《そし》りを免れ得なかったからである。組織を構成する一員として、何らかの〝行動〟が内的欲求として求められていたのである。

　志朗は梨花の肩を抱き寄せるようにして、その縮《ちぢ》こまったような耳元へ、

「君も一緒だよ」

と、囁いた。

　彼女は潤んだ目を志朗の方に向け、軽く頷いた。

　しかし彼女は（じゃあ、どうすればいいの？）と問いたげな顔をして、口を窄《すぼ》めたままでいた。

（それが僕らの問いであり、課題なんだよ）

と、志朗は心の中で応えていた。そして彼は寄り添うように、また励ますように、彼女の手を握り締めるのだった。

　争議の様相が、のっぴきならない戦局に急転したにもかかわらず、収容所のような組合事務所の中は、靄《もや》のようなけだるさが漂っていた。

「皆さんご苦労さまです。みんな元気ですね？　みんな疲れているかもしれないけど、今が踏ん張り時です。正念場はこれからです。さあ、団結して戦いましょう！」

組合員が粗方揃ったところで、学者風の広島のオルグが、ふわっと立ち上がり、講釈を始めた。

こうして、進行係の風間をそっちのけにして、自然発火のように集会が始まったのであった。

色白で、知的な風貌の広島のオルグは、戦いの中に高揚感を求めているのか、夢見るような瞳を太い黒縁の眼鏡の奥で煌《きら》めかせ、教壇から語りかけるように、よく透る涼やかな声で話し始めた。

「戦いはこれからが本番です。いいですね、皆さん。いよいよこれからです。この戦いが持久戦になることは間違いありません。ですからみんなで覚悟を決めましょう。敵の意図が組合潰しであることは明白ですから、簡単に決着がつくことはあり得ません。持久戦は必至です。それに、このロックアウトが、どれくらい長引くか、見当もつきません。ですから私たち一人ひとりが、労働者としての自覚と意識を高め、鉄の団結を築いていく以外ありません。どうか敵の意図を粉砕すべく、長期戦を覚悟し、難攻不落の組合組織を築き上げようではありませんか！」

広島のオルグのいきなりの講釈で、呆気にとられていた組合員の間から、ぱらぱらと疎らな拍手が、すっぽ抜けるように爆《は》ぜた。「お兄《あに》いさん、まだいたのかい？」と冷やかしを入れる者もいたが、オルグの先生は微笑んだまま話を続けた。

「これから経営者側は、どんな手を使ってくるか分かりません。あの手この手で、執拗に組合からの脱退工作を進めてくるに違いありません。情を搦めた、甘い言葉と罠も待ち受けているでしょう。ですが、私たちは〝事の本質〟を見誤ってはなりません！〝事の本質〟とは何か？〝事の本質〟――つまり、敵の狙いが組合組織の破壊、組合潰しであるということです。これは明らかに不当労働行為であります。つまり法律違反であります。

しかし、しかしですよ。この法律違反を誰も咎めない。社会も糾弾しない。革新政党の批判も遠吠えでしかありません。だから、だからですよ。私たちは鉄の団結をもって、組織を守り抜いていく以外に道はないのです！　そのためにも、しっかり学んで、どんな誘惑があっても揺らぐことのない、一枚岩の理論武装をすることです。どうか強い心を堅持して下さい。それが一番の戦いです。それが敵の戦意を挫くのです。

勿論、執行部は会社側に対して、粘り強く団体交渉の再開を要求して参ります。しかし今の状況では、団交の再開は当分望めそうにもありません。ですから身動きのとれないような、労資間の膠着状態が長く続いたとしても、絶対に動揺してはいけません。敵の狙いが何なのか、よくよく肝に銘じて、固い団結を守り抜いて下さい。そうすれば、必ず展望が開けます。頑張りましょう！」

広島のオルグは激した様子もなく、場慣れした紳士のように穏やかな表情を保ったまま、思い入れのある、言い含めるような口調で、講釈を並べたのであった。

そこへ、頓狂に半畳を入れる者がいた。

「前座にしちゃあ、ちぃと長いのう」

失笑が起こった。

警官隊に頭突きを喰らわせようとした、あの山家育ちのカメラマンが、あらぬ方角を向いたまま、言い放ったのであった。

しかし大方の組合員は、広島のオルグの檄を生真面目に聞いていたから、渋い顔を浮かべただけだった。

「あんたは、わしらに何をせいちゅうんかあ?」

今度はまともな野次であった。もっともなことであった。山家育ちのカメラマンが、親指と人差し指で縮れ毛の頭を毟りながら、学者先生を見据えて、苛立たしく詰問した。

その時、学者先生の傍らで不機嫌そうな顔をして座っていた書記長の近藤が、一重瞼の細い目を緊張させ、ぬくっと起き上がった。彼は学者先生の方へ、責めるような、鈍い光を湛えた目を送ると、興奮気味に声を上擦らせ、

「当面の活動については、私から発表します」

と言って、せっかちに喋り始めた。

「不意打ちにロックアウトを喰らいましたので、戦いの様相が一変してしまいました。今後の作戦については、いろいろと検討しなくてはなりませんが、取り敢えずですね、取り敢えず、まず手始めに〝口コミ作戦〟を実行したいと思います。これから、この集会が終わったあと二、三人ずつ組になり、連れだって、近所や市内を一軒一軒訪問し、今、我が社で何が起こっているか、会社側が如何に理不尽な非道を行っているか、丁寧に説明をし、組合への支援と理解を訴えていくことにします。皆さんよろしいでしょうか？」

初めて聞く作戦に、みんな目をぱちくりさせていた。しかし拍手をもって応える者は誰一人いなかった。

「ほう、わしらは御用聞きか？」

素っとぼけた野次が飛んだ。無理もないことだった。これまでは戦いと言えば、ストライキを打ってみんなが集まり、スクラムを組んでシュプレヒコールの雄叫びをあげるのが、戦いの常套手段だったからである。

しかし、この〝口コミ作戦〟なるものは、一面識もない不特定の市民を無差別に訪問し、自分の言葉で対話する、自主的で地味な活動だから、みんな面食らったのであった。

そんな組合員の顔色から、まだ得心の行かない不満分子が少なからずいることを察し、書記長の近藤が言葉を継いだ。

「いいですか皆さん、あの物々しいバリケードといい、放送局全体を包んでいる不穏な空気といい、特に近隣の人々には、それらが異様なものに映っているに違いありません。ですから、化け物のようなあのバリケードが、組合潰しという不当労働行為のためのものであり、法的にも問題があることを訴える必要があるのです。

権力を笠に着た、会社側のロックアウトに対し、組合側が勝利を手中にするには、市民の賛同と理解が不可欠です。強権的な経営者側にこそ非があるとの世論を盛り上げていくことが大事です。理を尽くし、誠意をもって話していけば、必ず解ってもらえる筈です。自信をもって、堂々と組合の正義を訴えましょう！　そして世論を味方にしていきましょう！　みんな頑張ろう！」

書記長はみんなを鼓舞するように、力強く叫んだ。その気炎に促されて、みんなの疲弊しそうになっていた戦意が、再び鎌首をもたげ、収容所のような室内には、同志的な一体感がまた芽ぐみ始めようとしていた。充満していた靄《もや》のような倦怠感も、次第に晴れ渡ってきたのであった。

志朗は、試行錯誤の行動の中から、何かを掴み取ることが大事だと思い定めていた。梨花も、穏やかな表情を保って、その場の空気に馴染もうとしていた。

「それから、県内・市内の主な労組に対しましては……」

書記長の近藤が、その場の空気を読み取るような眼差しを皆の方へ投げかけながら、話を続けた。

「執行部の方で手分けして訪問し、支援を要請することにしています。また地区労連の方にも、加勢してもらうよう、お願いしようと思っております。

　さて皆さんには、〝口コミ作戦〟と並行して、もう一つの戦いをお願いします。既にバリケードの前には、地区労連の諸先輩の応援でテントが張られていますが、明日から当番を決めて、〝口コミ作戦〟でペアになる人同士で、またテントに詰めてもらいます。テント番の任務は、バリケードを出入りする者の見張りです。出入りする者をチェックするとともに、相手によっては、適宜、抗議や説得を行います。よろしいでしょうか？　当番表は夕方までには作ります。また今日のところは執行部の方で担当します。何か質問がありますでしょうか？」

　書記長の近藤は、事務的と言っていいほど冷静に、二つの闘争方針を発表した。淡々と、極力思い入れを排しているように見えた。

　そこへまた、放送屋の習性から、冗談半分に野次を飛ばす剽げ者がいた。

「仕出し屋が出前持って来たら、何ちゅうかのう？」

　剽げ者の傍らにいた二、三の者から哄笑が弾けた。つられて書記長も苦笑せざるを得なかった。

　その野次が呼び水となったのか、バリケードを蹴り上げていた、あの美術部の女子社員が、反動がついたように、ひょっこりと立ち上がり、

「抗議たら説得たら、そのやり方を教えてつかさい！」

と、羞《は》じらい気味に質問を投げかけた。

賛同を示して、頷く者が何人かいた。

書記長の近藤が、もっともな質問だというように柔和な笑みを浮かべ、軽く頷くと、何を思ったのか急に改まり、威厳のある野太い声で返答をした。

「それは実践の中で学んで下さい。お手本はありません。経営者の強権的な態度や法令無視、組合側の正義や要望を、相手を見て臨機応変に堂々と叫び、心を込めて訴えて下さい。知恵は現場にあるというではありませんか！　何を訴えるか、戦いに臨めば、自ずと知恵は湧きます。今こそ組合の力を見せつけてやりましょう！」

「どひゃあ、でよ」

書記長の答弁に谺《こだま》のように反射して、誰かが抗議とも驚愕ともつかぬ、頓狂な声を発した。

張り切って前線に立とうと決意して質問をした女子社員は、肩透かしの答弁に、はにかんで俯いてしまった。

書記長の指示は、いささか無責任のようでもあり、半面、すこぶる実際的にも思えた。

バリケードを出入りするのは、部課長や秘書課など、非組合員の社員ばかりではない。

人手不足を補う、フリーのカメラマンや助っ人の下請け業者もいれば、打ち合わせのためや放送素材を搬入する、広告代理店の営業マンもいる。消耗品などを納品に来る業者もいれば、郵便屋もいる。時には重箱を抱えた仕出し屋もいるだろう（非常時だから、助っ人たちの食べ物にも、多少の色をつけてやらないといけないだろう。少人数で奮闘している部課長たちも労ってやる必要がある）。それから、各社の新聞記者が足繁く取材に来るだろう。大株主の県や市の関係者も視察や事情聴取で顔を見せるだろう。県知事が直々に、首脳部との会見を求めることだって、あり得ることだ。地元選出の国会議員も姿を見せるに違いない。それからまた、弁護士や労働委員会の役人も義務としてやって来る。

そんなお偉方や、はたまた有象無象を相手に、何を訴え、何と叫べばいいのか？　お手本など、あろう筈もない。また、この〝哭《おら》び〟作戦なるものは、労働組合特有の、形式化された痙攣でもあった。つまり、一種の〝儀礼〟のようなものであった。だから、その効果については誰も信じていなかったし、期待もしていないのであった。

書記長の近藤も、その辺の事情はよく心得ているから、澄ました顔をして言った。

「例えば、『ストヤブリハ、ヤメロ』と、大きい声で叫ぶだけでもいいのです。『カエレ！カエレ！』と連呼するのも一つの方法でしょう。またお偉方が来られたら、社長に『話シ合イヲスルヨウ説得シテ下サイ』と、お願いするのもいいのではありませんか？　要するに戦うことです。組合の存在と団結と力を示すことです。ともかく、みんな頑張ろう！さあ、まずは〝口コミ作戦〟です！」

こうして新たな戦局の火蓋が切られたのであった。〝口コミ作戦〟が始まったのである。戦い慣れしている広島と四国のオルグが、調教師のように、

「さあ、お隣さん同士、二、三人ずつ組になりましょう。さあ早く、早く!」

と、手際良く戦士たちを促しながら組を作っていく。すると組合員たちは、市民の中へ、民衆の中へと、思い思いの方角に四散して行ったのであった。


「お互いに頑張ろうぜ、また後でな」

「俺は市街地の方へ行くよ。お茶もしたいからね」

「私たち、団地のある方へ行くわ、主婦の人たちに訴えようと思うの」

「勝って来るぞと勇ましくか!　俺は戦果よりも釣果が欲しいねえ」

慣れない戦いに、照れ隠しの冗談を飛ばして、不安を糊塗しようとする臆病者もいる。反対に、自由を得て羽ばたこうとする能弁家もいる。

こんな具合に組合員の銘々が、それぞれの思いを胸の中に抱えながら、安易なようで、勝ち戦には程遠いと思われる、茫洋とした戦線が開かれたのであった。

梨花は美術部の足蹴《あしげ》のレディーに誘われ、志朗とは離れて、先に出発した。

久慈志朗は、都会風の物言いをするアナウンサーや新入りの若い報道記者と鉢合わせになり、結局三人が一つの組になった。

都会風の物言いをするアナウンサーが、

「〝陽はまた昇る〟と言いますから、東の方へ行きましょう」

と、八卦見のようなことを言って、すたすたと歩き出したので、志朗も同じ方向に進路を取ることにした。

放送局と道路を隔てて動物園があり、更にその向こうには、比較的小奇麗な住宅が並んでいた。三人は取っ付きの、カナメモチの生け垣に夏みかんが顔を覗かせている、平屋の家を訪ねた。その家は、とある大学の、社会学の教授の自宅であった。

呼び鈴を押すと、海老茶色の作務衣姿で、頭の前側が禿げ上がった当の大学教授が、怪訝そうな面持ちをして、用心深そうに姿を現した。

都会風の物言いをする若いアナウンサーが、いよいよ自分の出番だというように、慇懃な物腰で口火を切り、来意を告げた。

「私たちは『山海放送』の社員でございますが、実は弊社におきましては、昨日からロックアウトに入りまして、外回りが大変騒々しくなっております。そんなわけで、御近所の方々には、大変御迷惑をおかけしておりますが、しかし、これは私たち労働組合には全く罪のないことでございまして、その責めは一《いっ》にかかって会社側が負わねばならぬものでございます。そのことを御理解願いたく、唐突ではありますが、参上した次第にございます」

思いがけない珍客に目をぱちくりさせていた教授が、職場の閉鎖については何も知っていなかったので、若いアナウンサーは、更に畳みかけるように言葉を継いだ。

「今私どもが直面しているロックアウトは、実は会社側にいろいろと要求を持ちかける労働組合が、会社側には、とても邪魔になると見えまして、いっそのこと労働組合を潰してしまえという、甚だけしからぬ魂胆から惹起したものなのであります。これは全くもって、労働者の権利を剥奪する、明らかに法に背く暴挙であります。『山海放送』の経営者が、このような犯罪的な暴挙を、臆面もなく白日のもとに強行しておる、その傍若無人ぶりを知っていただきたいのであります。そして私たち労働組合への温かな御理解と御支援を、切にお願いするものであります」

窪んだ目を迷惑げにしょぼつかせながら、アナウンサーの滑らかな口調に耳を傾けていた教授は、地方の小さな放送局の労資の争いなど、子供染みた喧嘩に過ぎないと思ったのか、次第に興醒めた素振りを見せ始め、さも胡散臭そうに三人を見つめながら、口を開いた。

「支援せえとは、金を出せちゅうことかいの?」

「いやいや、そうではありませんよ」と、若いアナウンサーが抗弁した。

「御近所やお仲間の間で『山海放送』のロックアウトが話題になった時には、是非ともその違法性を先生から説いていただきたいのです。お願いしますよ。労働組合の方には、何にも咎はないのだと、おっしゃって下されば、いいんです」

「しかしですの、あんたらにも、つまり労働組合の方にも、なにがしかの落ち度があるんじゃないのですかの？」

「なにがしかの落ち度とは何ですか？」

教授の人を小馬鹿にしたような視線に苛立って、血の気の多い新入りの記者が、痙攣したように声を震わせた。

教授は隠元豆のような細い目を窪ませ、不愉快そうな色をその目に滲ませると、

「ともかく、あんたらのことは、手前どもには用事のないことですけえ……もうお引き取り下され。わしも閑人《ひまじん》じゃないけえ」

と素っ気なく言い捨てた。

その時、久慈志朗が穏やかに口を開いた。

「先生、実は私たちは、人間が崩壊する現場に立ち合ったのです。氷山が崩れ落ちるように、人間自体が労も資も引っ括《くる》めて、崩壊したのです。お解りいただけますでしょうか？ロックアウトは、組合を潰す意図で強行されたものです。そういう無謀が罷り通るのは、人間自体が崩壊していたからです。〝思い遣り〟というような人間らしさも、古井戸のように乾上がっていればこそ、この度のロックアウトのような厚顔無恥の蛮行も可能なのです。

一方、労働組合の方も、闘争が暗礁に乗り上げ、手詰まりとなり、空転し、組合員の間には無感動や無気力が忍び寄っています。経営者も労働者も、それぞれが自壊作用を引き起こし、ともどもに壊れてしまったのです。労資の争いは、その猿芝居の舞台に過ぎません」

アナウンサーと記者が呆然として、志朗を見返した。二人の目は『何を惚《ほう》けたことを抜かすのか！』と、志朗の半組合的な言辞を責めていた。

「ほう」

作務衣姿の教授は、好奇の光を眼《まなこ》に浮かべ、澄ました顔をして意地悪く言葉を継ぐ。

「そうしますると、私は人間のかけらと話をしているのですな？　人間のかけらが、おいでなすったということですの？」

アナウンサーと記者が困惑して、何か言いかけようとしたが、志朗は構わず、

「まあ、そういうことになりましょうかね」

と、これまた澄ました顔で応じた。

「はははは。なかなか面白いお人ですの」

作務衣の表情が少し和らいだ。

「すると、あなた方の放送局は、かけらの山になっているちゅうことですの？」

「まあそういうことでしょうね。しかし先生、私たちにとって大事なことはですね、その

かけらを、かけらになった人間を、どうやって修復するかということです。これが難事であることは言うまでもありません」

「なるほど。かけらにはかけらの理屈があるわけですの？」

作務衣教授が皮肉を弄するのを、志朗は気にすることもなく、語るべきことを語ろうと話を続けた。

「先ほど労資が双方とも自壊作用を起こしたと言いましたが、所詮それはエゴイズムのなせる業《わざ》にほかなりません。労資双方のエゴが正面衝突をして、その衝撃波が自らを損傷させてしまったのです。だから壊れた人間を修復するには、エゴイズムという難題に直面せざるを得ないのです。これはもう宗教的な領域かもしれませんね」

「ほう、それはまた難儀なことですの。ですがの、人間が壊れるちゅうのは、よう解りませんの」

教授は恍《とぼ》けているのか、からかっているのか、真面目なのか。その口調は、多分に見下げたものを含んでいたが、志朗は語るべきことは語らねばならぬと思い、話を続けた。

「いや先生、人間が壊れているというのは、とても常識的な見地から言えることですよ。端的に言えば、人間的な思いやりとか信頼、或いは協調性とか向上心といった、人間をして人間たらしめている、最も初歩的なモラルが、膨張したエゴイズムというマグマの噴出に押し流されて、本体である人間がその本来の輝きと働きを失ったのです。そしてまるでミイラか化石のような状態に、労資ともども陥ってしまって、もはや正常な人間の姿ではなくなっているのです。これを〝人間の崩壊〟と言っているのです。

でも根本の問題は『信』ということでしょうね。己を信ずる、相手を信ずる、同志を信ずる、依って立つ思想を信ずる、未来を信ずる。その『信』が崩れてしまったのです。労資双方とも、エゴイズムを膨張させ、肥大化させて『信』を崩し、人間性を、そして人間そのものを崩壊させたのです。私たちは、その現場に立ち合ったのです」

「なるほど。それにしても労働組合ちゅうのは理屈っぽいものですの」

教授はのらりくらりした応対を楽しんでいるのだろうか？　少し雲行きが怪しいと志朗は思ったが、構わずに続けた。

「労資ともに自己本位なんですね。経営者の方は、経営合理化と称して、経営効率を上げるために、労働者を〝モノ〟として管理しようとしています。私はこれを〝管理ファシズム〟と呼んでいるのですが、このために労資双方が、人間性の劣化を招いているのです。労働者を〝モノ〟として扱えば、当然経営者側の人間性も劣化します。労働者と人間的に関わろうとしないのですから当然です。

一方労働者の方も、闘争に明け暮れていると、〝生活の向上〟というような本来の目的を忘れ、自身を〝モノ化〟してしまいます。特に最近では、生活を守ることよりも、イデオロギーの牙を剥き出しにして戦う傾向が強くなっており、この牙のためにかえって我が身を傷つけています。

　労働者の世の中を作ろうとか、イデオロギーに捕らわれすぎると、組織は柔軟性を失い、人間を置き去りにしてしまいます。すると現実の方も、人間を捨て、人間から逃げていくのです。つまり労働の喜びとか、労働を通しての自己実現とか、そういった人間的なものが失われていくわけです。そこから心の中の砂漠化が始まります。そして労資の間に横たわるのは、不信であり、憎悪であり、断絶です。人間というものについて、イメージが描けなくなってしまうのです。それを私は〝人間の崩壊〟と言っているのです」

「なるほど、それはまた難儀なことですの。じゃけんど、わしに説教垂れて、どうしようちゅうのかの？」

　作務衣が少し気色ばんで言った。

　久慈志朗は、この時とばかり懇願するのだった。

「先生からは、折にふれて、話し合いをすることの大切さ、胸襟を開いた対話の重要性について至る所で語っていただきたいのです。話し合うことが、お互いを理解し合う第一歩なのですから。それと立場の違いを越えて、お互いを尊重し合う文化というものを提唱していただきたいのです。『文化とは生き方』だと言った詩人がいますが、お互いを尊重し合うことが、文化として日常的に定着すれば、多くの問題も解決の道筋が見えてくると思うのです。お互いを尊重し合うことが、壊れた人間を修復する第一歩だと、私は思っています」

「なるほどの。じゃが、食い気と色気を社員に安堵してやるのが、社長さんの務めでしょうがの。それ以上のことは、文句を言ってはなりませんぞ！」

作務衣が大学教授とも思えぬ不埒なことを口走った。その目には、どこか軽侮の色があった。

「てめえは俺たち労働者を愚弄するのか！」

若いアナウンサーが、顔に青筋を立てて金切り声をあげ、怒りを爆発させた。

「いや先生、なかなかの卓見ですね。衣食足りて何とかかと言いますからね」

久慈志朗は澄ました顔をして皮肉を返すと、平静を保って続けた。

「しかし先生、私たちは、人間であることが、労働者であることに先立つのです。人間として働き、人間として日々の生活を営み、人間としてより良い人生を生きようとしているのです！」

アナウンサーと記者の若い二人が、怪訝そうな一瞥を志朗の方へ投げかけたが、志朗としては自分自身に確認を求めるように、思うところを述べたのであった。

ここ何年か、労働組合の一員として、賃上げなどの闘争を繰り返しているうちに、次第に志朗の胸に胚胎してきた思いは、賃上げを勝ち取り、多少なりとも懐具合が潤っても、また仮に労働者が権力を握ったとしても、人間性の十全な開花がなければ、充実した人生を〝生きている〟という実感は得られないのではないかということであった。

他者を思いやるというような、人間の持つ善性が萎えてしまえば、世の中は陰湿な争いの巷と化し、悪心に彩られた、卑劣な所業が横行するだろう。

また青春の可能性が、力の論理などに押し潰されたりすれば、待ち受けているのは〝悲惨〟の二字でしかあるまい。

権力に取り込まれるのでもなく、左翼的なイデオロギーに縛られもせず、自立し、悠然と天翔る、希望に満ちた自由な道こそ、求めるべき「真実」の世界ではないのか！

こんな思いが「労働者であることよりも、人間であることが先立つ」と志朗に言わしめたのであった。

「ほう、あんたらは、さぞやお上品な食い気と色気をお持ちなのでしょうな」

作務衣は侮蔑もあらわな、見下した目つきで、三人の青年を舐めまわすようにして見据えた。

(この教授は頑固な保守主義者なのだろう。この当時の、いわゆる保守主義者には、「もの言う民衆」を、とても毛嫌いする者が多かったのである)

「先生、またお会いしましょう。御高説をもっとお伺いしたいですね。それから先生、先生の御研究のためにも、一度バリケードを見学されては如何ですか？」

「ははははは。それは妙案じゃが、木戸銭はなんぼかいの？」

「それはお安くしますよ」

アナウンサーが、その場の空気に吸い込まれて返事をした。

教授は、放送局の玄関前に鎮座する異形の城塞を、散歩がてら見物しようと約束してくれた。

「あんたらの話を聞いていると、冥途の土産じゃないが、一見の価値はありそうじゃからの。放送局のバリケードなんて、滅多にお目通りは叶わんからの」

作務衣はそう言って、いたずらっぽい笑みを、その平べったい顔にほんのりと浮かべたのであった。

教授の家を辞した三人は、昼時になっていたので、近くの食堂で昼食を摂ることにした。アナウンサーも記者も、志朗が作務衣に開陳した〝考え〟が、普段の組合活動の言論とは全くかけ離れていたので、とても「一緒には歩けない」と、志朗への不満を募らせていた。かといって反論することもできず、そのいらだたしさを発散させるように、二人は忙しく天丼の海老に噛みついた。

久慈志朗は、そんな二人の心根を感じ取っていたから、午後の〝口コミ作戦〟は「自分たちが思うようにやれば良いから」と、若い二人にその口上を任せたのだった。

天丼を慌ただしく掻き込んだ新入りの報道記者が、コーヒーを飲みたいと言い出したので、三人の素浪人は河岸《かし》を変え、黄土色のレンガタイルに蔦を這わせている、小さな喫茶店に座を移した。

三人は躑躅や沈丁花《じんちょうげ》などが植わっている、狭い庭に面したテーブルを囲んで座った。

「あの爺むさい教授は、労働者の権利については、無関心もいいとこだぜ」

若いアナウンサーが、先ほどの作務衣の応対ぶりについて慨嘆した。

「全く、俺たちを小馬鹿にしやがって」

新入りの報道記者も同調して、不満を弾かせた。

「組合をならず者の集団みたいに思いやがって。労働者の正義が少しも解ってない」

「それが世の中だよ」

久慈志朗が口を開いた。

「これから何軒回れるか分からないけど、みんな似たり寄ったりだよ。大抵の家《うち》が、事の本質を理解してはくれないよ。〝それは大変ですね〟とか〝頑張って下さい〟と言う人もいるだろうけど、それはお世辞か社交辞令で、反射的にそう言うだけだよ。それどころか、放送局の社員は高い給料を貰っていると、一般には思われているから、僕らの組合活動を、お坊っちゃまの我が儘くらいにしか思ってくれない人も少なくないだろう。僕たちの給料が教員より安いと言っても、なかなか信じてもらえないからね。だけど僕は、人々を感動させる、いい仕事をすることが、組合の力をつける一番の近道だと思っているんだ」

「それは違いますよ」

若いアナウンサーが眉間に皺を寄せ、口を蛸のように尖らせて、独り言のように、また食ってかかるように反論した。

「いい仕事をしたら、会社側の人間に取り込まれるだけじゃあねえか！　組合の力にはならねえよ」

そして新入りの報道記者も、アナウンサーに同調して言葉を挟んだ。

「団結して力を結集しなければ、僕たちの要求を通すことは不可能と思いますよ」

それは組合的には正論であった。

「しかし、現在の放送労連の指導や路線は、かなり教条的になっているよね」

志朗は若い二人に、諭すように語りかけた。

「最近の傾向を見ると、〝公式〟を表に出して、戦いを進めようとしているよね。〝打倒資本〟といったスローガンが先に来る。でも、そういう戦いを続けると、いつの間にか僕たちは〝公式〟という〝檻〟の中に閉じ込められてしまう。そして組合の組織も活動も硬直化していく。遂には、組合員一人ひとりが硬直化する。君たちは、そうは思わないかい？

実はね、昨日書記長にね、『唯物論に立脚すると、人間が〝モノ化〟する』と言ったんだけど、君たちにはピンと来ないかもしれないけど、僕には切実な問題なんだよ。だから僕は、このロックアウトのなかで、人間的な戦いを模索しているんだ。

今日僕が、あの保守的な教授のところで言ったように、〝対話と他者の尊重〟、この二つが新しい道を拓く、有効な手立てだと思うんだ。俗にも『話せば分かる』と言うじゃないか。話し合えば、お互いの理解も進み、共に手を携えていく道も開けてくる筈だ。そうやってみんなが力を合わせていく方が、個性や才能もより一層発揮できると思う。また他者を尊重することは、エゴイズムを克服する、最初の一歩になるのではないかな?」

志朗は、ゆっくりと噛んで含めるように話した。それでも若い二人の反応は芳しくはなかった。

「言われていることは、どうも雲を掴むようで、よく分かりませんね」

と、若いアナウンサーが戸惑ったような表情を浮かべて言った。

「現実的ではないですね」

記者も相槌を打った。

(真剣に生きようとしたら解るさ)

と志朗は頭の中で反響させ、声に出して言おうとしたが、それが一人芝居のようにも思え、口を噤んだ。そして冷めてしまった残りのコーヒーを、ぐっと一息で飲み干した。

久慈志朗は、今若い二人と論争をするつもりはなかったので、彼らには、

「君たちは君たちの信ずる道を進めばいいいんだよ」

と言って、先に席を立った。

午後からの〝口コミ作戦〟は、十軒余りをせっせと訪問したものの、大して実りは得ら

れなかった。

それもその筈である。ウィークデーだから、家の主人は会社などに出勤していて、定年退職者や留守を預かる主婦たちは、予想通り、組合活動には殆ど何の関心も示さなかった。なかには「それはまた大変なことですね」と同情を寄せる若い主婦もいたが、それはただそれだけのことで、何の発展性も期待できず、組合の作戦は空回りするばかりであった。

「畜生、誰も解ってくれないじゃないか！」

新入りの記者が苛立って、街路樹の銀杏の根っこを蹴りながら、不発に終始する、自らの戦いを託《かこ》った。

「この作戦は、執行部の勇み足だぜ。独り善がりもいいとこじゃねえか！」

都会風の物言いをする若いアナウンサーも憤懣やるかたない。

「第一この作戦は、それぞれの労働組合を通して、その組合員に訴えるべきじゃねえのか。組織を抜きにして、何が伝わるものか！　どんな共感が得られると言うんだ！」

若いアナウンサーも新入りの記者も、何か割り切れない、不発弾を抱え込んでいるような、湿っぽい思いを胸の中で燻《くすぶ》らせながら、四時近くなって組合事務所に帰還した。

久慈志朗の方は、作務衣先生が少しでも何かを感じてくれればいいがと、心の中で願いながら、若い二人を見守っていたのだった。

組合事務所では、委員長と書記長が別々に、〝口コミ作戦〟の〝勇士〟から、その活動の首尾について報告を聞いていた。

他の執行委員たちも、市内などの労働組合を訪問して帰って来ていた。

久慈志朗の班では、若いアナウンサーが報告の任に当たった。彼は独り合点しているように、

「動物園の近くで十数軒訪問したが、市民の反応は否定的で、良い結果は得られなかった」

と義務的で、無愛想な対応をした。そして現場で感じていた〝不満〟については黙ったままでいた。また〝作務衣〟についても、何も触れなかった。

傍にいた志朗も〝作務衣〟については知らんぷりを決めていた。志朗にとって〝作務衣〟との対話は、新たな戦いの開始であり、〝秘事〟だったのだから。

書記長は三人に、威厳のある態度を繕って、

「〝口コミ作戦〟は、反応が思わしくなくても、世論を味方にしていくためにも、粘り強く続けていこう。明日もよろしく頼むよ」と言ってから、

「明日からは、午前九時と午後の五時に全体集会を行うことにしたから、順守するように」

と言い添えて、三人を午後の不毛な活動から解放した。

足蹴のレディーと梨花の組は、書記長に尋ねると、まだ帰還していないことが分かった。志朗は梨花から、彼女たちの戦いについて、その成果を聞いてやりたいとも思い、また一日の活動を労《ねぎら》ってもやりたかったが、それは後日のことにしようと思い直し、帰宅することにして組合事務所を後にした。

（二）　画家と記者

　職場閉鎖は四日目に入っていた。

　心地よい、五月の穏やかな風が、若葉の初々しい匂いと連れあって、番兵たちの頬を掠めながら舞っている。無造作に五つ六つのパイプ椅子が並べられたテントの中には、争議の渦中というのに、物憂いような退屈が、こっそりと忍び寄ろうとしていた。

　会社側の役員や部課長クラスに臨時雇いなど、出勤して来る者たちの忙しない動きや、組合側が放つ罵声の散乱が一段落した、午後のひと時である。

　労資間の膠着状態は、職場が閉鎖されるずっと以前から続いていたので、無気力を誘うような倦怠感は、いつもみんなの頭上で旋回していた。

　歩哨の任に就いていた五人の組合員も、煙草を吹かしたり雑談をしたりして、午後のひと時は手持ち無沙汰であった。それでも戦陣に身を置く緊張感の縛りが解けることはなかったから、争議が醸し出す得体の知れない重力に、身体を丸ごと捕捉されていることに変わりはなかった。

　この日のテント番は、久慈志朗に都会風の物言いをする若いアナウンサーと、血気盛んな新入りの報道記者の三人組に加えて、頭突きのカメラマンと、人の善さそうな温顔の技術部員が指名されていた。

テントはバリケードの斜め前方に張られていたから、放送局の体面を著しく汚す、不格好な防塁を通過する敵兵は、テントの中から隈なく掌握することができた。

そして、バリケードを出入りする者の情報が、組合幹部の許へ報告されると、それは客観的と言うよりも、想像を逞しくした手前勝手な敵情分析の材料となるのであった。

――○○部長はだいぶ草臥《くたび》れているようだ。間もなく音《ね》をあげるじゃろうよ。老い耄《ぼ》れが、少ない人数で、いつまでも業務を持ちこたえることは無理な相談だよ。

――××課長は寝不足が続いているようだ。目をしょぼしょぼさせていたというから、そのうち組合に助けを求めて来るさ。もう降参だと泣き面抱えてよ。

――雇われカメラマンは、仕事がきついと言って、頓首再拝、韋駄天よろしく逃げ出すだろうよ――ざっと、こんな具合に。

それは自らを鼓舞する、自己暗示に他ならなかった。或いは社長や重役から尻を叩かれ、悲愴な覚悟で〝放送に穴が空いたら大変だ!〟と業務をこなしている、スト破りの胡麻擂り奴《やっこ》たちを標的にすることで、職場を放逐された鬱憤を晴らし、自らを慰めていたのかもしれなかった。

ところで足蹴のレディーと梨花の二人は、昨日（つまり職場閉鎖の三日目）から、『組合ニュース』の編集を手伝うことになって、つい今し方、わら半紙にガリ版刷りの新しい新聞が、組合事務所からテントの中にも届けられていた。

志朗がそのざら紙の一枚を手に取ると、〝猛者さん仁王立ち〟との見出しが目に飛び込んできた。彼は鉄筆の字面から直感的に梨花の文章だと思いながら、記事に目を通した。


――五月四日の午後二時、広川県知事が、経済産業部長と商工労働部長、それに秘書を伴って、バリケード前に姿を現した。事情聴取で来社したものと思われる。

我が社にとって、県は一番大口の株主であり、また放送局の争議は県内の企業に、何らかの波紋を拡げる恐れもあるので、県の役人が視察で来社するのは、不思議なことではない。

このような県の役人や大会社の社長などのお歴々が、バリケード前に忽然と姿を現すと、〝猛者さん〟と呼ばれている、技術部の大門進太郎氏が我先にと飛び出して、いつも〝招かざる客〟の前に立ちはだかるのである。思わぬ伏兵に、お歴々は驚いて、立ち止まってしまう。すかさず〝猛者さん〟が問答を放つと、俄にバリケードの前が緊張に包まれる。〝猛者さん〟は、少年時代から柔道で鍛えた巨漢である。その〝猛者さん〟は、殆ど毎日、テント番に着任することになっている！

太っ腹の広川県知事も、目を真ん丸にして、思わぬ伏兵との御対面と相なったのであった――

久慈志朗が、その場の情景を想像しながら記事に目を通していると、眼前の風景が、忽然と薄汚い田舎芝居の舞台に変貌した。

そして志朗の脳裡には、古くさい時代劇の一場面のような映像が流れた。その劇は、三文役者のぎこちない立ち回りのようで、平凡なものであったが、異形のバリケードを書き割りにして、源左衛門が演じる〝職場閉鎖〟は、見方によっては大仰な猿芝居であったから、登場する侍の映像も古くさく、見栄えのしないものだったのであろう。


「待たれい！」

甲高い声が天空に響いた。

柔道で鍛えた猛者さんの、六尺豊かな（約一・八メートル）巨躯が、両手を鷲のように広げて仁王立ち。仲間の番兵たちも、へっぴり腰を抱えて抜刀の構えである。

バリケードの開き戸を守る経理部長と庶務課長は、オロオロして、震えてござる。

「県知事様とお見受け申す。なれば、一言申し上げたき儀がござるゆえ、かかる無礼をお許し下されい」

知事さん唖然！　口がぽっかり開いて、言葉にならぬ。

「我が社のかかる職場閉鎖は、労働組合の組織を意図的に壊滅せんとする目的をもって強行されしもの。法に背く蛮行であること、論を俟《ま》ち申さず。速やかに廃止すべき悪行でござる」

知事さん怪訝な顔をして、側近に何やら耳打ち。

「どうか知事殿に措かれては、源左衛門の殿に対し『良識を弁え、法を守り、天道に恥じぬ処置を早急に講ずべし』と、お諫《いさ》め下され！　たってのお願いでござる」

（ハアー、団交を再開しろ、組合と話し合えとは言ってくれないのだな？　これからは〝対話の時代〟だと、自分は思うけどね）

「知事様にかかる所業は無礼であろう！　どうか引き下がられよ。拙者は商工労働部長でござる。他日、拙者が御尊顔を拝す栄誉を賜るゆえ、どうか道を開け、お通し下され！」

「解り申した。ならば、お通し致そう。されど、呉々《くれぐれ》も源の殿をお諫め下さるよう、しかとお頼み申す。法を守り、即刻、不当なる職場の閉鎖を断念すべしと、お諫め下され。かかる愚行は、君子にあるまじき野卑にして野蛮なる所業なりと説諭されたし」

深追いは危険なのだ。門番が〝不審者現る〟と警察に通報するより先に、伏兵は身を隠さねばならぬ。早業は伏兵の命、瞬く間に首尾を果たさねばならない。

――それにしても〝猛者さん〟よ、源の殿を諫めたら、どうなるだろうね？

自尊心の塊のような殿のことだあ、逆上することは必定、気狂い水を浴びたように狂うだろうね。そして荒れ狂う猛吹雪が、組合員一人ひとりに襲いかかってくるだろうよ。暴力は御免だね。やはり大事なのは、会社と組合の双方が、胸襟を開いて、卒直な話し合いをすることではないのかね？

今は双方とも、独善的に自分たちの利益ばかりを主張している。会社側は、賃上げにしろ配置転換にしろ、組合に矛を収めろと強要してやまない。一方組合側は、初志貫徹と、安易な妥協を頑《かたく》なに拒んでいる。これでは平行線を辿るだけである。

つまりは、相手に対して不信感や憎しみがあるので、対話の窓が開かないのだ。

それでも僕が思うには、労資とも「ひとつの会社」を支えているのだから、「ひとつの会社」としての目標や、放送の内容も含めて〝あるべき姿〟を、労資双方の立場から意見を出し合い、収斂し、ビジョンを共有していく努力を重ねていけば、何らかの展望が開けるのではないか？

地道でしんどい作業だが、粘り強く話し合いを続けていくうちに、少しずつ着地点が見えてくるんじゃないかな？

梨花に、そんな記事を書くように話してみようか？

きっと広報部長（編集責任者）は、「否」と言うだろうな。争議は力と力の勝負なんだから、と。

しかし「対話」しか、道は開けない！

手探りでも、僕はこの道を進んで行こう！　——

——この日は千客万来で、午前中から夕方にかけて、県知事のほかにも、市の幹部、保守党の国会議員、大手企業の関係者、弁護士、地方労働委員会の役人が、次々にバリケードの中に入って行った。その都度、猛者さんの奮闘が見られました——

志朗が、わら半紙の『組合ニュース』をジャンパーのポケットに仕舞っていると、頭突きのカメラマン——社長室前の廊下で、組合員のスクラムを解こうとした警官隊に頭突きを見舞おうとした、あの山家育ちの——が、

「荒牧先生、お成り！」

と叫びながら、勢いよくテントから飛び出して行った。

見ると、地元選出の県議会議員で、次期副議長の候補にも擬せられている革新党の荒牧議員が、額の広い、親分肌の赤ら顔を曇らせ、不遜にも立ち塞がっているバリケードを、汚物を見るような表情で眺めまわしていた。

秘書を伴わず、一人でやって来た議員と、頭突きのカメラマンとは、ニュースの取材などで顔見知りであったから、二人はどちらからともなく、気さくに声をかけ合った。

「ようおいでました。待ってましたよ」

「源爺の驕《おご》りだなあ！」

議員は顔を顰《しか》め、呆れた表情になっている。

「全く」

「労働者を軽蔑しておる！」

議員は怒りを抑えられないで、吐き捨てるように言い放った。

「そうなんですよ」

「争議の責任を労働組合に押しつけようとしているね。労働者を機械の部品みたいに思ってる証拠だよ。要するに傲慢なんじゃ！」

「社長には、重々抗議をして下さいよ」

「分かってるさ」

「先生！」

志朗が中に割って入った。

「先生は源爺さんの驕りだとおっしゃいましたが、要するに、私たち組合員は、一人ひとりがかけがえのない人格を備えた尊厳なる存在であり、絶対不可侵の『人間』であるとの自覚と敬意が、源の殿にはないのです。

ですから、自分の考えなり方針を、一方的に押しつけようとするのです。それが通ると独り善がりに思い込んでいるのです。それが『生身の人間』にとって、どういうことなのか、まるっきり解っていないのです。

まずは話し合いです。先生には、団交であれ、どんな形であれ、とにかく話し合いをすべきであると、社長に進言をしていただきたいのです。よろしくお願い致します」

「そんなことは解っているよ！　だが源爺の真意が何なのか、まずそれを確かめてからだ。では行ってくるぞ！」

そう言って革新党の荒牧議員は、その赤ら顔をバリケードに向け、覚悟を決めるように、威嚇する有刺鉄線を睨んだ。

「県会議員、荒牧先生のお通り！」

頭突きのカメラマンが、門番に就いている経理部長に、ニヤリと笑いかけながら、大声で告げた。


暫くして退出してきた荒牧議員は、源左衛門との対面は叶わなかった。専務とは面会したが、

「どだい話にならねえぜ」と、吐き捨てるように言って、そそくさと帰って行った。

怒り肩を震わせている、その背中は『議会で取り上げるぞ！』と、新たな闘争心を、不器用な格好で暗示しているように、志朗には映るのだった。

それにしても、と志朗は思う。

『この肝焼きの碌でなし！』と、組合員への嫌悪感を露《あらわ》にする保守党の先生など、お歴々を社長室に迎えると、帳《とばり》の中では、次なる秘策が練られたりするのだろう。保守党の先生の中には、何かお節介を焼かないと気が済まない〝お偉いさん〟も少なくないのだから。

『父兄会を開催しなされ！』

保守党の先生は知恵を授けようとして、こんな提案を持ち出すやもしれぬ。

『親の顔を見てやりんさい！　恭順の度合いは一目瞭然。しっかり値踏みをなされませ！ともあれ、親を攻めるのが一番じゃよ。それが組合の方の泣きどころにもなるじゃろうて。組合ちゅうても、物分かりの良い子も結構おりましょうが。今は幹部が口を塞いでおるんじゃろうが、そのうち目を醒ましましょうぞ』

それに応えるように、傲岸不遜の源左衛門も吠えるであろう。

『不逞の輩は断固処罰せねばならぬ。世の中は〝競争の時代〟を迎えようとしておる。〝お手々つないで……〟なんて、そんな甘っちょろい時代じゃあないでの！　組合の馬鹿どもは、その道理を解ろうとせん。団交をしても、耳を塞ぎ、目も閉じておる。けしからん！　そういう不届き者は、我が社には要らぬ！』

『御意にござる』と、透かさず専務が、乱視の眼鏡の奥から胡麻を擂る。

『どうか社長には、親御さんたちに、重々経営合理化の必要性と必然性を説いて下さりませ。その上で、組合幹部の無知蒙昧を指摘し、組合からの、御子息たちの脱会を懇請して下さりませ』
『ああ、それから……』
保守党の議員が念を押す。
『手土産は、たんと持たせてやりなされ！』

志朗がこんな思いに耽っていると、

「面汚しも、いいところだぜ！　第一、玄関先は奇麗にしておくもんだ！」

と、居丈高に叫ぶ声がした。

土建業の会社を経営しながら県会議員を務めている、恰幅の良い男が、子分の市会議員を連れて、テントの中にいる組合の番兵に向かって怒鳴っているのだった。

「源左衛門も、どでかいことをしおったのう。まあ戦《いくさ》なら、恥も外聞もないか？　君たちは〝赤の手先〟かの？　いい加減、矛を収めたらどうかの？」

「私たちは、無法なことはしていません」

都会風の物言いをする、若いアナウンサーが紳士的に応じた。

「労働者としての、当然の権利を行使していただけです。それが騙し討ちみたいに、こんな不自然な措置を強いられて、私たちは袋のねずみです」

「わしはの、あんたらの言う、その権利とやらが、ほん好かんでのう。源左衛門にも、あまりみっともない真似はするなと、わしからも言ってやるが、まずは、あんたらが恭順を示すことじゃ！　戦《いくさ》が長引くようだと、県の議会でも問題にしなくちゃならん。そうなると、槍玉にあがるのは、赤旗を振る組合のあんたらでよ！」

つむじ風のようにそんな脅し文句を残して、県会議員の男は、鼬《いたち》の如く手下の市会議員とバリケードの中へ消えて行った。

「呆れたもんだ。労働者を使用人としか見ていない奴だ！」

新入りの報道記者が慨嘆し、忌ま忌ましそうに男の後ろ姿を目で追いながら、パイプ椅子にどかっと腰を下ろすと、せかせかとライターで煙草に火をつけた。

このように若い人たちは、世の指導的な立場にある人々や年配の経営者たちの多くが、未だ心の内に、旧《ふる》い考えや心的態度を、コールタールのようにへばりつかせていることを、否応なく認めざるを得なかったのであった。

経営の合理化を強いる経済界の波は、経営者に思考の硬直化をもたらした。人間関係などに付きまとう、人情的なものや情念的なものを切り捨て、洗い流し、無機質で非情な論理を発条《ばね》にして、コストの削減と利潤の増大を追求する、機械のような思考のパターンを経営者に植え付けたのである。そして労働者にも「変化」を求めたのであった。合理化とは、全ての機能を利潤の増大に集中させることである。

しかし、経営者が労働者に望む「変化」とは、「恭順」であり、「順応」であった。ひと皮剥けた、新しい人間に生まれ変わることではなかった。下世話な言い方をすれば、組合員の「寝返り」であった。

——雇われびとたる者、御上《おかみ》に仕えるは、古来よりの仕来りではないか。

経営者側に、そんな考えが瀰漫《びまん》しているのではないかと思えるような、そんな節があるのを、久慈志朗はしばしば感じていた。

しかも、労資の間には、労働者と経営者という立場を越えて、戦前派と戦後派という世代間の溝が横たわっていて、それが労資の対立に、より刺々《とげとげ》しい色を加えているように、志朗は思った。戦前の〝超国家主義〟の鋳型に嵌められた「過去」を持つ者と、〝戦後民主主義〟の洗礼を浴びた者とでは、生きていく上での心的態度や身につけたモラルに、大きな懸隔がある。

戦前派は「御上《おかみ》が大事」「御上に従え」という、思考のベクトルを拭い切れないでいる。戦後派は「人間はみんな平等だ」と主張する。その両者の違いが、闘争への関わり方にも、色濃く滲み出ているようだ。経営者側には〝問答無用〟というような、傲《おご》りと押しつけがましさがある。労働組合の方は、法によって保障された「権利」を主張する。その両者の間には、深い溝が横たわっている。

更に言えば、唯物論に立脚すると、人間が〝モノ化〟するというのが、志朗の考えていることだが、今経営者が押し進めようとしている「合理化」もまた、人間を——経営者も労働者も――〝モノ化〟していると、志朗は思い至った。労も資も〝モノ化〟すれば、激突は避けられない。

そう、人間が〝モノ化〟するから、「合理化」を推し進めることができるのだ！

そして労も資も〝モノ化〟するのなら、それに抵抗して労も資も「人間」に帰るしかないではないか！

幸福を願っている。自己の実現を目指している。友愛や慈しみを望んでいる。平和や文化の向上を切望している。対話による心の交流を求めている。己の尊厳を守るために、自他の悪と戦っている。それが「人間」だ！

その「人間」が、労資双方から、姿を消しているのだ！

そういう危機の時だからこそ、経営者も労働者も、人間的であろうと努めるべきではないのか？　そのための「対話」ではないのか？「対話」を通して、労資双方が人間的になっていけば、労資の溝は埋まってくるのではなかろうか？

人間的であろうと努めれば、知恵も湧いてこよう。労資が目的を共有することも可能となろう。要は労資双方が、一人ひとり、生き方を、生きる姿勢を変えるのだ！

しかし今、このような考えを口にして語っても、誰も耳を貸してはくれないだろうと、志朗は淋しい思いを噛み締めるのであった。

また、現在直面しているロックアウトは、労働組合の力が圧倒的に強いために、その対抗措置として認められ、実行されているものではなく、反対に先制的、強権的、意図的に、組合員を労働組合から脱退させ、組合組織の壊滅または弱体化を狙った、明らかに法に背く、悪逆無道の蛮行である。

しかし法に背くといっても、それを法廷で立証するのは容易ではない。社会の権力構造とか、時代の波とかが、法廷では微妙に作用するからである。ガンジーも言っているではないか——永久に権力を握っていたいと思う者は、裁判所を通じてそれを果たす——と。

だから法廷闘争という選択肢は、最初から閉ざされていたのだった。どこまでも「人間」として、より正しい生き方を模索しながら、前へ進んで行くしか道はない！　今直面している「職場閉鎖」は、僕たちに、より人間的な「変化」を促しているのだ！

そうだ、このおぞましい「職場閉鎖」こそ、僕らの青春を見舞った、またとない〝僥倖〟なのだ！　天に感謝しろ！　そう思うと、志朗の満面から自然に笑みが零《こぼ》れた。そうだ、青春の劇を生き抜くのだ！

午後のひと時、侘しいテントの中で、久慈志朗がこんな思いを巡らせているのを、傍《そば》にいた若いアナウンサーや報道記者が、異物を見るように不審そうに眺めていた。

「よう、どうかの？」

テントの中に向かって、野太い声が走った。浅黒い丸顔に金縁の眼鏡をした、根本という、一人で編集・発行をしている、地方紙の記者であった。ずんぐりとして背が低く、もっさりとした風体から、仲間内からは〝豆炭〟と呼ばれていた。同じ町内ということで、温厚な技術屋が顔見知りだったので、〝豆炭〟の方から声を掛けてきたのである。

「あんたらあも大変ですの。これはまた、近来にない珍事ではないかの？」

〝豆炭〟は胡散臭そうに、テントの中を見回しながら、馴れ馴れしく寄って来た。

「今朝東京から戻って、初めて知ったんじゃが、どうしてまた、こげえな珍事が起きたんじゃ？」

「それは社長に聞いて下さいよ」

温厚な技術屋が穏やかに応じた。

「それもそうじゃの。今日は下見にちょっと立ち寄っただけじゃけえ、明日にでも面会を頼むとしようの」

五人の番兵は、いかがわしい記者の〝豆炭〟に早く立ち去って欲しいので、みんな押し黙ったままでいた。

「組合が騒ぎ過ぎたから、源の殿の怒りを買ったんじゃろ？　お山の大将の御機嫌を損ねたら、そりゃあ痛い目にも遭うがな。それはそうと、あんたらは〝恭順〟の意を示すちゅうことはせんのかの？」

記者の不遜な態度に、頭突きのカメラマンも、若いアナウンサーや報道記者も激昂しそうになったが、相手にしないでいた。志朗も「人間の尊厳が問われているのだ」と、噛みついてやりたい気持ちを抑えていた。温厚な技術屋は小刻みに唇を痙攣させていた。

「ところで、組合の委員長か書記長に会いたいんじゃが、今どこにいるの？」

「二人とも、ここにはいませんよ」

若いアナウンサーが穏やかに応じた。

「今日は、市民会館の方で学習会をやっていますから、組合員はみんな、そちらの方へ行っていますよ」

「学習会ね？　何の学習？　どこかの労組の幹部が、悪知恵をたらし込んでるのじゃあるまいね？」

「そんなことはありませんよ。Ｙ大学のＭ教授を招いて、勉強をしているんです」

「何、Ｍ教授だって？　そんな曰く付きの学者が入れ知恵をするから、源の殿が御立腹なさるのも、無理ないわ。マルクスはいかん。あれは〝怠け者の小唄〟と言う人もおるでの！」

マルクスの思想を〝怠け者の小唄〟と、一言のもとに断罪する〝豆炭〟の言い草に、志朗はハッと胸を衝かれる思いがした。誰かの入れ知恵なのだろうが、そこには一面の真実があるように思えたからである。また唯物論は人間を〝モノ化〟するという、彼の考えと、一脈通ずるものがあるようにも思えるのだった。

それでも志朗は無愛想を決めて、黙ったままでいた。それと言うのも、一人で編集・発行をしているような、極小《ごく》さな地方紙の記者は、権力に阿《おもね》るしか、生きていけないのに違いないから、取材に絡めて粗探《あら》しを行ったりして、そのネタを然るべきところに売り付けたりするのだろうと思うからであった。

この日、テントに詰めていた五人の当番兵たちも、〝豆炭〟が同業者だったから、胡散臭いその辺の事情が分かっていて、冷静に対応しているのだった。

そこへ、

「よう〝豆炭〟元気じゃったか？　そこで何しとる？」

と、親しげに記者を呼ぶ声がした。これはまた珍客であった。

声の主は、郊外の海辺に居を構え、瀬戸内の海を愛する、洋画家の津村である。

彼は網を引く漁師の働く姿や、松林を背に春の陽光を浴びて波と戯れる岩場の風景などを、潮の香が匂うような抒情的なタッチで描くことで知られていた。

この洋画家は、元は新聞記者だったのだが、大病を患ったのを潮に、絵描きになりたいという、心中に残り火のように蹲っていた若い頃の夢を掘り起こして、画家の道に転身したのであった。

結婚して未だ数年しか経っていない時だったが、奥さんが高校の国語教師だったので、ついつい甘えてしまったのである。育ち盛りの幼い子供もいて、奥さんは無論反対であったが、当人はあっさりと新聞記者を辞めてしまい、それからもう二十年も経っているのであった。

　画家の津村は、話の潤滑油と心得て、よく冗談口をたたく癖があったが、根は温厚な、五十代半ばの紳士であった。

「お前さん、そこで何の油を売っているんだい？　閑人《ひまじん》だから、ヒマシ油でも売っているのかい？　油は売れても、新聞は売れないんじゃろう？」

「人聞きの悪いことを言わないで下さいよ。仕事ですよ、勿論。先生こそ何ですか。どうしてまた、ここに現れるんです？　いくら先生だって、ここじゃ絵になりませんぜ！　それとも何ですかい、新境地を開こうと、バリケードでもスケッチなさるんですかい？」

「お前さんこそ、バリケードの見聞録でも書くつもりなのかね？　同じ書くのなら、講談調で書いたらどうだい？　その方が売れるんじゃないか？

『一夜明けまするると、瀟洒《しょうしゃ》なる放送局の前庭が戦場《いくさ》と化し、物々しきバリケードに巻きつく有刺鉄線は、迎え撃つ組合員に牙を剥き出し、月光を浴びて閃光一閃、源の殿率いる経営陣、ここぞとばかり……』」

「冗談はよして下さいよ。先生こそ本当に、どうして現れ給《たも》うたのですかい？」

「私かね？　私は陣中見舞いさ。お前さんを見かけたんで、ちょっと寄り道をしたけどね、戦友に差し入れに来たんじゃよ」

「へえ、差し入れですかい？　それはまた、奇特なお人だなあ」

「奇特ちゅうことはなかろう。私の友人がヨーロッパに行ってね、土産にブルゴーニュを買って来てくれたのよ。それで常務さんに、お裾分けをしようと思ってね。争議で籠城や何やかやで、お疲れだろうからね」

「へえ？　ブルゴーニュをねえ。白をねえ。豪儀だねえ。ついでに先生、組合の方には白旗を献上なされては如何ですかの？」

他人の家の軒先で、冗談口を叩き合っている珍客二人の問答を、面白そうに聞いていた久慈志朗は、画家の津村とは仕事を通しての知り合いであったので、

「先生、お久しぶりですね」

と声をかけ、近寄って行った。

画家の津村には、週一回、コメンテーターとして、テレビに出演しないかと打診していたのだが、未だ色よい返事は貰っていなかった。

「先生は、あのバリケードをご覧になって、どう思われますか？　先生の美意識には、どう映るんでしょうか？」

「美意識の問題ではないだろう！」

画家は、ちょっと気色ばんだ。

「それはそうかもしれませんが、つまり、良識に適っているのかどうかということです

よ」

「適う適わぬの問題ではあるまい。戦いの修羅場は、こんなものじゃないのかねえ。だけどさ、こんな下品な喧嘩は、そう滅多にはお目にかかれないぞ！」

「やはり下品ですか？」

「先生、〝下品〟はないでしょう？」

〝豆炭〟が嫌な顔をして、画家に噛みついた。

「〝下品〟なのは組合の方でしょうが。欲の皮を突っ張らせて臭気芬々《ふんぷん》、ストライキばかり打つ。組合から欲の皮を引っ剥いだら、蛻《もぬけ》の殻ですぜ。そこへいくと、源の殿は御立派で、毅然となさっておる。その意志の強さといい、世の経営者の鑑、お手本ではございませぬか！」

〝豆炭〟が社長とか市のお偉方を批判したならば、それこそ彼の小さな新聞は圧力を受け、いっぺんに読者を失うだろう。だから、こんな茶飲み話のような場でも、彼は源の殿を庇《かば》わざるを得ないのである。

だが画家の方は、〝豆炭〟から反駁《はんばく》されて、かえって〝美意識〟が頭を擡《もた》げたのであった。

「〝下品〟と言ったのは、心の問題でね。まあ、あの不細工で虚仮威《こけおど》しのバリケードを見たら、社員を大事にしているとは、到底思えないね。心の問題だよ。その心がよく表れているんじゃないか？　社長たる者、社員を思いやる気持ちがないと、新聞とか放送の世界では、社員は仕事のリズムに乗れないよ。そういう世界だよね、久慈君？」

「なかなかの慧眼ですねえ、先生」

志朗は、お世辞のような言葉を返した。

「久慈君、お前さんは、放送局に勤めていながら、文化に飢えてるような顔をしてるよね。社風の中に、文化を重んずる、文化を愛する心があれば、人を愛する心も生まれる。そういう社風だと、こんな醜い争いは起こらなかったと言いたげだよねえ」

「お見通しですねえ、先生」

「いや、以前から、そうじゃないかと思っていたんだ。それで久慈君は、結局この争議に、どう対処するつもりなんだね？」

このように問われて志朗は、考えていることの一端を画家の津村に打ち明けた。

「不平不満を、いくら託《かこ》っていても、何にもなりません。自分を惨めにするだけです。自分で自分を、穴倉に押し込めるようなものです。かといって、権力に、圧力に寝返るのは、己の尊厳に対する冒瀆《ぼうとく》です。〝暴力〟を肯定することにもなります。精神的な死をも意味します。

では、どうすれば良いのか？　掻い摘んで言えば、目指す世界――人間共和というようなな――を見据えて、手探りで前へ進んでいく、その努力を重ねていく以外に道はないと思っています。ロックアウトをひとつのチャンスと捉え、『青春の劇』を演じてみようと思っているんです」

「若いねえ、いいねえ。若いというのは、いいことだなあ！」

画家の津村は、自分が若い時、画家に転身したことを思い返しているように、感情を昂《たかぶ》らせて言った。

「劇だよ、青春は。青春は、劇でなければならんのだよ」

「何を、何を寝惚けたことを言ってるんですか、先生は？　先生、少しおつむが変ですぜ」

〝豆炭〟が色をなして、画家を詰《なじ》った。

「まあ、そんなに怒りなさんな」

画家は落ち着いて諭すように続けた。

「若い人の前途は祝福してやらないといけないからね。君、〝生きた時間〟って解るかね？黴《かび》のはえたような、〝死んだ時間〟じゃないぞ。青年には、駿馬のように活き活きとした、〝生きた時間〟の中を驀地《まっしぐら》に突進して行って欲しいんだ。だから彼にエールを送ったんだよ」

「先生は、どうかしてますぜ。労資が伸《の》るか反るかの大喧嘩をしてる時に、昼行灯かざして、どうしようというんですかい？　さっきも、源の殿の心が貧しいとか何とか……私、本当に怒りますぜ！」

〝豆炭〟は執拗に食い下がろうとする。

「しかしねえ〝豆炭〟よ。心が貧しくなっているのは、源爺さんだけじゃないぜ。みんな心が貧しくなっているよ。経営者は利潤のことばかり考えているし、労働者は賃上げばかりに固執してるんだろう？　経営者には社員を大事にする、思いやりの心がないといけない。社員には、良い仕事をしようという、心意気がないといけないよ。それが、労資とも今はゼニのためにプライドも捨てて、欲の塊《かたまり》になっている。感性は枯渇して、干上がっている。だから争いが起こるんだ！　労資の間も油が切れて摩滅した歯車みたいに、ぎすぎすするのも無理ないね。まあ、みんな心は貧しく、社員は何かの手段にされているんだろうね」

いつも冗談口ばかり叩いている画家の津村が、珍しく批判的な言辞を弄したので、〝豆炭〟は面食らってしまった。彼はちょっと言い澱んだあと、丸い顔を曇らせて抗弁した。

「先生、それはあんまりですぜ。殿は情に厚いお方ですぞ！　情に厚いお方だから、情に背く輩は許しておけんのです。それが道理ちゅうもんでしょう？」

「いやいや、先生はなかなかの具眼のお方ですね。先生の美意識なんでしょうね」

久慈志朗が、画家の争議に対する理解を得ようとして、口を開いた。おそらく、画家は経営者の独善性を感じ取り、眉をひそめているのだろうと思いながら。

「事はもっと複雑なんです。先生は労資とも金の亡者になっていると言われました。それも間違いではありませんが、それだけではなく、経営者の方は、自らの人間性をかなぐり捨て、労働組合を潰して労働者を支配し、その労働者を意のままに操ろうとしているんです。これを私は〝管理ファシズム〟と呼んでいるのですが、そこには人間性のかけらもありません。今私たちが甘受しているロックアウトだって、見栄も外聞も捨て去った〝暴力〟の行使です。こういう〝暴力〟に抵抗するのは、人権の擁護のためにも、人間性の必然の行為です。

それから、今回の争議は春闘ですから、賃上げの要求を伴っているのは確かですが、実は技術部員二名の不当配転が絡んでいるのです。それで労資の間が、このように険悪なものになってしまったのです。この配転は、二人の組合活動家の技術部員を、封殺しようとするファッショ的なもので、人権にも関わりかねないものです。そして会社側は、こうした問題を先制的ロックアウトという〝暴力〟で解決しようとして、争議が暗礁に乗り上げてしまっているのです。どうか御理解下さい。

ああ、それから先生、先ほど〝生きた時間〟を突っ走れとおっしゃいましたね。とても気に入りました。〝生きた時間〟を求めて、私頑張りますよ」

「私は争い事は好きじゃないね」

画家の津村が、〝対話〟という人間的な営為の欠如を悲しんでいるような口調で、独り言のように言った。

「それから、力で物事を解決しようとするのも戴《いただ》けないね。やはり良識とか良心というものを大切にしないと、それは『文化』じゃないよ。久慈君は『文化』を大切にしてくれよな！」

画家と志朗とのこんな遣り取りに、〝豆炭〟は苛立ちを隠せなかった。

「先生は源の殿と組合と、一体どっちの味方ですかい？　文句たらたらの連中は、一発かましたるだけですぜ」

「てめえは一体何様のつもりでえ？」

喚くように語気を荒らげて口を開いたのは、あの頭突きのカメラマンであった。

「さっきから聞いてりゃあ、調子に乗りやがって……」

今まで押し黙っていたカメラマンが、堪《こら》えきれずに激怒し、顔を歪めて〝豆炭〟に噛みついたのだった。酷《ひど》く自尊心を傷つけられて、彼は言葉を継いだ。

「記者さんには〝正義〟というものはないのか！　記者なら、物事をもっと客観的に、公平に見なさいよ！」

〝豆炭〟は平然としていた。

「〝正義〟だって？　あんたらは、そんなややこしいもので、意地を通しているのか？」

「意地ではない。労働者の権利だ！」

「源の殿に楯つくのが、あんたらの権利ちゅうもんかの？　本音は金が欲しいだけじゃろうが……」

「金の問題ではありませよ」

温和な技術屋が済まなそうな口調で反論した。

「実は、私たち技術屋の中から、活動家の二名が、他の部署――営業と報道に配置転換されるという内示が出ているのです。技術屋にもプライドがあります。無線技士の資格も持っています。技術屋には、映像や音声機器の改良とか開発といった仕事もあるんです。その分野に情熱を燃やしている人もいるんです」

「はははは。領地替えかあ？」

〝豆炭〟は、人の好さそうな技術屋を、少しからかってみたくなったのか、おどけたような口調になった。

「領地替えになればよう、違った景色も楽しめようじゃないか。住めば都と言うし、儲けものよ。そのうち馴染んでくるさ。馴染まなきゃあ、おまんまの食いあげだあ。お前さんだって、領地替えでケツを割るほどの肝っ玉はないんだろう？　新しい領地を有り難く頂戴すれば、そのうち花も咲こうじゃないか！」

〝豆炭〟の漫談に、温厚な技術屋が、顔を真っ赤にして異を立てた。

「私たちは、技術屋として生きていこうと選んだ道に誇りを持っています。技術の世界に腰を落ち着けて、喜びも生き甲斐も求めようとしています。ですから今度のような配置転換の内示は納得しかねるのです。生き甲斐を奪い取るような会社の仕打ちには反対せざるを得ません。生き甲斐をなくしたら、腑抜けになってしまいます」

「世の中は流れておる！」

〝豆炭〟は自説に固執した。

「源の殿も、世の中の流れを見て、舵を取っていらっしゃるのじゃ。それくらい分からなくて、どうするちゅうんだ？　お前さんたち、プライドとか何とか言うけどよ、プライドだけじゃ、おまんまは食えんのでよ。源の殿は、みんなのおまんまのこと考えてよ、経営の策を練っておられるんぞ！」

この時、画家の津村が口を開いた。〝豆炭〟の〝現実主義〟が鼻についたのか、画家は珍しく真顔になっていた。

「私もねえ、若い頃は新聞記者をやっていてねえ、聞屋《ぶんや》に戻ったつもりで見ていると、この角材を組み立てて、有刺鉄線を巻きつけただけのバリケードは、何だか腹が立ってくるねえ。聞屋《ぶんや》の感覚で言うと、傲慢無礼だな。社員に対する思い遣りがないね。経営陣が目論んでいるのは、自由自在に社員を左遷したり、下請会社に出向させたり、異質なもの、意に沿わない者を排除しようとする、独裁的な権力だな。

しかしそれは、放送局という、知的で創造的な仕事をする場には馴染まないし、相応《ふさわ》しくもないよね。放送とか新聞とか〝文化〟と関わっている者は、紳士でなくちゃならん。紳士というのは『中庸』を心得ている者だよ。何事も『中庸』を保つことが肝心なんだ。つまり、この争議のような、何があっても、より良い道を見出す努力を重ねていくことが『中庸』なんだよ」

「先生の話は、中学校の教科書みたいじゃ」

画家が一息置いた拍子に、〝豆炭〟が顔を引きつらせ、不服を唱えるように皮肉を言った。

画家は顔に一瞬不快な色を走らせたが、すぐ気を取り直して続けた。

「『中庸』は妥協ではない。均衡だよ。そして、少しずつより良い方向へ進んで行くことだよ。だから労資ともに、自説に固執ばかりしていては、道は開けないよ。また労資とも、多くを求め過ぎてもいけないよ。それでは『中庸』にならないからね。多くを求めれば求めるほど、事態はますます空転し『中庸』から離れていくんだからね」

「いやいや、なかなかの御高説ですねえ」

久慈志朗が、画家の話に調子を合わせるように賛意を表した。

「先生のお話を聞いて勇気を貰いました。私たちのように、多少なりとも〝文化〟と関わる仕事に就いている者は、紳士でなくてはなりません。紳士というのは、人間が犯す野蛮と戦う、戦士でもあります。今私たちは、不幸にも、おぞましい争議の渦中にありますが、力や暴力では、物事の根本的な解決はできません。暴力は人間性の良質の部分を破壊します。経営の合理化というのも、その破壊の上に成り立つのです。ですから、このロックアウトは、私たちに精神の砦を守るよう強いているのです。先生、今日はありがとうございました。とにかく頑張りますよ」

「何でぇ、お前さんも昼行灯じゃないか！　ここにも先生のお仲間がおりますぜ。相手になりませんや。先生、私ひと足先に、お暇《いとま》しますよ」

〝豆炭〟は、ぶっきらぼうに言い捨てると、煙草を神経質に揉み消し、テントから出て行った。その背中に頭突きのカメラマンが「とっとと帰れ！」と罵声を浴びせた。

「とんだ長居をしたねえ。あんたらも、せいぜい気張りんさいや！」

画家も、陣中見舞いのブルゴーニュを大事そうに抱えて腰を上げた。

おっかなびっくり、バリケードの方へ向かう画家の後ろ姿を見遣りながら、久慈志朗は、今自分を囲繞《いにょう》している現実が、画家との問答に見られたような、文化的でも人間的でもないことに、悲憤せざるを得ないのであった。

組合の闘争路線も、イデオロギーの尻尾を切り捨てることができずにいるから、人間性の持つしなやかさや感性の瑞々《みずみず》しさも吸い取られて、それが自己を高めるとか、地方文化の緑野を拡げるとか、そういった働く者の歓びをも封じ込めているのである。労資の交渉だって、文化を愛する気持ちが根底にあれば、ずっと円滑なものになるだろう。

また、経営側の遣り口も野卑である。労働者を隷属させることばかりに腐心している。昇進をちらつかせて牙を抜いたり、縁故者を通じて〝恩に報いよ〟と情を絡めて、寝返りさせたりする。この遣り口は、人間の尊厳を否定するものである。

経営者には、労働者も同じ〝人間〟だという認識に欠けている。だから組合の活動家などが、仕事で躓いたり、何かで意欲をなくしたりすると、左遷しやすくなったと、隠微に北叟笑《ほくそえ》むのである。人間として〝堕落〟した姿であり、非人間的なものへの〝頽落《たいらく》〟であろう。

画家の津村氏からは、良識を弁えろ、紳士であれ、中庸を保てと励まされたわけだが、そのように生きようとする心情を、「経営合理化」という戦車は、無情にも、また容赦もなく踏みしだいていく。そして、みんなエゴの中に閉じこもってしまっている。人間は置いてけぼりになっている。

労資が干戈《かんか》を交える、その切っ先に自分たちは立っている。

果たして突破口はあるのか？　どこに展望を見出せば良いのか？　しかし、ここから一歩を踏み出すしか、生きる道もあろう筈がない！　久慈志朗は、こんな思いを頭の中で回転させながら、決して「希望」を手放すまいと、自らに誓うのであった。

「〝津村画伯　バリケードに憤慨〟ってタイトル付けたら、どうだろう？」

久慈志朗は画家との問答を『組合ニュース』で紹介してもらおうと、夕暮れのひと時、喫茶店の片隅で、梨花にその内容を語るのであった。

「〝文化の砦はどこに？〟と、サブタイトルを添えても悪くないね」

「それにしても、意外と真面目な話をされたのですね？」

「そうだよ。若い頃、新聞記者だったので、バリケードと対面したら、聞屋《ぶんや》の習性のようなものが蘇ったらしいんだ」

「なるほどね。何とかまとめてみるわ」

「頼むよ」

そんな事務的な話をしている時だった。

「私、変わるわ。変わらなくちゃ」

控えめな梨花が、浮き立つような弾んだ声で言った。

「変わる？」

訝しげに志朗が聞いた。

「そうよ、じっと我慢していても始まらないわ。『組合ニュース』の仕事をしていて、争議の状況を変えるよりも、まず自分自身が脱皮することだと思うようになったの。あなたは、いつか〝不服従〟と言ったでしょう？　その時は、意味がよく解らなかったけど、周りがどうであれ、自分自身の心棒は、しっかり立てなくてはならない、そういうことでしょう?」

「随分成長したんだねえ。焦らず、少しずつ前進することだね。僕が言った〝不服従〟というのは、人生の座標軸にどこまでも人間中心ということを置けば、例えば合理化は受け入れざるを得なくなったとして、心では絶対に受け入れない――それが〝不服従〟だよ。そのように戦えば、本当の自分に出会えるのではないかな?」

志朗も梨花も、その戦いが困難でしんどいものであることを確認するように、暫く黙ったまま、冷めたコーヒーを啜っていた。

（三）　背番号

非日常的な時間と空間を生み出したロックアウトも、一週間が経過した。労資の間は、膠着したまま真空状態に陥り、何らかの変化を予測させる兆しなど、どこにも見当たらなかった。

経営者側は、労働組合に対してだんまりを決め込み、裏では紹介者や父兄に働きかけながら、表向きは座して降伏を待つ姿勢を取り続けていた。

また肝心の放送業務は、人手不足を補うために、出入りの業者やアルバイトなど、多勢の助っ人を掻き集め、辛うじて体裁を維持していた。

それでも部課長クラスの威張りん坊たちは、テントの前に屯《たむろ》する組合員を、汚物でも見るような眼で舐めまわし、肩を怒らせて、勝ち誇ったようにバリケードを出入りしていた。

一方、締め出しを食らっている組合員の方は、相変わらず〝口コミ作戦〟を続けていて、ガリ版刷りの『組合ニュース』などを手にして、地域の各家庭を回ったり、県内の主要な労組を訪問したりして、強権的なロックアウトの実情を訴え、労働者としての連帯を呼びかけながら、カンパなどの支援を要請していた。

また、朝（九時頃）と夕方（五時頃）には、バリケード前に全員が集合して、シュプレヒコールを行い、気勢を上げることになっていた。その束の間の陶酔が胸の閊《つか》えを解き放ち、連帯感のようなものを醸し出すのであった。

「ロックアウトをやめろ！」

「バリケードを撤去せよ！」

「職場を返せ！」

「源左衛門は団交に応じろ！」

　このシュプレヒコールには、市内の労組からもオルグが加わっていた。そのオルグの中には、戦闘的な若い女性の姿も見受けられた。このような労働者意識の高い女性は、山海放送の組合員には、少々苦手な存在であった。

　と言うのも、何しろ国会議員とか名のある企業の役員とか、強い縁故で入社したぼんぼんたちの殆どが、学生時代に左翼思想の洗礼を受けていなかった。それが入社した会社の給料が安いことから、欲の皮を突っ張らせて、俄に組合活動にのめり込んだのであり、心の根っこの部分では、意識の高い女性オルグのような、革新的な労働者としての自覚には欠けていたからである。

（反面、女性のオルグの中には、〝漁り火のおりん〟と古風な呼び方をされる年増もいて、女性たちが秘かにアヴァンチュールを求めている節がないでもなかった）

　そのようにストライキも打つが、会社側に媚《こび》も売りかねない山海放送の組合員に対して、上部組織の放送労連の幹部は、労働者としての意識改革が急務であると考えていた。

そのため職場が閉鎖になる以前から、労働者意識の啓発と称する学習会が何度か開かれていた。講師にはマルクス経済学を専門とする大学教授や、革新政党や大手労組の幹部、時には弁護士なども招かれていた。

その当時は、中央の論壇でも地方でも、〝マル経〟の学者や革新政党の幹部が、それなりの勢力を誇示していた。

「労働組合を壊滅または弱体化して、経営合理化の徹底を図る」――その全国的なモデルとして、また放送業界の先陣として、山海放送のロックアウトは企図され敢行されたことは、恐らく間違いないであろう。だからこそ放送労連の幹部にとって、山海放送のお坊っちゃまたちを、一級の闘士に豹変させなくてはならなかったのである。

(因みに、近頃は争議という観点からではなく、合理化推進の先兵でありモデルとして、ロックアウトの状況を視察に訪れる企業関係者が増えているのであった)

さて、大半の組合員にとって、この時の学習会が、本格的なマルクス主義経済学の洗礼であった。

これまでは「生活を守ろう！」とか「団結して要求を勝ち取ろう！」とか叫んで、ストライキは打っても比較的穏やかな活動に終始していた組合員にとって、「公平・平等の分配を勝ち取れ！」とアジる、マル経の教授の講義は、いささか現実離れしていた。だから

講義が終わると、

「あれでは極端過ぎる！」とか、

「とてもついては行けんでよ！」

「俺は革命をやってるんじゃないぜ！」

といった不平や不満が、みんなの口から飛び交うのであった。だからと言って、もっと穏健な学説を拝聴したいという要望も持ち上がらなかった。

この当初は、出世目当てに抜け駆けの機会を窺う不届き者もいるにはいたが、組合員の大半は、放送労連や組合執行部の打ち出す作戦に従っていれば、大して怪我もあるまいと、鷹揚に構えているのが実情であった。

こうした不透明で硬直した状況に、波紋を拡げる一石が、会社側から投げかけられたのである。


「お　知　ら　せ」

拝啓　新緑の候、ますます御清栄のこととお慶び申し上げます。
お蔭をもちまして弊社の業績は、当今の厳しい経済情勢にもかかわらず、僅少ではありますが、増収増益と好調を維持しております。これも偏《ひとえ》に皆々様各位の御支援の賜と厚く御礼申し上げます。

さて先刻御承知の通り、弊社は五月二日をもちまして、ロックアウトを断行致しております。これは弊社労働組合員の不遜窮まる要求と行状に対し、もしこれを容認放置すれば、弊社の経営に重大なる支障を来すは是必定なりと勘案致し、断腸の思いをもって、労働組合員に対し職場を閉鎖するの止むなきに至ったものであります。

つきましては何とぞ私どもの苦衷をば御賢察の上、御子弟の前途に愛情ある説諭を御願い申し上げる次第であります。

尚、五月二十一日（日）午前十時から山海市民会館三階小ホールにて、山海放送懇親会を開催致しますので、必ず御参集下さいますよう、伏して御願い申し上げます。

当日は茶菓子等も用意して懇談の場も設けておりますので、何とぞ万障御繰り合わせの上、御列席賜りますよう、重ねて御案内申し上げます。

敬白

五月十日

関係者　各位

山海放送　社長

佐　野　健　三

子供の保護者を相手にするような、こんな我が物顔の文書が、組合員の父兄や紹介者の許に届いたのであった。

懇親会と言っても、本音のところは、父兄会であり保護者会であろう。

どうやらロックアウトが企図された当初から、この「父兄会」の開催は、会社側の戦術として、計画の中に組み込まれていたようである。


編成部の真木浩の父親が、いつものように浅酌を楽しんで夕飯を終えると、夫人が入れ替えた番茶を持って来て、

「浩の会社から手紙が届いていますよ。何でしょうね？」

と、まだ封を切っていない、薄い青色の封筒を差し出した。

市の経済産業部の課長をしている浩の父親は、一読すると、

「ふうう……」

と大きな溜め息をついた。

「どうなさったの？」

夫人が卓袱台《ちゃぶだい》を挟んで、怪訝そうに顔を曇らせ問い返した。

――争議に親を巻き込むとは！

父親は可笑しくもあれば、呆れもしていた。

――まだおむつの取れない幼子《おさなご》のように、自分の子供は遇されているのか！

そう思うと、父親は少し腹立たしくもなった。そして浅い酔いに促されるように、頭の中を万華鏡のように回転させるのだった。

――上に立つ人が、どうも「人間」を信じていないようだ。「人間」が信じられないなら、非情な〝排除の論理〟が罷り通るは必定だ。一旦〝排除の論理〟が罷り通ってしまえば、不満や不信が蠢《うごめ》き、亀裂が生まれ、争いが起きるのも無理からぬことだ。やはり上に立つ人には、寛容の徳が欲しい。経営者に寛容の徳が備わっていれば、組織の中には信頼と友愛が醸成される筈だ。更には頒《わか》ち合う精神とか大同団結といった空気も生まれてこよう。

どうも山海放送の経営者は、「人間」ではなくて、もっと別なもの――「管理」とか「支配」「効率」といったものの力を信じているようだ。ひょっとしたら、案外、そうした〝モノの運動〟に、経営者の方が操られているのかもしれないな。

真木の父親があれこれ思いを廻らせている間に、手紙を引き取って目を通した夫人が、黙然としている主人に痺れを切らして、せっついて言った。

「浩には、あなたからちゃんと言って下さいよ。あまりみっともない真似はやめるように、きちんと話して下さらないと、出世にも差し障りますわ」

　丁度その時、電話のベルが鳴った。

「あら誰かしら？　こんな時間に、浩かしら？」

　夫人が立ち上がって受話器を取ると、揉み手をしているような、恐縮する声が聞こえてきた。

「夜分に遅く済みません……御主人は、御在宅でいらっしゃいましょうか？」

　声の主は、山海放送の労務担当、北原であった。

「はい、帰っております。ちょっとお待ちになって下さいませ。あなた、浩の会社の、北原さんからですわ」

　真木浩の父親が、夕飯のあとでもあり、億劫《おっくう》そうに電話に出ると、労担の北原が日頃の無沙汰を詫びるや、追い立てられているような早口で喋り始めた。二人は市の行事などで、時折顔を合わせる間柄であった。

「本日は真木様に折り入ってのお願いがございまして、夜分お疲れとは存じますが、電話を致しました。御承知ではございましょうが、我が社は現在ロックアウトを決行しておりまして、終結の見通しも立たず、大変苦慮しておるところでございます」

「いやいや、よく承知しておりますよ。ですが、どうしてまた、こんな騒ぎになったのですか？」

「それがあなた、会社の方針に対して、労働組合が頑強に抵抗しておりまして、彼らには妥協の意思が全くないからなんです。会社に温情がないわけではありません。しかしながら、組合の要求に対し、呑めるものと呑めないものがあるのは当然でございましょう？」

「ごもっともです」

「実は労働組合の背後には、左翼の勢力が控えておりまして、そうした勢力が後押しをしているものですから、組合もなかなか後には引こうとはしないのです。このままだと、我が社は暗礁に乗り上げ、転覆するやもしれません。もうお解りと存じますが、御子息がちょっと常識を働かせて下されば、それで良いのであります。どうかお父上からも、愛情のある御指導をよろしくお願い申し上げる次第にございます」

「いや、それで何をしろとおっしゃるのですか？」

父親は無粋な電話にほろ酔い気分を破られ、ちょっとおどけて問い返した。

「ご冗談を！　よくお解りではありませんか？　お父上の愛情ある説得のほかに、何がありましょうか？　御子息の真木君は、私から見ましても好青年ですよ。性格も良く、みんなからも親しまれていますす。でもちょっと無鉄砲なところもあるみたいで、それが心配です。不用意な言動で足を掬われては、何にもなりません。会社というところは、半分以上が印象ですからね。印象が良くないと、力はあっても認めないし認められないのが会社ですからね。御子息の将来を思えばこそ申し上げておりますので、どうぞ真木君が賢明なる選択をするよう、お父上から愛情ある御指導をよろしくお願い申し上げる次第です」

「あなた様も大変ですねえ。夜討ち朝駆けで働いていらっしゃるんですねえ」

「どうか私どもの苦衷をお察し下さいませ。争議が解決しましたら、一献傾けますかな？」

「いや、どうも」

夜間の無粋な電話が終わると、真木浩の父親は、また「ふうう」と、慨嘆するような溜め息を洩らした。

傍にいて聞き耳を立てていた夫人は、不安と心配を胸の中に過《よぎ》らせながら、

「何の話でしたの？　浩のことですの？」

と急《せ》き立てるように問い質した。

主《あるじ》はそれには答えないで、卓袱台に戻ると、冷めた茶を一息に飲み干し、黙ったまま目を閉じた。

――内輪の揉め事に親を巻き込むとは、一体どんな魂胆なのか？　社長に発破をかけられて、北原さんも焦っているのだろう。北原さんは労担だから、〝お前さんの不始末だ〟と責任を問われているのかもしれない。しかし浩も一人前の社会人だし、親が出る幕でもあるまい。浩も社会人としての責任は自覚している筈だ。争議にどう対処するかは、本人が自分で考え、自分で決めることだ。本人から相談もないのに、親の方からお節介を焼くのは、本人の自尊心と自律心を蔑《ないがし》ろにすることではないか！　――

主人が黙ったまま何かを考えているのを見て、夫人はますます不安を募らせた。

「浩が何か仕出かしたのですか?」

「浩は大丈夫だよ」

主人はおもむろに口を開いた。

「でもずっと考え込んでいらしたわ……」

「北原さんは、早く争議の決着をつけたいと言っておられたけどね」

「そりゃあそうですよ、あなた。ロックアウトなんて、まともな会社の姿ではありませんよ。早く収めてもらわないと、家族だって不安だし、先のことも心配になりますよ。それで北原さんは、浩にどうして欲しいと言われたのですか?」

「御子息を愛して欲しいとか言ってたね」

「ご冗談を!」

主人が鷹揚に構えているので、夫人は少々苛立ち、その細い眉を吊り上げた。

「あなた、はっきり言って下さいよ。北原さんのお話は、浩に組合を辞めるよう説得して欲しい、ということだったんでしょう? 分かっていますよ。浩の将来のことを考えたら、早く組合を辞めるのが一番ですよ! 会社の方から心証を害されたら、浩も辛い思いをすることになりますわ。早く組合を辞めて会社に尽くすよう、あなたから、はっきり言ってやって下さいませ!」

「まあ、もう少し様子を見ようよ。それからでも遅くはあるまい」

焦る夫人に対して、父親の返事はのんびりしたものだった。

「争議が長引いているのは、私だって無論心配だよ。しかしね、息子だからと言って、よほどのことがない限り、〝男の人生〟に干渉すべきではない。私はそう思うね」

「あなたったら、呑気なことを言って！　浩の将来がかかっているんですよ。会社から睨まれて、不運な人生を歩むようになったら、浩が可哀想じゃありませんか！　今のうちに禍《わざわい》の根を残さないよう、親の私たちの方から、ちゃんと手を打ってやるべきですわ！」

夫人は心配でならなかったのである。

――浩が会社から危険分子と烙印でも押されたらどうしよう？　お父さんは、どうしてこんなに呑気なんだろう？　北原さんから、せっかく電話をして下さったというのに……。もう浩には、私から言ってやるしかないわ。――

不服そうな妻の様子を見て、父親が口を開いた。

「お前が心配することは何もないよ。男の子は、こういう修羅場を潜って鍛えられ、一人前になっていくんだ。それで本物の男の子になるんだ。今浩が直面しているような〝人生の岐路〟にあっては、どう決断し、何を選択するかは、本人の自主性に任せるべきだ！」

「まあ、何てことを！」

夫人は頓狂な声を発し、細い眉を吊り上げて主人を睨みつけた。

「あなた、自分の息子のことですよ。息子の将来がどうなってもいいと言うのですか？　浩が『赤』だとか見做されたら、どうするんです？　大変ですよ。第一、就職のお世話をいただいたS様に顔向けできないじゃありませんか？　浩には、私からも言ってやりますけど、やはり男親がきちんと言わないと……」

そこへ、

「ただいま！」

と玄関の方で、大きな声がした。息子の浩が、かなりの深酒をして帰って来たのだった。

「お帰り。遅かったわね。ご飯は食べたの？　お父さんがお待ちよ。ちょっと茶の間の方へ来てちょうだい！」

「親父が？　何だろう。じゃあビールを持って来てよ」

息子の浩は、促されるままに茶の間に顔を出した。

「親父、話があるって？」

「ああ浩か、お帰り」

「何だい、話って？」

「さっき北原さんから電話があったよ」

「へえ、労担から？　姑息だなあ。大体、親のところに電話するなんて、褒められた図じゃねえな。第一社員に対して敬意を欠いているよ。不愉快だよ。それで労担は何と言って来たの？　組合を辞めさせてくれと言ったんだろう？」

「そうは言われなかったな。御指導をよろしくということだったね」

「何だ、同じことじゃねえか。不当労働行為の言質を取られまいとして、言葉を濁しているだけだよ。労担もしんどいなあ。最後は、詰め腹を切らされる羽目になるんだろうからね。それで親父は何と答えたの？」

「決まってるじゃありませんか！」

母親がむっとして、断を下すように口を挟んだ。

「浩、あなた組合を辞めた方がいいんじゃないの？　いつまでもストを続けていたら、出世の妨げになりますよ！　人生を誤ったら、取り返しがつきませんよ！　北原さんも心配して電話して下さったのだから、早く目を醒ましなさい！」

母親は痺れを切らして、父親を尻目に、本丸に踏み込んだのであった。

「僕は大丈夫だよ」

息子の浩は、両親を説得するように、落ち着いて穏やかに言った。

「お母さんも親父も、心配することはないよ。僕は、まあ常識派だから、無茶なんかしないさ。ただ〝正義〟ということだけは忘れないつもりだよ。〝正義〟ということは、生きていく上での錘《おもり》みたいなものだからね」

「とにかくよく考えておくれ！　自分の将来のためだからね！」

母親は不安を払拭しきれず、念を入れた。

「お父さんは、お前を信じているからね」

父親が威厳を示すように言葉を添えた。

「男というのは、自分で道を開いていくものだ。自分で考えて、前へ進んで行けば良い。もし失敗したら、自分の責任で乗り越えていくしかない。若い時は、少々の失敗や苦労はあった方が良いのだ。でないと、人間としての根っこが作れない。青年時代に鍛えの時を持たなかったら、それは不幸だと言わなくてはならない。お父さんは、お前が自主独往の信念に生きる息子であって欲しいと願っているよ。よほどのへまをしない限り、お前を見守っているからね」

「ありがとう、親父。お母さんも、心配いらないよ。よく考えながらやっているんだからね。それじゃあ、お休み。僕もう二階に上がるよ」

茶の間を出て行く息子の姿を、母親はやはり心配そうな目で追っていた。


バリケードと対面して悲愴な思いにかられ、「コンチクショウ」と叫びながら、角材を蹴り上げたことで〝足蹴のレディー〟と呼ばれている鳴井美佐子が、M教授に書いてもらった『組合ニュース』用の原稿に、いささか過激な表現があったので、教授の了解を得て穏便な表現に書き直す作業を終え、帰宅すると、母親が待っていた。

美佐子が闘争服にしている紺色のジャケットを、薄茶色の普段着に着替え、スラックスも普段のものに穿き替えて、夕飯の支度を手伝おうと台所に立つと、母親が、

「ちょっと、こちらに来てちょうだい！」

と、娘を茶の間の方へ誘《いざな》った。

母親は水屋の上から薄い青色の封筒を取り上げ、

「こんな手紙が届いたよ！」

と、平静な気持ちではいられないような尖った声を発し、その封筒を飯台の上に投げ捨てるように差し出した。父親宛になっていたが、放送局からの手紙なので、胸騒ぎした母親が開封したのであった。

「美佐ちゃん、あなた放送局に迷惑のかかるようなことはしてないだろうね？ こんな手紙が来たから心配だよ、母さんは。あなたから争議のことは聞いていたけど、こんな非道いことになっているとは聞いてないよ！ 組合は暴徒じゃないんだろうね？」

母親に促されるまでもなく、娘は手紙を取り上げ目を通した。

「母さんは何も心配することないわよ。私たち、法に触れることは何もしていないんだから。ここに書いてあることは、会社が使う、お決まりの文句なのよ。だから驚くことないのよ。虚仮威《こけおど》しの文句を並べて、さも組合が悪いことをしているように思わせてるのよ。騙されてはいけないよ！ だから懇親会なんて行く必要はないわ！ 何の得にもならない

わよ」

「母さんは、行くとも行かないとも言ってはいませんよ。お父さんが帰ってから、よく相談します。でも放送局に迷惑のかかるようなことだけはしないでおくれ！　美佐ちゃんはまだ、嫁入り前なんだからね。よくよく考えて、無茶だけはしないでおくれよ！」

母の小言を耳にしていると、足蹴のレディーの頭の中で、先ほどまで削除したり手直しをしたりしていたM教授の文言が、飛び交う蛍火のように浮かび上がって来るのだった。

――時代錯誤の丁髷《ちょんまげ》頭が見栄の衣を着て、古びた玉座に居座り、労働者を食いものにしている。

「上の人には、あんまり反抗するものじゃありませんよ。年頃の娘がみっともないよ。多少の不満はあっても慎むものだよ」

――未熟な人格が、時代の先端を行く放送局に蟠踞しておる！

「美佐ちゃん、どうなの？　いい加減、組合の活動はやめたら！」

――孝子《こうし》を羽交い締めにして、天狗鼻の王様は、御満悦、御満悦！

「ストライキとか、労働組合とか、母さんは好きじゃないね。若い女の子が現《うつつ》を抜かすことじゃないよ。ほどほどにしたらどうなの？」

「旧いなあ、母さんは。女の子だって、生きるためには、立ち上がって戦わなくてはならないのよ。みんなで団結して戦うから、道も開けるし、進歩もあるんだわ！」

「母さんが気を揉むことはないのよ。少しでも生活を良くしようと、みんなと一緒にやっているんだから」

「あまり欲をかくもんじゃないよ。みっともないからね」

会社から送られてきた文書が、母親に少なからず衝撃を与えていることに、娘は心を痛めた。母親は労働組合とかストライキといったことに馴染めなかったし、「権利」ということについても意識が薄かった。娘にしてみれば、取り立てて過激な行動に走っているわけでもなく、母親が旧い考えに囚われていることに、一抹の淋しさを感じざるを得なかったが、母親の方は、愚痴ともつかぬ小言を繰り返すのであった。

「あとで、お父さんとよく話し合ってちょうだい！　会社からの手紙には『断腸の思い』とあるんだから、組合の方が悪いに決まってます。そうだろう？　正直に言ってちょうだい！　あなたの将来に傷がついたら大変だよ。組合なんか、もうさっさと辞めてしまいなさいよ！」

「そうはいかないよ。何も悪いことなんかしてないんだから。労働者の権利を行使しているだけで、それに仲間もいるんだよ。私、仲間を裏切ることなんかできないわよ！」

「反対にあなたの方が裏切られたら、どうするのよ？」

「そんなことないと思うわ。だけど私、人を裏切る人間には絶対になりたくない！」

「あとで臍《ほぞ》をかむことになったら、どうするのかね？　後悔先に立たずと言うからね」

母と娘が稔りのない遣り取りをしているところへ、父親の御帰館となった。帰宅してみると、夕飯の支度もされておらず、風呂も沸かしていなかったので、父親は子供のように不貞腐れ、不機嫌になった。

「何だい、亭主が汗水たらして働いて帰ったというのに……」

父親は住宅地と農村部が混在する、郊外の信用組合で支店長をしていた。父親は濃紺の上着を脱ぎ、連隊縞のネクタイを外すと、そのまま飯台の前に座り、妻にビールを持って来るよう言い付けた。

「先に着替えられたら？　実は大事なお話があるんです」

「いや、ビールが先だ」

主人は声を強めてビールを催促した。

「あなた、これを読んで下さい！」

夫人が放送局からの「文書」を、恭しく大事そうに差し出した。

「ロックアウトはどうなっているんだ？」

さっと文書に目を通した父親が娘に聞いた。

「睨み合いのままよ。団体交渉が開かれる気配も、今のところ何もないわ」

「なるほど。このロックアウトは、何か奇異な感じがするな。とても意図的になされている感は拭えない」

「そうでしょう？　あからさまな意図が見え見えでしょう？」

「そうだな。組合員を日干しにするつもりだろうね。それから組合を潰しにかかる手筈だろう。だが組合を潰そうという魂胆は、時代遅れの発想だね。現代社会では、組合とうまくやっていくのが、経営陣の手腕だよ！」

「そうでしょう？　だから私たちも、易々と手は引けないのよ。安易に『力』に屈したら、それは『人間』自身の敗北だわ！」

「大仰だなあ」

「いや、これはね、私と一緒に『組合ニュース』の仕事をしている梨花さんが、親しくしている久慈さんという人から、いつも言われているらしいの。その人は『人間としての尊厳』は絶対に守らなくてはならないと、常に言ってるらしいの。私も『人間』とか『人間性』を大事にしなければいけないと、この頃思うようになったわ」

「ロックアウトは、組合員を成長させる、良き触媒になっているかもしれないね。だけどさ、会社と組合、腹を割って話し合うことはできないのか？」

「組合はずっと団交を要求してるんだけど、会社側は〝なしのつぶて〟なのよ。だってお父さん、会社側の意図は、組合を潰すことなのよ」

「困ったもんだな」

「この前、国会議員のT先生が応援に来られて、その時言っておられたわ。『民主主義が成熟していないと、飼いならされた家畜のような民衆』を生み出すって。つまり、民主主義とか人権とかいうものは、戦わないと守れないのよ。表向きの民主主義は、油断していると、精神を弛緩させるような要素を内包しているということなのよ」

「確かに人間性の砦は守らなくちゃいけない。それはお父さんも賛成だ。しかし今は、そんな議論をしていても、争議の解決にはならない」

「でも守るべきものは、守らなくちゃならないわ。労働者の権利とか、人間としての誇りとか、仲間同士の連帯感とか……」

父と娘の会話の成り行きを、黙って見守っていた母親は、一向に埒が明かない親子の問答に堪《たま》りかね、口を開いた。

「あなたたち、一体何をほざき合っているのよ！」

父親が娘に労働組合からの脱退を勧めるでもなく、堂々巡りのような話に終始しているのに苛立って、母親が二人を詰《なじ》ったのであった。

「そう慌てるな！」

父親が妻を牽制した。

「こういう理性を欠いた、感情剥き出しの争いを見ていると、もうイデオロギーを掲げて戦う時代ではなくなっている、そんな気がするね。会社だって、それから組合だって、いい仕事をしたい、社会に貢献したい、充実した人生を送りたい、そんな思いは労資を問わず、みんな同じだろう？　そういう共通項に、労も資も立ち返るべきじゃないのかね。そうすれば、話し合いの糸口も見つかろうじゃないか。このロックアウトは、『他者を思いやる』――そういうモラルが失われていることを如実に物語っているね」

「理想論だわ、それは。お父さん、今私たちは弾丸が飛び交う、最前線に身をさらしているのよ！」

娘は戦場《いくさば》の緊迫感を伝えようとしたが、うまく言葉にならなかった。

「組合が手を引けば、それで万事収まるじゃないの」

母親が痺れをきらして、口を挟んだ。

「あなた、美佐ちゃんに、ちゃんと組合を辞めるよう言って下さらないと困ります。弾《たま》が飛んで来るようなところへ、あなた、美佐ちゃんを置いておくつもりなのですか？」

「自分が正しいと思い、信ずる道を進んで行けば、それでいいんだ！」

父親は半ば妻に向かい、半ば娘に向かって言った。

「右にせよ左にせよ、もうイデオロギーは、時代の流れとは噛み合わなくなっているね。右であれ左であれ、イデオロギーは人間を硬直化させる。人間が硬直化するから、現実離れした行動が横行するようになる。別の見方をすれば、イデオロギーが檻になって、人間を閉じ込めている。さしずめ社長も組合の幹部も、その檻の中から吠えまくってるんじゃないの？　美佐子や心ある組合員は、その檻から出ようと足掻いている、そういう構図じゃないのかね？」

「あなた、何を言っているのですか？」

母親が爆発しそうになって口を挟んだ。

「そんな阿呆陀羅経を唱えて何になるんですか？　とにかく、美佐ちゃんには矛を収めるように言ってやって下さい！　でないと、お世話になっている鷲尾専務さんに顔向けできないではありませんか！」

「お前が心配することではない！」

父親が妻を一喝した。

「美佐子を信じてやれよ！　自分の娘じゃないか。野蛮な力で物事を解決しようとすれば、必ず亀裂が生じるよ。力の論理に永続性はないよ。だから最後には、それなりの知恵が生まれ、妥協点が見つかる筈だ。つまり起き上がり小法師のような力が働くのだよ」

父親は人間を信じたかったのである。弱肉強食の構図を、未来の社会の姿に思い描くことはできなかったのである。そして他者を思いやる気風を、身近な世界に根づかせることが、新しい時代を拓く希望の門だと自らに言い聞かせているのだった。

「とにかく、無茶だけはしないでおくれ！　分かったね！」

母親が娘に念を押した。

「分かってるよ、母さん。それよりか、早く夕飯の支度をしようよ。もう随分遅くなったわよ」

足蹴のレディーは、身体全体に絡みついてくるような、うっとうしい部屋の空気を振り払うように、立ち上がって台所へ向かった。

「ビールを持って来てくれ！」

父親の待ち切れなくなっているような催促の声が、娘の背中を追ってきた。


ラジオ制作部の市塚和夫――バリケードの前で、腕組みをして夜空を睨み「こんなことがあっていいのか」と慨嘆していた――が帰宅すると、一足先に帰っていた父親が、酒造組合のS理事と、応接間で何やらひそひそと話をしているらしかった。

和夫の祖父は、昔、T市に編入される以前の農村で村長をしていた。その傍ら、所有する田んぼで人を雇って酒米を作っていた。その田んぼで収穫される山田錦を、造り酒屋のS家が契約して買っていたので、両家は今も親交が続いているのだった。

和夫の家はもう農業はやめ、商科大学を卒業した父親は、合併したT市にある石油コンビナートの企業で、経理の仕事をしている。

一方、造り酒屋の方は、銘酒の「酔芙蓉」が広く親しまれており、S理事は三代目の当主であった。

大学の卒業を控え、写真クラブに所属していた和夫が、就職先として地元の放送局を希望した時、父親が真っ先に思い浮かべたのがS理事であった。というのも、S理事は銘柄「酔芙蓉」をテレビとラジオで宣伝するスポンサーであり、酒造組合では広報担当の理事として、山海放送の鷲尾専務とも昵懇《じっこん》であることを知っていたからである。

地方の小さな放送局の、驕慢《きょうまん》な経営者も、スポンサーには頭が低い。それに和夫の祖父が村長であったという出自が、血筋を好む源左衛門の嗜好にも適って、和夫はあっさりと入社が決まったのであった。

こうして入社時の手蔓《てづる》は、ロックアウトという大きな騒乱になった今、今度は労働組合からの脱退工作の手蔓に利用されようとしているのであった。

「よう、どうかの？」

和夫が挨拶のため応接間に顔を出すと、五分刈りの丸っこい頭をした、赤ら顔のS理事が、親しげに声をかけてきた。

村長が残してくれた、山水の軸が掛けてある床の間を背に、父親と向かい合っていたS理事は、更に言葉を継いで、

「元気じゃったか？」

と、気さくに問いかけ、一緒に座るように促した。

和夫は「ええ、お蔭さまで」と言って、ぴょこんと頭を下げ、父親の隣に畏まって座った。用件は察しがついているから、彼は黙ったまま、身を硬くしていた。

床の間には、壺の形をした薄緑色の花器に、三輪の白牡丹が活けてあった。庭の隅に咲いていたのを、母親が切り取って活けたものだったが、そのふくよかな花びらが、三人の密談に聞き耳を立てているようだった。

S理事が酒席を共にしているかのように、ざっくばらんに話し始めた。

「仕事はうもういっちょるかの？　村長さんのお孫さんじゃから、社長や専務さんの覚えもめでたいじゃろうの？　わしは、よう覚えちょるが、村長さんは、ええお人じゃった。ちょび髭が自慢での、威厳ちゅうもんがあった。農道や林道を整備されたのは、先見の明じゃった。今でも助かっちょるけえの。川土手に桜を植えて、わしらが花見を楽しめるのも、村長さんのお蔭じゃからの。村は美しゅうせにゃいけんちゅうお考えじゃった。

わしは親父に言いつけられて、よう新酒をお届けしたもんよ。肴《さかな》はなくても、塩がひとつまみあればいいちゅう酒豪じゃったの。和夫君は、そのお孫さんじゃから、大事にしてもらうんじゃぞ！」

和夫も父親も、S理事の話を、神妙な面持ちで聞いていた。S理事は、母親が入れ替えにきた茶をうまそうに啜ると、親子二人の顔を見比べながら更に続けた。

「ところで和夫君よ」

和夫は一瞬、「来たか！」と身構えた。

「和夫君はラジオの番組を作る仕事をしているんだってね？　わしらの酒造りも職人の仕

事じゃが、番組を作るのも職人だよね。物づくりなんだから職人の腕の見せどころ、生き甲斐は仕事じゃね？　仕事に命を懸けるのが職人の心構えじゃろう？　じゃから、その腕を買《こ》うて下さるお方があれば、お尽くし申し上げるのが、職人の心意気ちゅうもんじゃろう？　その職人がよ、のう和夫君、臍《へそ》を曲げてはいけんでよ。山海放送には、わしが世話したんじゃから、わしの顔を立ててくれんと困るでよ」

S理事はひと息つくと、心中の変化を期待するような目つきを、和夫の方に向けた。それから残っていた茶を一気に飲み干すと、また話を続けた。

「わしはの、スポンサーの端くれじゃがの、文化は大事と思うての、それで山海放送の応援をしちょるのよ。わしみたいな田舎者が、『文化』なんて口にしたら、鬼が笑うか、蛇《じゃ》が出るか。じゃがの、これは村長さんが桜を植えなさった心なのよ。分かるじゃろ？　田舎者にも桜は奇麗じゃ。田舎者でも花は咲かせたい。花があれば心も潤うちゅうもんよ。スポンサーになるのも、まあ夢を託しているわけよ。

先達て専務さんから聞いたんじゃがの、山海放送は、労働組合の対策に、莫大な費用を注《つ》ぎ込んでいるそうじゃ。わしらの仲間にはの、義理でスポンサーになって金を出しておる店もあるんでよ。その金が組合の反抗分子のために使われるちゅうんは、ちいと納得しかねるが。組合が跳ね上がると、無駄な出費が嵩むんじゃのう。その出費を、わしらの広告料で賄うちゅうんは、得心がいかんでよ。まあ、くどくど言うつもりはないけどの、こういう非常時に、一肌ぬぐのが男でよ。和夫君、どうか職人の心意気ちゅうもんを、社長や専務さんに見せてやってつかさい。頼んだでの！」

S理事の話に、神妙な顔をして耳を傾けていた和夫は、これまた神妙な面持ちで、黙したまま頷いている父親を横目で見ながら、その場を取り繕うように短く答えた。

「お話の向きにつきましては、二、三友達とも相談致しまして善処致します。本日は貴重なお時間を、ありがとうございました」

「おう、そうかそうか」

S理事は相好を崩した。

「仲間を同伴してくれるんじゃったら、なお結構じゃないか！　ええ息子さんじゃのう。頼んだでえ、男なら咲いて見せよう桜花、じゃのう！　ははははは」

父親が照れ臭そうに作り笑いをして頷いた。

「和夫君は、ええ息子さんじゃ。若いのに親孝行しちょる。偉い偉い。わしも和夫君を山海放送に世話して鼻が高いでよ。ははははは」

S理事は自慢げに高笑いをするのであった。

和夫は、S理事が帰るのを見送りながら、（そのうち、組合の中でも、何らかの〝流れ〟が生まれるだろうから、その時を待つことにしよう――組合を出るにしても、残るにしても）と、思いを巡らせているのであった。

技術部の百瀬登志樹《ももせとしき》の家に、夕飯の終わる頃を見計らって、直属の湯浅部長が、自分一人で訪ねてきた。

小柄の太り肉《じし》で、白皙の顔には、張り付けたような濃い眉が、愛嬌のある顔立ちを演出していた。技術屋というよりは、役人のような風体であった。

父親はまだ帰宅しておらず、登志樹が応接間で部長と向かい合った。煎茶を淹《い》れてきた母親は、息子が何か不始末を仕出かしたのではないかと、少し気掛かりな様子ではあったが、一礼すると座を外した。

応接間には、信州あたりの山並みを描いた風景画と紫水晶の置物が飾られていた。

二人はテーブルを挟んで椅子に腰を掛けていた。同じ職場で働いているという気安さと、争議の真っ只中で反目しあっているという気まずさ——その不釣り合いな感情が綯い交ぜになって、二人の間には歪んだ空間が横たわっているようだった。しかしそれは、登志樹の錯覚であった。

「今日はね、百瀬君に朗報を持って来たよ！」

部長の湯浅が、人懐っこい笑顔を弾かせた。

「百瀬君、この度君をね、課長に推薦したんだ！　社長にも了解していただいたよ。百瀬君、本当に良かったな。おめでとう。これから存分に腕をふるってくれたまえ。頼むよ」

「若い、この私が課長ですか？　信じられないくらいですねえ」

「謙遜することはないよ。歴とした送信課長だよ」

送信課というのは、テレビやラジオの番組を電波に乗せて、視聴者に送り出す部署である。

「するとN課長は、どうなるんですか？」

「いやいや、N君も、そのまま送信課長だよ」

「え？　どういうことですか？」

「N君は1号で、君は2号というところかな」

「え？　何ですって？　私は2号ですか？　何だか外にいる女性みたいですねえ」

「いやいや、なかなかの名案だろう？　会社は背番号制と呼んでいるけれどね、これで組合の勢力も、かなり削がれることは、間違いないだろう」

「すると私が課長になっても、権限はN課長にあるということですか？」

「いや、それは違う。君も立派な課長なんだから、権限はちゃんと具わっているよ」

「だとすると、指示はどちらがするんですか？　二人の意見が違う時は、どうなるんでしょうね？」

「そこは、うまくやるんだよ。課長なんだから、知恵を働かせなさい！」

「でも裏で、N課長が別の指示を出すことはないでしょうね？」

「だから仲良くするんだよ。それが知恵だろう?」

「N課長がとは言いませんが、背番号制にすると、人の足を引っ張ったり、自分一人の手柄にしたいと画策する人が出て来るんではありませんか?」

「今そんなことを考えては、いけないよ! 課長になれることを、卒直に喜びなさい! 若い君が課長になれるのも、誰のアイデアか知らんが、背番号制のお蔭なんだぜ」

「では辞令は、いつ出るんですか?」

「それだ! そのためには、どうしても関所を抜けてもらわないと困るよ。解るな?」

「関所ですって?」

「惚《とぼ》けちゃいかんよ。解っているくせに……」

「いや、失礼しました」

「〝関所を越えた〟と申告してくれれば、それでいいんだ。辞令は、或る程度人数が揃ってから、発令になるだろう。それまで、しっかり忠誠心を示してくれたまえ! じゃあ、お父さんによろしくね」

　用件を済ますと、自転車を漕ぎながら、すぐに帰って行く部長の、どこか役人みたいな後ろ姿を見送りながら、百瀬登志樹は、背番号制が混乱を招くのは必至と、技術屋らしく実直に考え、「明朝一番に、この件を執行部に報告しよう」と思いを巡らすのであった。

蛍の季節には光の乱舞が楽しめる、浅い流れの傍に建っている茶房「スイート・テムズ」で、窓越しに美しい柳の並木を眺めながら、久慈志朗は梨花と木製のテーブルを挟んで、コーヒーを飲んでいた。一日の戦いに区切りをつけるように、心の張りをほぐしながら。

店内はテーブルが五、六脚しかなく、小ぢんまりとしていて、勤めを終えた若い女性が四、五人、おしゃべりをしながら寛いでいた。

淡いオレンジ色のクロスを張った壁面には、店の主人が撮影したという、睡蓮の群れ咲く公園の池だとか、美しい縞模様のような棚田の風景写真が飾られていた。

「背番号制なるものは、明らかに会社側が手詰まりになっていることを物語っているね」

志朗が、その日の戦いを総括するように話しかけた。

「打つ手がなくなった、窮余の一策だな」

「本当にそうだわ」

「しかしまあ、よくもこんなことを考えたものだね。窮すれば何とかとは言うけれど、でも実際にこんなことが罷り通ったら、組織は統率もなくなれば、お互いの信頼もなくなるだろう。労働意欲にも影響することは間違いない。それでも会社側は、組合が潰れてしまえば万々歳か！」

「『組合ニュース』のスタッフのところで分かっているのは、背番号を持ちかけられた人が五、六人いるということなの。十人くらいは標的になっているのではないかしら……志朗さんのとこには、まだ話が来ないの？」

「はははは。僕のとこには来ないさ。僕は独立独歩の異端児と思われているからね」

「狙われるのは雑魚《ざこ》ということね？」

「そんなふうに人を見下げてはいけないよ。みんな同志で、掛けがえのない人生を必死に生きているんだから」

「ごめんなさい。軽はずみなことを言って」

梨花は顔を赤くして謝ると、気を取り直して言葉を継いだ。

「それはそうと、美佐ちゃん（足蹴のレディー）のお父さんが、今はもうイデオロギーを振り翳す時代じゃないとおっしゃっていたらしいの」

「それは僕と意見が一致してるね。これからは、どこまでも『人間』が中心でなくてはならない。世の中の仕組みも、人生や社会についての考え方も『人間』を根本にして考えていかなくてはならない。人間が手段になってはいけないし、何かに隷属させられてもいけない。どこまでも『人間』が根本であり、且つ『人間』が目的なんだ！　僕はどこまでも『人間党』でいくよ。労に対しても、資に対しても、僕は『人間党』として対応していくつもりだよ。

ところで、〝懇親会〟について、何か情報はないの？」

当然ながら、間近に迫った〝懇親会〟は、志朗にとっても気掛かりであった。彼は『組合ニュース』の編集スタッフなら、それなりの情報を入手していると思い、梨花に問うてみたのであった。

「父兄の人たちが、どれくらい集まるかは、よくは分からないわ。大概の父兄の人たちは、子供の人生には干渉しないけど、会社の考え方は聞いてみたいと思っている人が、結構多いらしいの。家《うち》の親もその口で、〝懇親会〟には参加してみたいと言っているわ。組合に対する会社の遣り口には、温情も何もなくて得心がいかないと言ってるの。それで志朗さんのとこは？」

「僕のところかい？　僕の親は、子供といっても一個の独立した社会人なんだから、親が出る幕ではないと一貫してるよ。でなければ、秩序は保てなくなるよ」

「〝懇親会〟は、会社の目論見とはだいぶ違った様相になりそうね」

「親を巻き込めば、組合からの脱会工作は、簡単に進むとタカを括っていたんだよ。それに紹介者の人たちが、あまり腰を上げないみたいだね。これも会社側には、大きな誤算だろうね。まあ僕たちは冷静に見守ろうよ」

「そうね。何も心配することないわ」

「ところで、今夜はいいかい？」

「え？」

「送って行くからさ」

「まあ、志朗さんたら！」

梨花は、熟れた果実のように頬を赤くして頷いた。

梨花の胸の内では、志朗と運命を共にしていこうという思いが、少しずつ芽生えてきているのであった、志朗の「人間党」という、自己との熱っぽい格闘に刺激を受けて。

（四）　保護者会

会社側が、組合員の父兄を言葉巧みに籠絡し、一気に組合組織を弱体化しようと目論んでいた「懇親会」を、組合側は〝父兄会〟とか〝保護者会〟とか呼んで、あからさまに揶揄していた。

職場が閉鎖されて三週間経った日曜日が、その〝保護者会〟の日である。その日は五月晴れの好天に恵まれ、会場となった市民会館の周辺も、銀杏や欅《けやき》の新緑が、五月の穏やかな光と風に心地よく洗われているようだった。

組合執行部の指示では、組合員は市民会館には会合が終わる頃に出向いて行き、家族と会って食事などを共にしても良いということであった。執行部としても、久しぶりの家族との対面を禁ずるわけにはいかなかったのである。その代わり、朝は自重するよう促していたのであった。

しかし、父兄たちが姿を見せ始めた朝の九時半頃になると、禁を犯して家族に会おうと、会場に駆けつけた組合員が何人かいた。

会社側の方は、組合がピケを張ったり、シュプレヒコールを叫ぶものと予測していたのか、十人以上の警備員を配置し、玄関口を守っていた。

だから、

——お母さん、みっともないから帰って！

——お前、馬鹿な真似はやめなさい！

と、二、三の、こんな火花も散ったが、すぐさま警備員の制止に遭うのであった。

こうして禁を犯した不届き者たちは、警備員に野良犬のように追われ、すごすごと引き返さざるを得なかったのである。

定刻の十時を稍《やや》過ぎて、社長を先頭に専務、常務、労担の四人が、顎をしゃくり気味にして肩をいからせ、どこか不遜な物腰で壇上に着席すると、「懇親会」と銘を打たれた〝保護者会〟が始まった。

壇上には日の丸と、ナベヅルの飛来地が近いことから、オレンジ色にナベヅルがデザインされた社旗が掲げられていた。

また演壇の脇には、大きな松の盆栽が据えられていた。

この盆栽は、地元出身の国務大臣が、子飼いの県会議員を参議院選に出馬させた時、やはり国会議員に食指を動かしていた源左衛門に身を引かせた、その返礼だと専ら噂されているものだった。源左衛門の方は「社長の就任祝いに貰ったものだ」と、いつも自慢していたが。

枝ぶりの良い、その松の盆栽を、社長はとても気に入っていて、この日も、わざわざ社長室から移動させていたのである。

椅子席が百席余りある、市民会館の小ホールは、空席も目立ってはいたが、何とか格好のつく人数は揃っていた。

経理部長とペアで、これまでバリケードの門番を務めていた庶務課長が、その方の役目は御免になって、この日は司会役に就いていた。

小柄で小犬のような庶務課長は、恐縮したように揉み手をしながら、参集した父兄たちに謝意を表すると、最初に専務の鷲尾を紹介した。

長身で細面の鷲尾専務は、指名されて演壇に進むと、乱視の眼鏡の奥から、鋭い眼光で父兄たちを見渡し、喉を浚うように、唸るような長い咳払いをした。それから専務は簡単な挨拶をすると、すぐ本題に入った。

「ロックアウトという、途方もない事態に相成りまして、御父兄各位には多大なる御心配をおかけしておりまするが、これは我が社にとりましては、陣痛の苦しみと申しましょうか、避けては通れぬ関門のようなものでございます。と申しますのも、今日の厳しい経済情勢にあっては、我が社も時代に即応した態勢を整える必要に迫られておりまして、そのためには、我が社の方針に従おうとしない不満分子がおれば、これを排除せざるを得ないからであります」

専務はこのように話を切り出し、組合側の賃上げの要求に対しても、会社側は不況下にもかかわらず、精一杯の回答を出したが、組合は納得せず、あろうことか経営者側の専権事項である人事に対しても、強硬なる反対を唱えたため、これに対し、会社の経営基盤を安定させるためにも、反逆の徒は排除せねばならず、また組合組織を弱体化するためにも、やむなくロックアウトを敢行したのであると語った。

そして組合活動は、法で認められているとはいえ、そこには自ずと限度があり、常軌を逸してはならず、会社の方針にむやみやたらと反対するのは、これはもう暴徒である。暴徒は鎮圧せねばならず、ロックアウトは応分の対応策であったと言って、更に話を続けた。

「かかるがゆえに、御父兄の皆様におかれましては、どうか御子弟の御教導をよろしくお願い申し上げる次第にござります。かかる微妙な問題は、腹を割って本音で語る必要、これありと存じますれば、その任は親御様に如《し》くはござりませぬ。また紹介者の先生方にも、何とぞ御懇切なる御指導を、伏してお願い申し上げる次第にござりまする。

労資が相和して、業績を伸ばしていくことこそ、肝要であります。会社に反抗しても、一文の得にもなりませぬ。御子弟の将来にも支障となりましょう。どうか組合に留まることの是非を、御子弟とよくよく御相談され、速やかに争議を終わらせていただきとう存じます」

専務の鷲尾は、話を終えると、またまた喉を湲うような咳払いをして、自分の席に戻った。

専務の話に、父兄たちの反応は様々であった。

争議の円満解決のための意見交換の場であろうと思って参加した父兄たちも少なくなく、予期に反して、会社側の一方的な主張に、ロックアウトの片棒を担がされているように感じた者もいた。また、息子たちが犯罪者か何かのように見做されているのを不快に思う人もいた。

「何たる傲慢！　会社の考えを一方的に押しつけようとしている。これでは組合が過激になるのも無理ないわい」

と舌打ちをする組合への同情派もいた。反対に、

「ここは早く詫びを入れて、素直に会社に従った方が、後々の出世のためにも得策だわ」

と打算を廻らす母親もいた。

まだ前座でしかない専務の話からも、この日の「懇談会」なるものが、会社側の権柄ずくで一方的な主張を押しつけ、組合員の父兄を丸め込んで、労働組合の弱体化を図ろうとする思惑は明白であった。

「続きまして、社長が御挨拶申し上げます」

司会者から指名されると、背が低く、毛虫のような眉毛をした、赤ら顔の源左衛門が、ふんぞり返った格好をして、せっかちに演壇の前に進み出た。

その尊大で勿体ぶった格好に失笑を洩らす婦人もいた。社長のお出ましとあって、緊張

し身を固くする親父もいた。

「社長の佐野であります。ご覧のような醜男《ぶおとこ》で短躯でありますが、人一倍、仕事の好きな男でありまして、普段でも夜の九時ぐらいまで、時には十時ぐらいまで執務することも多いのであります。宴席以外で酒を嗜むこともなく、趣味といっても、小唄を時々習うぐらいで、これといった芸も持ち合わせておりません。

　そういう私から見ますると、今の若い者たち、つまり、あなた方の御子弟じゃが、どうも働く意欲に今一つ欠けておるように思われるのであります。早い話、一昨年《おととし》の新入社員の中に『余暇が少ないと、仕事に熱が入らない』と抜かした、大馬鹿たれがおるのでありますす。その大馬鹿たれが、今どうなっておるか？　今、組合の中で、一生懸命に太鼓を叩いておるのであります。それで仕事の方はどうかと言うと、これは言わぬが花ではあろうが、まあ丙以下である。まさか、その御父兄が、この席にはおられないであろうから、一つの例として申し上げるのであります。一事は万事でありまするから、組合の熱心な活動家というのは、大体その男と似たり寄ったりである。

　どうして、こういう若者が育ったのか？　御父兄方にその責任があるとは申しません。しかしないとも言えませんな。それはそれとして、元凶は大学にある。私はそう思うております。大学で偏った思想を教えられ、質《たち》の悪い学生からも洗脳されるのであります。人生経験の乏しい若者が、耳当たりの良い『赤』の思想を吹き込まれると、苦もなく搦め取られてしまう。その若者が、そのまんま心太《ところてん》のように卒業して、入社して来るのでありま す。そういう未熟な若者が、意外に多いのであります。

会社に入ると、今度は〝放送労連〟という組合の上部組織が、これまた過激な思想と指導を押しつけてくる。こうして御父兄たちが、手塩にかけて育てられたお子たちが、労働組合の、一丁前の活動家に変わってしまうのであります。知らぬが何とかでありますぞ！

我が社としましても、そういう跳ね上がりの輩は、始末せねばならぬのであります。さもなければ、我が社の発展は望めぬのであります。と申しますのも、あなた方もよく御承知ではあろうが、一昨年来の不況が、まだ完全には癒えてはおりませぬ。そこへ今度、資本の自由化ということが打ち出された。

これは端的に申し上げれば、競争力のない企業は、生き延びてはいけない時代に入ったということである。放送局とて同じであります。足腰の強い、弾力性のある会社にしなくては、生き延びることは難しいのであります。しかのみならず、そこへ同じ県内、同じエリアに、もう一局、放送局が設立される話が、今持ち上がっておる！　つまり、同業の競争相手と、この小さな、同じエリアの中で争うことになるのである！　よろしいか、その競争に勝つためにも、経営の基盤を盤石にしなければならぬのであります。であるから、あらゆる無駄は省き、不必要な出費は抑え、効率の悪い人事配置などは改めねばならぬのであります。かてて加えて、放送の技術も日進月歩である。放送機器の自動化は、人件費の削減になる。技術屋には、負担が軽くなる。一石二鳥でしょう。まさか我が社だけが、昔の囲炉裏を囲んで我慢しろというわけにもいきますまい。

斯様《かよう》なわけで、先ほど専務も言いましたが、我が社の経営が安定飛行を続けるためには、不満分子、不良分子は排除せねばなりませぬ。であるから、このロックアウトは何十日かかろうと、勝つまでは兵を引かぬ覚悟であります。どうか御父兄方には、この戦《いくさ》に勝って、ともどもに杯をあげるべく、加勢をお願いしたいのであります。よろしいな！

ついでだから申し上げるが、このロックアウトには時代の流れちゅうものがあるのであります。

労働組合の連中は、我々の頭に丁髷《ちょんまげ》が乗っておるなどと、大変けしからぬことを言っておるが、それは見当違いも甚だしいと言わざるを得ない。

何が見当違いであるかちゅうと、労働組合が固執しておるイデオロギーなるものが、そもそも時代遅れの代物である。それを組合が弁えていないから始末が悪いのであります。

今や心ある学者・先生は、イデオロギーの終焉とか脱イデオロギーということを唱えております。イデオロギーに拘泥していては、経済の発展は望めぬのであります。その自明の理を組合の幹部は理解しないのである！　こういう輩を昼行灯と言う。昼行灯は我が社の経営にとって、大変不都合であるから、今後は社員の評価についても、〝信賞必罰〟を旨として臨む所存であります。それが公平ちゅうもんでありましょう。

斯様《かよう》なわけであるから、我が社の方針に従わぬ不逞の輩は、断固排除せねばならぬのであります。そのためのロックアウトである！　だから恥を忍び、外聞を恐れず断行したのである！　このロックアウトは、一歩も引いてはならぬのであります。

あらゆる無駄を省き、コストを切り下げ、効率よく利潤を追求する経営の合理化は、今日の社会情勢から言っても、必然であり必要である。そのことを、よくよく御承知いただき、争議の早期解決のために、御父兄方の御加勢を待つのみであります。頼みますぞ！」

社長の源左衛門は、断固として労働組合を捩《ね》じ伏せると言い放った。不埒な組合員を威丈高に罵った。苛立ちも隠さなかった。父兄たちは、自分たちが叱責されているような錯覚に陥った。

「懇親会」の参加者は、父親よりも母親の方が多かった。また紹介者の先生方は、数人の顔が見られただけであった。そんなわけで、会場の大半は、中年の婦人で占められており、彼女たちには、社長の話はよく理解できないところも少なくはなかった。それでも権威を誇示し、「信賞必罰」と哭《おら》んだ、その言葉尻だけが頭の中に妙にこびりついた、何人もの婦人がいたのだった。

会場の真ん中あたりで、何かぶつくさ呟いている婦人がいる。ふっくらとした上品な顔立ちで、和服姿のその婦人は、都会風の物言いをするアナウンサーの母親であった。

――せっかく出席したのに、ねぎらいの言葉もないのかねえ。イデオロギーがどうの、やれ自由化がどうのと言ったって、私らにはよく分からない。そんな話は、社員に説くべきじゃないのかねえ。何だか私らが叱られているみたいで、不愉快だわ——

足蹴のレディーの母親も出席していた。母親には、娘の一途なところや無邪気な正義感が気掛かりであった。社長の話を聞いているうちに、娘の将来のことが俄に心配になった。

——美佐子が札付きの活動家になっては困るわ。もう世間を騒がせるような活動は止めなきゃあ。女の子は、慎みがなくちゃいけないわ。波風の立たない、平穏な生活を望むべきだわ——

ざわつく会場を引き締めるように、社長の源左衛門が、峻厳な顔をして声に力を入れ、話を続けた。

「あなた方も存じておられようが、昔から〝上を犯す者は乱をなす〟と言われております。今の組合の不良分子が、まさにそれである。これに過ぎる不忠がありましょうや？　〝上を犯す〟不心得者がいて、労資が相和する道理はありますまい。〝君子は、上を誹《そし》る者を憎む〟のであります。しかし私は寛大な人間であると思うております。何故かならば、組合員の諸君が、つまり御父兄方のお子たちじゃが、改悛し恭順の意を示してくれれば、快く許してやるつもりでおるのであります。君子は驕らずであります」

噴き出しそうになるのを堪《こら》えている父兄もいたが、源左衛門は何食わぬ顔をして、組合上層部の放送労連の過激な指導に誑《たぶら》かされている息子や娘たちを、正しく導いて欲しいと父兄たちに懇願し、あとは専務や労担と、有意義な時間を過して下されと言って、すたすたと会場を後にして行った。

社長が退場すると、小犬のような庶務課長が、

「御質問のある方は、どうぞお手をお挙げ下さい」と、慇懃な口調で父兄たちに呼びかけた。

最初に指名された婦人は、組合の伝令役の風間の母親であった。若い頃に組合活動を経験したような、どこか戦闘的で、胸の膨らみのない、お河童頭の婦人であった。

「今日この場に、組合の代表の方の姿が見えません。どうしてでしょうか？ 私たちは組合側の意見も聞いてみたいと思います。そうでないと不公平ではありませんか？ 冷たすぎます。組合員だって、放送の仕事を愛している筈です。訳も分からずにストライキを打ったりはしないと思います。私は組合が出鱈目をやっているとは、到底思えないのです。組合側の考えていることも聞いてみないと、正しい判断はできないと思いますが、如何でしょうか？」

質問者の発言が終わるのを待ち兼ねたように、労担の北原が気色ばみ、反抗するように、口調を荒立てて答えた。

「会社側としましては、その必要を認めていないのであります。先ほど社長が申しました通り、彼らは『上を犯す』者たちであります。それで充分でありましょう。この度のロッ

クアウトは、話し合いをもって妥協点を見出すという性質のものではありません。勝つか、負けるかであります。組合側の意見が聞きたいのであれば、ご自分の息子さんなり娘さんにお聞きになれば、よろしいではありませんか？」

「息子の考えではなく、組合の組織としての統一した見解を聞きたいと言っているのです！」

お河童頭の婦人が追っかけるように、二の矢を放った。

労担は取り合う素振りも見せず、質問者を無視した。

婦人は納得できなくて、出席者からの賛同を誘うように、言葉を継いだ。

「会社側の一方的な言い分だけを聞かされたのでは、ロックアウトの真相は掴めないのではありませんか！　そのような、会社側の問答無用の姿勢が、労資の間を険悪にしたのではありませんか？　労資双方の、それぞれの意見を聞きたいというのが、ここにお集まりの皆さんの、正直なお気持ちではないでしょうか？　是非ともこの場に、組合の代表の方を呼んでいただきたいと思います。お願いします」

数人の参加者から、ぱらぱらとお義理のような拍手があったが、殆どの父兄は、無関心を装っていた。

「只今の御質問、御要望につきましては、先ほど、労務担当の北原が申し上げた通りであります。それ以上付け加えることは、何もございません」

小犬のような庶務課長が、興奮した、甲高い声をあげて断を下した。

「それは横暴過ぎます」

お河童頭の婦人は納得しなかった。

「これでは、まるでファッショではありませんか。こんな非道い会社とは思いませんでした。こんな職場で働く息子が可哀想です。やはり労資双方が、虚心坦懐に話し合うべきだと御忠告申し上げます。御答弁は要りません！」

憤懣やるかたない、お河童頭の婦人は、ヒステリックに捨て台詞を吐いて、どかっと椅子に腰を下ろした。

「お尋ね致しますが、御父兄の皆様方は、どのような形での解決を望んでいらっしゃるのでございましょうか？」

報道記者の武田の母が、丁重な物腰で、父兄たちに質問を投げかけた。髪に白いものが交じっている、銀縁の眼鏡をした、上品な婦人であった。

「恐らく、ここにいらっしゃる御父兄の皆様方は、労資が納得のいく話し合いをして、争議が円満に解決することを望んでいらっしゃると思います。しかし経営の合理化ということについて、組合側が納得していないために、労資の間が八方塞がりの状態になっています。

それなのに、会社側は合理化について、何故充分な説明を組合側にされないのですか？

経営の合理化が避けて通れないのなら、組合側に解ってもらえるまで、粘り強く話し合いをすべきではありませんか？

先ほどからの、社長様のお話を伺っていますと、合理化というものを、労資の争いの種と言いますか、引き金にされているように思えるのですが如何ですか？　会社側は合理化というものを、組合潰しの手段にされているのではありませんか？

縁あって同じ一つの放送局で働いている皆さんが、同じ屋根の下で争うのは、みっともない話です。社長様には、もっと社員の皆様に、愛をもって接していただきとう存じます。社員を愛するお心があれば、争議の解決も早いのではないでしょうか？

何事につけ、争い事はよろしくありません。お互いに敵愾心があってもいけません。どうか愛をもって組合の方々と接していただき、一刻も早く労資の争いを収めて下さるようお願い致します」

「あんた馬鹿だね」

野太い男の声が、愛を説く上品な婦人に向かって放たれた。酒造組合のS理事であった。彼はその婦人のお説教が我慢ならなかったのである。特に「愛」という言葉が、気障《きざ》で浮世離れしているように思われたのであった。

「ここは尼さんのお説教を聞くところではありませんぜ。ははは。組合の阿呆どもに、『愛』なんて、糞食らえですぞ。尼さんの『愛』なんて、役に立ちませんよ！」

「尼さん」と揶揄された婦人が、上気した顔にもみじを散らして立ち上がり、悲憤して抗弁した。

「私はいくら侮辱されても構いません。しかし、会社と組合とがいつまでも反目し、啀《いが》み合っているのは不幸なことだと言わざるを得ません。勿論組合の方にも非はありましょう。反省しなければならないこともございましょう。ただ私が思いますに、会社も組合も、望むことが多過ぎるのではございませんか？　申し上げれば、欲が深過ぎるのではありませんか？

欲が深いのは醜いことです。紳士らしくありません。欲には際限がありません。どうかほどほどにしていただきとう存じます」

周りから軽蔑ともつかぬ失笑が洩れたが、婦人は気にも留めずに続けた。

「ですから、この不幸な状態を解決するには、会社の方も組合の皆さんも、どうか『中庸』ということを心得ていただきとう存じます。そのためにも、まず会社の方から一歩引き下がって、譲歩できることは譲歩なさるのが良いかと存じます。それが愛でありましょう。愛があれば、組合の皆さんも抵抗することを控えるのではないでしょうか？

どうか、その辺りのことを、よくよくお考えになって、今の不幸な争議を速やかに終わらせていただきとう存じます。よろしくお願い致します」

まさか〝尼さん〟の説法を聞かされる羽目になるとは予想もしていなかった専務は、苦虫を噛みつぶしたような顔になり、最前列に座っていた格幅の良い男に、苛立だしく、何か言ってくれと頼むような目配せを送った。

その男はすっくと立ち上がり、父兄たちの方に向き直ると、世慣れした口調で話し始めた。

「市会議員の米村でございます。息子が営業部でお世話になっております」

自ら市会議員と名乗った米村は、中規模の真宗寺院の住職で、その傍ら保育園も経営していた。

「平素は何かと皆様にはお世話になっております。この場をお借りして、御礼を申し上げます。

さて、私も皆様と同じく、倅《せがれ》が当山海放送の御厄介になっておりますが、不肖の息子を持った親の辛さ、恥ずかしさを、今日のこの場で痛感しておる次第でございます。

先ほど、御婦人の方から、労資は共に同じ会社で働いているのだから、憎しみがあってはならないと、まあそういう趣旨のお話があったと思いますが、全くその通りでございます。私が察しますところ、この度の争議は、組合が徒《いたずら》に憎しみを醸し出していると、そのように私は見ております。

身内の恥をさらすようですが、私の倅も争議については、会社が頑《かたくな》な態度を取っているからだとか、曖昧な返事をするばかりで、全く要領を得ませんでした。しかし本日、社長様や専務様のお話を伺いまして、すっきり致しました。要するに、経済の世界が大きく変わろうとしているのに、組合の方はそれに気がついていない。時代に即応した経営の在り方というものに、組合の理解が及んでいないということであります。

　であるならば、私たち父兄の方から、その蒙を啓《ひら》いてやらなくてはなりません！　私たち父兄が道理を尽くして、諄々《じゅんじゅん》と、正しい道を説いてやるべきでありましょう。親の愛が、息子たちの心中にある、固い壁を取り除く力となりましょう。親の愛情に勝る力はございません。

　また、息子たちの前途を考えましても、今はとても大事な人生の節目でありましょう。息子たちに、若くして、敗残の悲哀を味わわせて良いのでありましょうか？　今はその岐路に立っていると言っても過言ではありません。そのことを説いてやるべきでありましょう。なかにはインテリ面をした夜郎自大もおりましょうが、そんな輩は放っておけば良いのであります。

　重ねて申し上げますが、どうか私どもの手で、息子たちの将来に誤りがなきよう、説得をしようではありませんか。ならば、お前の息子は大丈夫かと思われるかもしれませんが、私も全魂込めて、息子を説得する覚悟でございます。息子には『執着心を捨てろ！　何事であれ、執着心を捨てれば、身も軽くなり、大きな広い世界に飛んで行けるのだ！』と言って聞かせるつもりでおります。

執着心こそは、争いの根源であり、不幸の源であります。組合が執着心を捨てれば、問題は解決するのであります。どうか一日も早い解決を目指して、私たちの手で息子たちを説得しようではありませんか！」

俗気芬々とした幇間《ほうかん》坊主が、社長や専務に阿《おもね》るように一席ぶってくれたので、労担の北原が感激し、目に涙を溜めて立ち上がった。

「只今は、米村先生より誠に御理解のあるお言葉を頂戴し、感謝に堪えないところでありま す。仰せの通り、お子様たちを思う御父兄方の愛に勝るものはございません。何とぞ御子息たちの説得を、御父兄方の愛情をもってよろしくお願い申し上げる次第でございます。只今の米村先生のお話にもありましたように、お子様たちは、今人生の岐路に立っているのであります。先ほど社長が明言しました通り、今後組合員の査定、評価につきましては、『信賞必罰』をもって対処していく、これが社長の厳然たる方針であり、また決意であります。まあ首の一つや二つは飛ぶことでありましょう。

そんなことも、よくよくお考えになって、御子息たちの説得をよろしくお願い申し上げる次第でございます」

こんなふうに脅しをかけられて、父兄たちの心は穏やかではなかった。提灯持ちの坊主に付き合わされる格好となった参加者の胸には、当然煮え切らないものが残った。

「坊主というのは、本当に食えない人種だ」と、舌打ちする御仁もいたし、会社側の一方的で強権的な姿勢に、臍を曲げる拗《す》ね者も見受けられた。

　しかし、大方の父兄たちには、自分たちの子供の将来が心配であった。だから、長いものには巻かれていくのが一番の得策だと、そう考えざるを得ない雰囲気が、参加者の頭上を旋回しているのだった。

　その時であった。

「ひとつ質問があります！」

と、大きな声で叫ぶおやじがいた。

　自身も組合活動をしているような、労働者風の、精悍な顔をした男が手を挙げたのであった。

「専務さんにお伺いしますが、洩れ聞くところによりますと、この度のロックアウトは、中国と四国の社長会議で、組合対策のモデルとして、当山海放送が指名になったと、そういう噂を耳にしておりますが、その真偽についてお伺い致します。専務さん、お願いします」

「誰がそんなことを言った？　どこでそんなデマを聞かされた？　冗談じゃない。そんなことが、あるわけないじゃないか！」

　専務への質問であったが、労務担当の北原がすっくと立ち上がり、目を真っ赤にして、威丈高に質問者に詰問を返したのであった。労担は、争議が終結したら、騒乱の責任を問われて〝切腹〟を言い渡されると感じているから、少しでも心証を良くしようと虚勢を張って見せたのである。それでも場所柄、自重すべしと思い直し、むかつく胸を抑え、話を続けた。

「専務に代わってお答えしますが、只今の御質問のような馬鹿げた話は、ちょっと考えただけでも不自然であります。確かに地方地方のブロックで社長が集まることはあるでしょう。しかし、各社とも独立した企業であります。他社から指名されて、何かをやるというようなことはありません！　どこからそんなデマ情報を仕入れられたのか知りませんが、この度のロックアウトは、先ほど社長と専務がお話しした通りです。ですから、どうかお子様方の将来に誤りなきよう、導いて下さい。よろしくお願い致します」

こんな労担の弁明に、何か釈然としないものがあるというように、顔を見合わせる父兄たちもいた。

そこへまた、息子が組合の執行委員らしい、別の父兄から質問が放たれた。

「この度のロックアウトは、私たちから見ましても、どこか不自然で、何か意図的なものが感じられてなりません。つまり春闘の最初から、組合の組織を壊滅させる目的をもってロックアウトが計画されていた。そして秘かに、また用意周到にバリケードなどが準備されたとしか思えてなりません。つまり、この度のロックアウトは、仕組まれた、意図的、計画的な職場の閉鎖であったと思われるのですが、どうなんでしょうか」

会社側の立場をみんな理解してくれていると思っていた父兄の間から、立て続けに組合寄りの質問が飛んできたので、専務の鷲尾は、色白の細面に毒素のような不快な色を滲ませ、演壇まで進み出ると、乱視の眼鏡の奥から、「何を寝惚けたことをほざくか」というように、質問者の方を睨みつけた。

「この度のロックアウトについては、先ほど、社長が詳しく説明した通りであり、それ以上は何も付け加えることはありません！　また労務担当の北原が申し上げた如く、我が社の職場の閉鎖に、何の策略も裏話もないのであります。ですから、どうか下司の勘繰りはやめていただきたい。そう申し上げて、本日の懇親会はお開きに致します。皆様、本日は大変御苦労さまでした。なお、御子弟の説得につきましては、重ねて何とぞよろしくお願い申し上げます」

専務が、父兄たちの組合的な言質に対する腹いせからか、自分から「お開き」と告知してしまったので、小犬のような庶務課長は、慌てて、司会者用のマイクに齧《かじ》りついた。

「時刻もかなり超過しておりますが、別室にて茶菓の用意をしております。時間の許す限り御歓談下さればと存じます。争議中でありますので充分なことはできませんが、寿司やパン、コーヒーなどを用意しておりますので、どうか召し上がって下さい。本日は大変ご苦労さまでした」

会場には潮騒のようなざわめきが拡がっていた。父兄たちの間には、未だ釈然としないものが蟠《わだかま》っていたが、それでも半ば諦めからか、波が引いていくように、父兄たちは別室へと流れて行った。

別室に移ると、父兄たちの間で、燻《くすぶ》っているものを吐き出すようにおしゃべりが始まった。父兄たちには、「信賞必罰」とか「首が飛ぶ」といった脅迫めいた会社側の発言が、頭の中に楔《くさび》のように突き刺さっていたが、その一方で、会社側の説明だけでは得心が行かず、割り切れないものが残っているのであった。

「会社側の主張だけなんて、一方的過ぎますわ」

「問答無用という態度もよくありませんね」

「傲慢なのよ。組合との対話を拒否するなんて、人間としてどうなのかしら？」

「器が小さいんだよ」

「器が小さいから、人の意見が入らないのよね」

「それは、他者を尊敬する気風に欠けているからです」

「役人上がりの経営者とは、そんなものだよ」

「独り善がりで、思い遣りがない」

「気の毒な人ね」

「出世する人間というのは、そういうものだよ」

「それは、どうですかねえ？」

父兄たちが寿司やパンをつまみながら、鬱憤を晴らすようにおしゃべりをしていると、幇間坊主の米村市会議員が、やんわりと異論を挟んだのだった。

「独善的で、社員を足蹴にして君臨するような経営者は、もういませんよ。もしいれば、時代遅れの遺物ですよ。源爺さんも、一生懸命、時代の波に乗ろうと頑張っておられる。あまり器用じゃないけどな」

「ははは。その通り！」

相槌を打ったのは、酒造組合のS理事であった。

「だから私たちで、源の殿や専務さんを、しっかり支えましょうぞ」

別のところでは、足蹴のレディーの母親が、一人の紳士をつかまえて質問をしていた。その紳士というのは、真木浩の父親で、市の経済産業課長であった。

「あなたは、お子様に何とおっしゃるおつもりですか？」

「自分の信ずる道を往け、と言ってやりますね。青年は社会の欺瞞《ぎまん》を舐めつくして大人になるんです。理屈じゃない。実体験を通して自分を発見しろと、常々息子には言ってやっているんです」

「随分物分かりの良いお父さんですね。私のところは娘ですけど、とてもそんなことは言えません。もし会社から睨まれたら、一巻の終わりですからね」

「いやいや、人間も人生も長い目で見ないと分かりませんよ。途中何があろうと、正義に生きたという証が得られなかったら、とても淋しい人生じゃありませんか？」

「あなたは、よくそんな暢気なことが言えますね？」

聞き耳を立てていた、剽げ者のテレビ制作マンの母親が紳士を詰《なじ》った。

「私は今すぐにでも組合を辞めて会社に尽くすよう、息子には言ってやりますわ。息子には苦労させたくはありません。恥を言うようですけど、私の父親は、上司と喧嘩をして、そのために出世も遅れ、ヤケ酒やギャンブルに溺れてしまい、母は随分苦労しました。そんな親の姿を見ていますから、会社のお役に立つ、立派な人間になれと私は言ってやるつもりです」

「立派な人間になるというのは、正義に生きる人間になることではありませんか？」

紳士は自説を曲げなかった。

「広く社会に役立つ仕事をし、誠実で思いやりのある人間になることが、会社にも尽くすことになるのではありませんか？　人間性には忠実でなくてはならんというのが、私の方針です」

「おっしゃる意味が私にはよく分かりません。私はただ、子供が暗闇をさ迷っている時には、明かりを灯してやる必要があると思っているのです」

「その暗闇を、本人が手探りで潜り抜けないと、安直な人間になって大成はしませんね」

「別に大成なんてしなくてもよろしいじゃありませんか。ささやかな幸せを求めるのが、私たちの願いですわ」

「男の子にとって、やはり大事なのは、本人の『志』ですよ。『志』を持たないと、人間としての核というか、芯がない軽佻浮薄な人間になってしまいます。それで良い社会、良い会社は作れませんね」

用意されていた寿司やパンを食べたり、コーヒーを飲んだりしながら、こんな雑談も交わされていたが、大半の父兄たちの心は決まっていた。「信賞必罰」の脅しは、父兄たちの胸に突き刺さっていたから、もう逃げ場はないと、みんな観念しているのだった。

父兄たちは、一人去り二人去りして、いつの間にか、部屋の中は空虚だけが残った。


〝保護者会〟のあったこの日、久慈志朗は、母方の伯父と昼食を共にした。

伯父は、今は県の総務部次長になっていて、食事のあと、争議とは別の用件で源左衛門に会うことになっていた。

伯父は源左衛門が副知事の時代、県の秘書課長をしていて、二人の間は俗に言う「馬が合って」おり、昵懇の間柄になって、持ちつ持たれつの仲であった。源左衛門は伯父の如才なさを買い、伯父はまた何かと副知事の世話を焼いたのであった。その後、源左衛門の後押しもあって、伯父は今の総務部次長に抜擢されたのである。

総務部の次長になってから、伯父は民生部や教育委員会の担当者とも連携を取りながら、

「ゆとりのある街づくり」とか「福祉の里づくり」「生涯教育の推進」といったテーマで、諮問委員会を立ち上げ、多くの学識経験者などとも人脈を作り、放送業界に転進した源左衛門には顧問になってもらい、その人たちを繋げていたのである。

源左衛門が郷土出身の大物政治家から、国会議員になることを諦める代わりに、放送局の社長の座を用意してもらってからも、二人の間の親密な関係は途切れることはなかったのであった。


電車でやって来た伯父を駅まで迎えに行くと、ぶっきらぼうに伯父は「まず腹拵えだ」と言って、すたすたと先に立って歩き出した。その意図したような所作は、志朗がまだ組合に留まっていることに強い不満を抱いていることを滲ませていた。志朗が追いついて肩を並べると、伯父は、

「志朗、お前にも困ったもんだ」

と、のっけから志朗を責めた。

「その話は、また後にしましょう」

志朗がやんわり牽制すると、伯父は、

「それもそうだな」

と言って、口を噤んだ。

　二人は駅から十分ほどのところにある天麩羅屋の暖簾《のれん》を潜って中へ入った。丁度昼時でもあり、十席余りの小さな店は、客で立て込んではいたが、幸い二人の席は確保することができた。

　向かい合って席に着くと、

「〝父兄会〟には、出席しなかったのですね？」

と、今度は志朗の方から口火を切った。すると伯父は、

「うん、それよりか志朗、お前にも困ったもんだ！」

と、すぐさま、条件反射のように本題を突きつけてきたのであった。

「社長から何か聞かれたのですか？」

　伯父はその問いには答えないで、店員にまずビールを持って来るように言いつけた。生ビールのジョッキが運ばれてくると、伯父は待ち兼ねたように、一気に八分方飲み干し、ふうっと大きな溜め息をつくと、おもむろに口を開いた。

「お前にも困ったもんだ。お前が五年前に山海放送に入社した時のことを、よく考えてみろ！」

　伯父が口にしたのは、直接的には、争議のことではなかった。

「放送局で働きたいというお前を、山海放送に入社させるために、わしがどれだけ苦労したか、お前もよく解っているだろう？　その時の約束を忘れたのか？」

志朗は思わずジョッキを置いて、神妙な面持ちになった。

「これまで何度も言ってきたが、社長から、お前の面接試験の答弁を聞かされ、わしは本当に大恥をかいた！　お前は支持政党を聞かれ、いけしゃあしゃあと、革新政党の名前を口にしたんだ。大馬鹿たれが！　入社試験で支持政党を聞かれたら、見え透いた嘘でも、保守党の名を挙げるのが常道ではないか！　それが処世術だ。みんなそうやって、世の中を渡っているんだ！」

まだ性根が入らぬかというように、伯父は自説を繰り返した。

「この海老は旨いですね。天然ものですかね？」

志朗は話題を変えようと思ってこう言った。

「話をはぐらかすな」

伯父は眉間に皺を寄せ、不機嫌な視線を志朗の方に向けると、二杯目のビールを注文した。

「お前は面接試験の時、世の中の平等がどうのこうの言った。世の中の不公平をなくすには、革新政党の方が期待が持てると宣《のたも》うたんだ。それが社長の癇に障ったんだぞ！

この度のロックアウトだって、〝平等、平等〟とほざく、そういう平等居士の阿呆陀羅経が招いた不祥事だろう？　大体、〝平等、平等〟と言う奴に限って、怠け者が多い。お前もそういう手合いと一緒になって、阿呆陀羅経を唱えるというのか？」

伯父は不機嫌な顔をしたまま、がぶがぶと二杯目のジョッキを飲み干した。

「それは、ちょっと酷過《ひど》ぎますよ、伯父さん」

志朗は自説を曲げようとはしなかった。

「ただ僕は、入社試験の時も、自分に正直であろうとしただけですよ。自分を偽るのは嫌ですし、第一不愉快ですからね。それに人を欺いたり、嘘で繕ったりする人生では侘し過ぎますからね。それに〝平等〟と口にしてはいけないのなら、それはファッショですよ。個人の尊厳と平等は、民主主義と人権の根幹なのですから」

「そんな御託は、どうだっていい」

伯父も頑《かたくな》に意地を通そうとしていた。

「そうだ、御託と言えば、面接の時、お前は『人間本位の社会を作りたい。そんな仕事をしたい』と宣うた。社長は意味が呑み込めなかったらしい。だけどこの男は望みがないと思って、敢えて聞き返さなかったそうだ。それを、お前がどうしても放送の仕事をしたいと言うから、わしも知恵を絞った。そして『専務派の内情を探らせて、逐一報告させますから、何とかお情けを』と頼み込み、泣きついてお前を拾ってもらったんじゃ。お前は、わしが社長の許に送り込んだ間諜なんだぞ。よく解っているじゃろう？　それなのに、お前はこの五年間、ただの一度も注進に及んでいない！　何とだらしないことか！」

伯父は怒りの表情を、敢えて抑えるようにして、志朗を詰《なじ》った。言葉に詰まったように、志朗は黙ったまま、二杯目のビールを一気に飲み干した。

「お前は、わしの顔を潰す気か?」

伯父は、今度は腹に据えかねたように、目を剥いて志朗を睨みつけた。

「わしはな、お前が、どうしても放送の仕事がしたいと言うから、社長のところに出向いて行って、『甥坊主は私が後見だから、御心配には及びません。必ずお役に立たせますから』と頭を下げて約束をしたんだ。その約束を果たすためにも、ひと踏ん張り働いてくれ! 争議が終結したら、社長派と専務派との間で、騒動の責任のなすり合いが起きる。もう、その胎動は始まっていよう。だから専務派の動きを上手に探ってくれ!」

伯父は、ロックアウトを引き金にして、専務派の野暮天たちが、その責任を追及して社長を追い落とす工作に走るのではないかと心配なのである。

「伯父さんに、いろいろと御苦労をおかけしたこと、決して忘れてはいません。でも僕は人の目を欺けるような役者じゃありません。それに社長の周りにも、専務の側《そば》近くにも、優等生が沢山いて、密偵・間者がうようよしています。みんな腹の探り合いですよ。とても僕の出る幕なんかありません。それに腹芸なんかも、僕の性《しょう》には合いません」

「馬鹿者! それでは、わしの面子《もん》は丸潰れじゃあないか!」

「でも伯父さん。良い仕事をすることで、伯父さんや社長の御恩に報いることはできると思うのです。僕は人の心を大切にする社会を願っているのです。人間には、美しいものを求める心、幸せを願う心、不正を憎む心があります。そういう心を慈しむ潮流が社会の中に生まれれば、それは『人間本位』の社会と言えるでしょう。そういう社会を僕は志向しているのです。その『志』をもって仕事と取り組んでいるのです！」

「馬鹿者《もん》！　そんな甘っちょろい考えで、飯が食えるとでも思っているのか？」

「理想とか志は、大事にしなければいけないと思いますよ！　放送の世界にいて、ただ銭が欲しいというだけでは淋しすぎます」

「馬鹿たれ！」

伯父は怒り心頭といった体《てい》で、人目も憚らず癇癪玉を破裂させた。

「志朗、お前のような理想肌の人間は、理屈っぽくて適応力に欠けるとみるのが、人事部の相場だ。もっと現実に、しっかり足を踏み下ろせ！　お前は間諜なんだ！　いい加減わしの顔を立ててくれないか！　どうだ、お前は今日から専務派になれ！」

「えっ？　何ですって、専務派？　それはちょっと無理でしょう」

「馬鹿たれ、頭を使え！　誰か専務派で、お前と親しい者はいないのか？　そういう親しい者に、『この度のロックアウトの遣り口は酷すぎる。社長は社員への情愛がない。あれでは権力の亡者だ。ほとほと愛想が尽きた。断然専務派に乗り換えるよ。専務さんは人情家だからお仕えするのに不足はない』とか何とか、そんなことを上手に言い並べて、専務派に近づくんだ。それくらいの芝居はできるじゃろう？　お前も一端《いっぱし》の放送屋なのだから。

とにかく反社長の動きは、細大漏らさず、わしに連絡しろ！　うまくやれ！　いいな？」

「そんな役目は、荷が重過ぎますよ、僕には。腹芸は、僕の性には合いませんね」

「今更何を言うか！　わしにとってもお前にとっても、名誉挽回のチャンスではないか！」

「人を騙すことは、僕にはできません。人間性を大事にして生きたいと思っていますし、人間性に光が当たる社会を目指して仕事をしているのですから」

「馬鹿者《もん》！　ちゃんと地に足を着けろ！　いいか、世の中は勝つか負けるかだ！　みんな勝つために苦心しているんだ！　少しは頭を使え！　勝つためには、敵を騙すこともある。敵を欺くには、まず味方を欺く。それが兵法というものだ。何なら社長に頼んで、お前を専務の子分と同じ職場に変えてもらってもいい。いいな？　ああ、それからお前は『ひさご』の女将と昵懇になれ！」

「何ですって？　婆さんを口説けというのですか？」

四十がらみの婀娜《あだ》っぽい女将の顔が、志朗の脳裡を掠《かす》めた。会社の忘年会の二次会などで、その女将の小料理屋に二、三回、同僚に連れて行かれたことがあった。或る時、同僚の一人が「専務の……」と、秘密を打ち明けるように言いかけたまま、口を噤んでしまったことがあった。

「僕には、そんな芸当はできませんよ！」

「馬鹿たれ！　昵懇になれと言ってるだけだ」

「やはり口説けということじゃないですか？」

「馬鹿たれ！」

一喝すると、伯父はおもむろに言った。

「組合の退会届は今日中にでも提出しろ！　善は急げだぞ。今組合を辞めれば、待遇面でも色をつけてもらえよう。それから隠密としても、しっかり働くんだ！　いいな」

「はい、間違いのない道を歩けるよう、よく考えます。人間として間違った道は歩きたくありませんからね」

伯父が、争議が終結したあと、社長に責任問題が降りかかることを心配しているのは明らかであった。

世間を騒がせたことに間違いはないし、組合の掌握に失敗したと批判されるかもしれない。また労務対策に多額の出費を要したことも非難されよう。

こうした責任問題をめぐって、社長派と専務派との間で、熾烈な暗闘が繰り拡げられるであろう。伯父は、今からそのことで気を揉んでいることを、言外に匂わせているのだった。

「昼間なのに、少々飲み過ぎましたね」

志朗も伯父も、ビールのジョッキを三杯空けていた。

「そろそろ出ましょう。伯父さんは、社長との約束があるのでしょう？」

「うん、そうだな。では腰を上げるとするか」

伯父は店先でタクシーを拾い、志朗は酔いを醒ますために、近くの喫茶店に入った。


志朗の想い……。

伯父は、今日にも労働組合を退会せよと迫った。どうしてそんなことができようか？

確かに自分は唯物論者ではない。ものの見方、考え方には、唯物論とは馴染まないものがある。唯物論的な世界観には、経験的に言って、胸の内から滾々《こんこん》と湧き出ようとする感性の泉を枯渇させてしまうような、そんな無機質で非人間的な要素を孕《はら》んでいるように思える。だから極左的な考え方に立ち場を置いて、先鋭的に組合活動にのめり込んでいくと、干からびた、潤いのない感性の持ち主に成り下がってしまう。瑞々《みずみず》しい感性を失えば、人間性の惨めな退行に苛《さいな》まれることになる。人間性と感性は一体のものだから。

では何故、組合に留まるのか？

それは労働組合の中にも、人間的な要素があるからだ！　人間的な「心」の薄い権力の側から離れて、より良く生きようとする、模索と自立の精神が、僅かではあっても水脈を保っているからだ。

また同志愛とか連帯感といった人間性の美しさが、ロックアウトの中で低音でも、我らの胸の中に鳴り響いているからだ！

同志を裏切るのは、人間としての敗北だ。大半の真面目な組合員は、同志を裏切る行為には、良心の痛みを覚えるのだ。

ロックアウトは、その美しい人間性の紐帯を、無惨にも断ち切り、一人ひとりを孤立させるのだ。そこから現出するのは〝管理ファシズム〟である。一人ひとりが個別に支配され、管理されるのだ。

伯父はまた、自分に「隠密」になれと言った。

「隠密」とは、権力者の手先になることだ。それは社長とか専務の「私」のために働くことになるのではないか。他人の「私」のために働くのは、果たして「労働」であろうか？

「労働」とは、人々のため、社会のために何らかの価値を生み出し、そのことによって自分自身も人間的に成長していくことではないか？

また「労働」は、単に生活の資を稼ぐだけの手段であっていいのだろうか？

そうではあるまい。自らを人間的に成長させていく、ひとつの場、或いは道場ではなかろうか？

そう考えると、「隠密」になるのは、自己を放棄することになるのではないか？

そうだとするなら、どうして「隠密」なんかになれよう？

それから今、経営側は、ロックアウトを手段にして、「対話」とか「慈愛」「協調」といった、人間性の良質の部分を破壊し、体制を維持しようとしている。人間を、組合員を断片化し、矮小化し、〝もの〟のように管理しようとしている。

これは賃上げの要求や組合組織の防衛ということよりも、もっと大事で、もっと深刻な問題である。

こんな環境の中で、もがき苦しんでいるのだから、自分の全存在を懸け、内面的に必死に抵抗するしか道はあるまい。

おそらく新しい道は、労資が対立する狭間、唯物論と唯心論が切り結ぶ、その切っ先に身を置くことで、豁然《かつぜん》と開けてくるのではあるまいか。

今度伯父に会ったら、こんなふうに語るしかないであろう。

（五）　むつみ会

職場がロックアウトに入って、もう一ヶ月が経過したというのに、労資の間には、溝《どぶ》のような死んだ時間が、硬直して滞留しているだけであった。

組合側は委員長をはじめ、放送労連や地区労連の弁護士を通しても、連日のように判を押す如く団体交渉の再開を要求していたが、経営側は「なしのつぶて」に終始し、弁護士側が「団交の拒否は、法的に問題あり。否、先制ロックアウト自体が、違法ではないか？」と抗議しても、尊大な殿たちは、だんまりを決め込むだけであった。

経営者側は、組合員が白旗を揚げて恭順の意を示すこと以外、何も受け入れないという、傲慢な態度を頑《かたくな》に貫き、そのためには厚顔にも、恥も外聞も構いはしなかったのである。

組合側は、朝夕の二回、毎日のようにバリケードの前から、三階の社長室の窓に向かって、シュプレヒコールの花束を浴びせていた。

——会社は団交に応じろ！

——出てこい源左衛門！　けちん坊の分からず屋！

——どこぞの女将が淋しがってるぞう！

（社長が堅物であることを承知の上の挨拶だ）

このシュプレヒコールには、地元労組のオルグも参加していた。特に鉢巻姿の女性のオルグは威勢が良かった。半面、長引く争議の惰力に押し流されて、シュプレヒコール自体が上擦った、愁嘆と化すこともあった。

また地域の有力者がバリケード前に姿を現した時には、団交を再開するよう、或いは職場の閉鎖を即座に中止するよう、源の殿を説得して欲しいと、型の如く懇願することも続けられていたが、これも形式化した儀礼のようなものになっていた。

出入りの業者や助っ人のカメラマンなどがバリケードを通過する時は、「スト破りは御法度でよ！」とか、抗議とも揶揄ともつかぬ罵声を浴びせてはいたが、これとて争議が終われば、何もなかったように霧散していく体のものであった。

シュプレヒコールが終わると、地元企業のオルグも一緒になって、みんなは組合事務所に移動し、朝は九時頃から、夕方は五時頃から全体集会を行い、一日の出発、締め括りともしていた。

しかしロックアウトに入ってひと月もすると、一日の出発を期す〝朝礼〟にも、お坊っちゃまたちの堪《こら》え性のなさが露呈したような弛《たる》みが見え始めたのであった。遅刻をしたり、サボタージュをして半日休んだり、時には丸一日顔を出さない者もいた。

――子供が熱を出してさ。医者に連れて行ったものだから……。（お決まりの言い訳だ）

――ゆうべは、ちょっと飲み過ぎてね。（見え透いた嘘だ。どこかで誰かと密談をしたのでは？）

こんな調子で、悪びれることもなく、あっけらかんとして、昼過ぎに組合事務所に顔を見せるずぼら男も珍しくはなかったのである。

威勢よく「団結！」と叫んでいても、腹の内では出世欲がとぐろを巻いていて、隙《すき》を窺う優等生もいたのであった。

この頃の組合の主な活動は、地域や県内の大小様々な労働組合を、三、四人が連れだって訪問し、争議の実情を訴えながら、闘争資金のカンパを要請することであった。

しかし当初の目論見とは違って、放送局の組合員は、生産現場で汗水垂らし、真っ黒になって働く、いわゆるブルーカラーの労働者からは、さして共感をもっては迎えられなかった。

彼らにしてみれば、一ヶ月も職場が閉鎖されたなら、そもそも生活が成り立たないのだ！　地域では、放送屋は殿様稼業のように見做されている節もあったのである。実際は給料も安かったのだが。そのためカンパは期待したほどには集まらなかった。

それでも長期にわたるロックアウトの異常さへの関心と、労働者のモラルとなっていた「共闘」への忠誠から、テントに詰める番兵にパンなどを差し入れたり、朝夕のシュプレヒコールに勇んで加勢にやって来る、熱心な活動家の姿も見られたのであった。

また上部組織の放送労連の幹部たち――ロックアウト初日に逮捕された石嶺委員長は既

に釈放されていた――は、縁故採用で社員になり欲の皮だけで突っ走っている、甘ったれの山海放送の組合員に、筋金入りの労働者意識を植えつけておかないと、このおぞましい修羅場を潜り抜けるのは難しいだろうと、マル経の学者や革新政党の幹部を招いて学習会を持ち、理論武装を急いだ。

しかし組合員は、その急進的な学説や論調に、殆ど馴染まなかったのも事実であった。

それからまた、法律的な対応策を学ぶために、弁護士を囲む座談会も開かれていたが、そこからも現実を踏みしだくような、力も展望も生まれては来なかった。

一ヶ月という時間の経過は、組合員の心に、また組合組織の底辺に、惰性という澱《おり》を積もらせたのであった。


その日の〝朝礼〟は、いつになく欠席者が多かった。

それでも律儀に集まって来ている活動家たちが、歯抜けになった部屋の中で、執行部が姿を現すのを待っていると、

「阿呆んだら、箍《たが》を緩めては、いけんでよ」

と、一人の技術屋が、モルタル壁に背を凭せかけたまま、顔を引きつらせ怨嗟のような声をあげた。でも誰も笑う者はいなかった。

なかには河馬《かば》が口を開けたような欠伸《あくび》をする者もいた。

新入りの若い報道記者は、青ざめた顔を歪ませて、何かを問いたげにしている。

都会風の物言いをするアナウンサーが、隣に座っている執行部に批判的で無精髭の窪川に、

「あなたは人間の善性を信じていますか？」

と、問うていた。

「今更何を聞くんだ！　どうだっていいじゃないか！」

ニヒリスティックなところのある窪川が、むっとして反詰した。

「そうですかねえ？」

アナウンサーも負けてはいなかった。

「どうやら裏切り者が多数出たみたいですね？　同志を裏切るのは、人間の善性を裏切ることではないですかね？」

「そんなに大袈裟に考えることもないだろう」

窪川は素っ気なかった。

「でも同志を裏切るのは、人間としての敗北でしょう？」

アナウンサーは裏切りという卑劣な行為に、許せないものを感じているのだった。

「主義主張が違うというのであれば、堂々と思うところを主張すべきですよ。意見を戦わすこともせずに寝首を掻くような真似はすべきではありません。けじめがないのは人間性

の劣化と言わざるを得ませんね」

「去る者は去ればいいんだよ。篩《ふるい》に掛けられる者、掛かる者、いろいろいるさ。そうやって最後のところは、落ち着くところに落ち着くのさ」

「じゃあ、あなたはどうして組合に留まっているのですか？」

アナウンサーが単刀直入に窪川に聞いた。

「どうしてだろうね。多分億劫だからだろうね」

冗談ともつかぬ窪川の言質に、アナウンサーは噴き出してしまった。

「やはりあなたも、心の底では、同志を裏切るのは恥ずかしいことと思っているのでしょう？

確かに仲間を裏切れば、心に傷を負いますよね。確たる〝哲学〟もないのに、軽はずみな行動をすれば、それは人間としては敗北ですからね」

アナウンサーは、自分の立ち位置を確認するように、思うところを述べた。

「所詮人間は、陽の当たるところを選ぶものさ。だからニンジンが食いたければ、食わせてやればいいのよ」

窪川は投げ遣りに応じると、そのまま口を噤んでしまった。

ピケを破られた時、警官隊に牛のように突っかけた、あの頭突きのカメラマンが、脱退者が多数出たことを察知して、

「糞ったれ！　ど阿呆！」

と、独りで息巻いていた。

女子社員が四、五人、隅の方に固まって、ひそひそと何か話を交わしていた。恐らく誰々が脱退したのだとか、身内からどんな懐柔がなされているのかといった噂話だろう。

そんな光景を見渡しながら、普段見慣れた顔が何人も見当たらないのを訝しく思い、久慈志朗は胸中で、幾つもの、いとわしい言葉を爆《は》ぜかえさせていた――裏切り、欲呆け、臆病風、無節操、寝技、寝首、遁走、権力の犬……。


社員食堂であった頃は調理室だった奥の部屋から、委員長をはじめ執行委員たちが、みんなの前に姿を現したのは、九時を大幅に回ってからであった。

執行委員たちは、芋虫を連想させる、もぞもぞとした格好で、愛想もなく、一様に不機嫌な顔をして入って来た。そして床にじかに腰を下ろした。

一足遅れて書記長の近藤が、照れ笑いをしたような顔をして、忙しげに入って来た。彼は揉み手をしながらみんなの前に立つと、事の次第を説明し始めた。

書記長によると、昨日、訳知り顔の報道記者、堀田剛が、皮肉屋の茶々郎と一緒にやって来て、十人分の脱退届を貢ぎ物のように恭しく捧げ、委員長の野見山に手渡すと、新しい会を発足させる旨宣告したというのである。

その時のやりとりは、こうだ。

委員長が裏切り者の二人に、

「第二組合を作る気か？」

と詰問すると、裏切り者たちは、

「そうではない」と言う。

「では何だ？」と問うと、

「親睦会だ」

と抜かしたというのである。

委員長は〝親睦会〟という名目にして、きっと裏で何か取引をしているのだろうと想像を廻らした。

「それで親睦会という体裁にして、何もなかったような形で、揃って職場に復帰するつもりなんだろう？」

「いや、すぐには職場には戻らない。会社には、我々の方からも要望したいことがある！」

「要望って、どんな要望だ？　会社に要望することがあると言うのなら、それは第二組合ではないか？」

委員長が気色ばんで詰め寄ると、

「いや違う。あくまで親睦を旨とする会だ」

と、下司野郎は恍《とぼ》ける。

「音頭取りは、あなたたち二人か？」

「ひひひひ」

この時、茶々郎が反応した。

「いや、そうでもないぜ。言ってみれば、まあ、自然発火みたいなものだからなあ」

「専務か労担と内通して、何か企んでいるんだろう？」

委員長は、湧き上がる疑念を態《わざ》と口にした。その疑念は満更でもないと思ったのだ。

「自然発火と言ったじゃねえか！」

癇癪持ちの茶々郎が、飛沫《しぶき》を撥ねかけるように吐き捨てると、訳知り顔の記者、堀田剛を促して、座を立った。


書記長の近藤は、こんなふうに大凡《おおよそ》の状況を説明しながら、出席者の反応も窺っていた。若手の技術屋たちは、稀薄ではあっても間違いなく存在していると信じていた同志愛が踏み躙られて、高まる地熱のような憤怒に震えていた。

暗雲の中に遠雷を聞くような不安に射竦められて、身体を強張《こわば》らせている者もいれば、何の痛痒も感じていないらしい、模様眺めの小心者も見受けられた。

書記長の説明を聞きながら、臆病風に取り憑かれた裏切り者は誰なのか、みんなが想像を巡らせていると、書記長の近藤が思わせぶりな咳払いをして、脱退届を提出した十人の名前を読みあげた。

一人ひとりの名前が明かされる度に、「こん畜生！」「あの野郎！」「古狸め！」「奴もか！」といった罵声が、爆竹のように飛び交った。

この時、組織部長の真鍋が、すっくと立ち上がって、意見を挟んだ。

彼は営業部へ配転の内示を受けている、渦中の技術屋である。いつもは激しい口調で闘争心を煽る闘士だが、この日は穏やかに切り出した。

「只今、書記長の方から、脱落者の氏名が発表されました。報道部の堀田を除けば、営業、編成、総務の連中ばかりです。元々が会社寄りの人間たちなので、我々には大して痛手ではありません。腰の引けた、へなちょこ野郎ばかりです。いてもいなくても構わない奴らです。

雨降って地固まると言いますが、これで我々の団結は一層固くなります。ですから心機一転、足並みを揃えて戦いましょう！　それに女性軍の脱落者は一人もいません。めでたい限りではありませんか！　まさに女は強しです！」

話の腰を折られた形になっていた書記長の近藤が、むっとした表情を抑えて、当面の戦いについて語り始めた。

「今十名の脱退者の氏名を発表しましたが、これから二、三人ずつが組になって、その脱退者に当たり、翻意を促す戦いをして参りたいと思います。昼でも夜でも、とにかく本人に会って、説得しようではありませんか！　彼らの意志は固いかもしれませんが、彼らが何を考え、どう行動しようとしているか探るだけでも意味があります」

書記長の近藤は、脱退者の名前を一人ひとり読みあげ、誰と誰が担当するか、予め執行部で検討していたらしく、てきぱきと相方を決めていった。

皮肉屋で、一筋縄ではいかない茶々郎には、書記長が自ら当たると言い、脇役に頭突きのカメラマンと執行委員で財務部長の瀬戸口を指名した。猪突猛進型のカメラマンと、比較的冷静な対応ができる技術屋の瀬戸口とは、面白い組み合わせである。カメラマンが口を開けば、相手は喧嘩を仕掛けて来たと思うかもしれないが、技術屋がうまく執り成すであろう。相手を感情的にさせるのは得策ではないかもしれないが、思わぬことを口走るかもしれない。茶々郎に頭突きの猛者を配したのは、書記長の深謀遠慮なのだろうか？

最後に頭目の堀田剛が残った。彼は三十過ぎの報道記者である。彼は鷲尾専務の遠縁に当たることから、山海放送の開局に合わせて、地元の市役所を辞めて入社してきたのであった。

因みに山海放送には、社長や専務と何らかの縁続きの者が何人も入社しており、そうした御家人たちが、課長などに納まっていた。堀田は課長になるには少々若過ぎたが、昇進の機会を窺っているのは、誰の目にも明らかであった。

「久慈志朗君！」

書記長が落ち着いた声で、志朗を指名した。そして志朗の方に微笑みを送りながら、

「堀田のところには君が行ってくれないか？」

と、親しそうに聞いた。

「えっ僕が？　彼とはあまり……」

志朗は不意を突かれた形だった。

「君が適任だと思うよ」

書記長は話のテンポを緩めるように、ゆったりした口調で話し出した。

「あの堀田という奴は、食えない男だから、君のような物分かりのいい者が直接面談した方が、話が早いと思うんだ。案外、本音を洩らすかもしれないぜ。すぐに口喧嘩になるようでは元も子もないからね。

それに君は、いつか唯物論を否定すると僕に言ったじゃないか。その辺を切り口にしたら、話が進むかもしれない。唯物論を否定しても、君は組合に留まっている。そこが大事なところで、君は貴重な存在なんだ。とにかく、堀田には君が適任だから、彼に会って欲しい。いいね、任せるよ」

こう言うと書記長は、頼むぞと言うように、志朗の顔をじっと見つめた。

結局、頭目の堀田は久慈志朗が受け持つことになった。

そう決まると、彼は思案せざるを得なかった。

――堀田剛という男は、独り善がりで、協調性に欠ける面がある。専務の遠縁ということを、何かと匂わせようとしている。普通の者は、縁故を表に見せないようにしているのに、彼はその反対だ。人脈の関係性を、世渡りの道具にしようとしている。そういう臭みが、自分とは肌が合わない。そんな嫌味な奴である。

自分は物事の筋道を大切にしたい。平衡感覚を重んじる。情実には惑わされない。そのように戒《いまし》めている。

しかしあの男は、筋論では話が通らないであろう。正義とか正論といった言葉も解し得ない男だ。そんな男だから、対話も成り立たないであろう。対話とは、お互いが共有できる精神の岬を探り当てる営為なのだから。

それはともかく、道理に生きようとする自分の意志を鍛えるために、何か大きな力の計らいで、この試練が訪れたのであろうか？

ともあれ、自分は誠意を尽くそう。誠意を尽くすこと、誠実であることが、自分の〝兵法〟なのだから……。

頭の中で、こんなことを思い巡らしていると、ある思いが火花のように閃いた。

――そうだ、梨花を誘って行こう。そうすれば事の次第をニュースとして速報できるではないか！

日が暮れて、夕飯が済む頃を見計らい、久慈志朗は梨花を伴って、堀田剛の家を訪ねた。堀田の家は、城下町の面影を残す旧い家の立ち並ぶ、閑静な住宅地を通り抜けた、山際の一角にあった。カナメモチの生け垣を廻らした庭には、銀杏の木が根元に躑躅を従えて立っていて、母屋はさして広くもない平屋であった。磨り硝子の入った格子戸が玄関になっており、呼び鈴を押すと、当の本人が直接姿を現した。

「何事？」

堀田は一瞬驚いた表情をその眼に走らせ、訝しそうに不意の客を見据えた。

「こんばんは」

志朗がさりげなく挨拶すると、家の主《あるじ》は、

「せっかくだから上がって下さい」

と、二人の訪客を招き入れてくれた。

六畳の和室に通されると先客があった。茶々郎であった。

「何だ、君かあ？　御婦人をお連れとはなあ。やっと降参したかあ？　まあ座れよ」

茶々郎は志朗の顔を見るなり、のっけから皮肉を浴びせた。茶々郎は更に言葉を継ぐと、

「もっともお前さんが陥落したくらいでは、こっちは勇気百倍とはならねえけどなあ

……」

と、畳みかけた。

「あなた方は帷帳《いちょう》（垂れ幕）の中で、秘策を練っているわけですか？」

志朗が銀杏《いちょう》とかけた洒落を返すと、少しの間、沈黙が流れた。

きつい眼をした、色の浅黒い夫人が茶を淹れて来たが、挨拶もそこそこに座を立って行った。争議の過中にあって、面倒なことを嫌っているのが、ありありと見えた。

台所の方では、小学生らしい男の兄弟が、喧嘩をしているらしかった。

「何か相談でもあるのですか？」

主の堀田が、態《わざ》とらしく、丁寧な言葉を使って切り出した。

いささか緊張していた志朗は、一口茶を啜ってから言った。

「いや、少しお聞きしたいことがありまして……」

相手のペースに嵌まらないよう警戒し、志朗がぎこちなく応ずると、待ち構えていたように、主の堀田が、

「何だね？　まあ察しはつくけどな。組合を辞めたのは、けしからんというのだろう？」

と、行く手を塞ぐように、語調を強めて言った。

志朗は予防線を張られるのを感じ、咄嗟に回りくどい話はよそうと思った。

「思想、信条の自由を否定するものではありませんが、第二組合は賛成しかねます！」

騎馬隊が中央線を突破するように、志朗の口から、いきなり本題が飛び出した。

「何だと？　お前さん、白旗を掲げたのじゃねえのか？」

茶々郎が目を吊り上げ、色をなして噛みついた。志朗は聞かぬ振りをして、構わず続けた。

「第二組合というのは鵺《ぬえ》みたいなものではありませんか？　自らの主体性を、わざわざ、溝《どぶ》の中に捨てるようなものです。とても正しい、人間らしい生き方ではありませんよ！」

「何を抜かすか！　こっちはお前さんの寝言なんか聞いておる暇はねえんだ。さっさと帰ってくれ！」

茶々郎が憤慨し、血相を変えて志朗を睨みつけた。

「俺たちは、別に第二組合なんか作ってはいないよ。有志が集って懇親会を立ち上げようとしているだけだ」

堀田は惚《とぼ》けた顔をして、ぬらりとかわした。

「でも会社に対して要求をするというではありませんか？　それだったら、組合ではありませんか？」

「要求ではなく、〝要望〟だよ。勘違いしないでくれ。要求を掲げて戦うわけじゃないんだからさ」

「どんな〝要望〟をするんですか？」

「それはな、これからみんなと相談することだけど、例えば職場環境の改善とか、社員の慰安旅行を企画して欲しいとか、いろいろあるだろう。少なくとも、社員の労働意欲にも繋がる、建設的な提案だろう？」

堀田は諭すような口調で説いた。

「そんなことだったら、組合から、いくらでも提案できるではありませんか？」

「そうかな？　でも今の組合は労連に牛耳られて、俺たちの意見なんか見向きもしてくれないではないか。君もよく分かっているではないか！」

堀田は志朗を味方に引き入れようとしているのか、紳士的で穏やかに応じた。

「組織の中には、いろんな意見があって当然ですよ。その中には、少数派の意見もあるでしょう。少数派の意見に耳を貸さないのは問題ですが、しかし、そうした問題は内部から、つまり組織の内側から変えていく努力をする以外に、正しい方法はないでしょう？」

志朗は穏やかに返した。

「それは屁理屈というものだ！　内部から変えると言ったって、どうやって変えるのかね？　闘争至上主義の執行部に、我々の声が届くとでも思っているのかね？　俺たちは、会社の発展を考えない執行部の路線には賛成できないんだよ」

堀田は、努めて平静を保とうと手綱を手放さず、更に言葉を継いだ。

「組合の遣り方は、会社を叩こう、やっつけようとばかりしている。見境なくやみくもに弾を撃っているようなものだ。俺たちには、それは会社をやっつけることが目的になっているようにも見える。労資が啀《いが》み合っているばかりでは、会社がうまくいくわけがない。労資ともに損をするだけだ。

組合を指導している上部組織は、革命をやることしか考えていないように見える。我々は何も革命をやるなんて、思ってもいない。君は組合の闘争至上主義を、どう思っているのかね？」

堀田は詰め将棋を楽しむような問いを放った。

「僕だって、闘争至上主義には反対ですよ。闘争に明け暮れていると、肝心なことが現実と噛み合わなくなり、組合の活動だって空転するばかりですよ。

大事なことは、組合と会社が虚心坦懐に話し合うことですよ。しかし今は、話し合いが会社側からは拒絶されています。それは、このロックアウトが、組合組織の壊滅を企図して実行されているからです。これは明らかに違法なものです。でもそれが罷り通るのが、現実の社会の姿なんです。

しかし、強圧的に力で屈服させようとする会社側の遣り方は、とても人間的とは言えません。僕は人間的でないものは承服できないのです」

久慈志朗は、少し心の内を覗かせた。彼は無理強いされたり、対話もないような、人間性に反するものには、到底従うことはできないのであった。

「それに組合を辞めれば、労働三権を捨てることになりませんか？　労働者に付与されている権利を捨てるのは、真冬の荒野で素っ裸になるようなものですわ」

それまで志朗と堀田の二人の遣り取りを、神妙な面持ちで聞いていた梨花が、口を開いた。

「そうだよ」

志朗が話を引き取った。

「団結権、団体交渉権、ストライキ権の三つは、国の法律で保障されている権利です。だから組合を辞めるのは、国の法律が保障している権利を捨てて、封建時代の使用人のような立場に成り下がってしまうことになるのです。あなた方は、そういう立場を甘受するわけですね？」

「それは屁理屈というものだ。そんな理屈を捏《こ》ねまわしていたら、前へ進んで行くことなんかできっこない。今は戦争の真っ最中だぜ。理屈よりも実行だよ。実行あるのみだ。だから懇親会の旗揚げをやるんだ。君も一緒に前を向いて進んで行こうじゃないか！」

堀田は頃合を見て誘いをかけ、更に言葉を継いだ。

「実はな、組合にはどうも馴染んでいないような窪川君をな、懇親会に誘ったんだ。そしたらな、首を縦に振らない。どうしてだと聞いたら、国の法律で労働三権が付与されているのだから、それを手放すわけにはいかないと言うんだ。あの窪川がだよ……」

「へぇー、そうでしたか」

「あいつらしくもないと思ったけどな、そのうち彼も、きっとこちらに躙《にじ》り寄ってくるだろうよ」

「今の時代は、いろんな問題を焼き直して、新しい世界を築く過渡期かもしれませんね。労働三権にしろ、ロックアウトにしろ、また組合活動にしろ、新しい光の許に見直されていくのかもしれませんね。だから僕たちは今、変わり行く歴史のど真ん中にいると言っていいでしょう」

「そんな御託は、どうだっていい。過渡期と言うんだったら、君も組合を辞めて、我々と一緒に、新しく出直そうじゃないか！」

堀田はまた、誘いをかけた。志朗はやんわりと反論した。

「組合の闘争一辺倒の今の路線には、僕なりに違和感があるのは確かですが、かといって、会社側に擦り寄ったり、権力を持つ者の言いなりになるのは、真っ平御免ですね。それでは、人間としての尊厳が冒されてしまいます。

僕たちはパンさえ手に入れれば、それで事足れりというわけにはいかないでしょう。それでは人間とは言えませんよね。今の硬直した、身動きのとれない労資の間にあって、立ち返る原点は、生きている生身の『人間』ですよ。また人間性という、生きていく上での座標軸を手放さないことです。

だったら、どう振る舞っていくのか。結局、暗中模索しながら、努力を重ねていくことだと思っているんです」

それは偽りのない、久慈志朗の気持ちであった。

しかし堀田には、それが空を掴むような話に思えたらしく、詰問するように、声を荒らげて言った。

「君は組合の闘争至上主義には反対だと言う。そのくせ、君は組合を抜けようとはしていない。かといって、会社にも従わないと言う。全く訳が分からん。そんな訳の分からん空念仏を唱えに、わざわざ我が家までお出ましになったのかい？」

「俺たちには、そんな惚《とぼ》けた念仏を聞いてる暇はねえぜ！」

茶々郎が苛立って、威嚇するように志朗を睨みつけた。

一方堀田の方は、志朗を改心させる望みを捨てていないらしく、努めて平静を保とうとしながら言葉を継いだ。

「ねえ志朗君、会社は戦場《いくさば》じゃないんだし、労資関係も、うまく折り合いをつけるのが大人だよ。喧嘩に明け暮れるところではさらさらないし、かといって、君みたいに幻想を弄ぶところでもない。まあ、俺の信条を言えば『和をもって貴しとす』ということだな。組合は、その『和』を敢えて壊そうとしているみたいだ。だから、みんな早く目を覚ますべきなんだよ。彼らの言うイデオロギーとかで、物事の筋道が見えなくなっているんだ。

そのことに早く気がつかなくてはいけないのではないかね？　君も寝言をほざくのはやめ、懇親会に入って、会社に貢献していこうではないか！」

「お前さんのような夢想居士も、俺たちには一丁前の戦利品ということよ」

茶々郎が何か口出ししないと気が済まないというように、嘲笑《あざわら》って言った。

それを志朗は気にも留めないで、堀田に語りかけた。

「確かに『和』ということは大事でしょう。物事は調和が取れていなければならない。しかしそれが、危うい均衡というようなものであっても困ります。だから調和を得るためにも戦うということだってあり得ることです。第二組合を作って、会社側に媚《こび》を売るのが、果たして『和』でしょうか？　それは自らの主体性を振り捨てて、腑抜けになるだけではありませんか？　つまり『和』ではなく、『服従』です」

「第二組合ではないと、何度も言ってるではないか！」

癇に障ることを言われ、堀田は色をなして両の手を掲げ、断を下すように、その両手を応接台に叩きつけた。

「まあ待って下さい」

志朗はもっと説明が必要だと思い、堀田を制して話を続けた。

「僕が今考えているのは、人間性の危機ということなのです。戦後、日本の経済が回復してくるにつれ、人間であることの証となる『人間性』が『モノ』に浸食され始めました。

それが最近では、かなり深刻になりました。現代の時代相とも言えましょう。『モノ』によって人間性が浸食されると何が起きるか。今私たちが直面しているロックアウトの様相の中にも、それがはっきり見て取れます。つまり不信であったり、眉をひそめるようなエゴの露出です。また隠微な確執と争いです。更には驕慢の跋扈《ばっこ》です。その極みに『モノ化』した人間が現れます。それは人間が人間から疎外されていると言ってもいいと思います。今のロックアウトにも、それがはっきりと現れていると思います。ですから経営の合理化というのは、一面から言えば、人間を『モノ化』する営為と言えましょう。つまり合理化は資本主義の前衛のようであって、皮肉にも大変唯物的なものなのです。

そんな状況の中にいるのですから、人間的であろうと努めるしか、この先の道はないと思うのです。ともかく、僕たちは手探りで進むしかないのです」

「今、君は何と言った？　経営の合理化が唯物的だと？　そんな言い草が源の殿に知れたら、君の脳天には、大きな雷が落ちるぞ！」

「ハハハハ」

志朗は思わず笑ってしまった。

「それはさぞ見ものでしょうね。ですが合理化というのは、資本の論理を剥き出しにした、とても非人間的なものですよ。そこには人間の温もりも、また人間の影もありません。

例えばカメラマンを下請けにして、何かを撮影したとします。会社はその仕事の代価を支払うだけです。給料もボーナスも退職金も支払いません。社員を雇うよりも大幅な人件費の削減になります。そこには資本の論理があるだけで、人間の影はありません。下請けのカメラマンは明らかに『モノ化』されています。経営の合理化が唯物的なものであることは、こんな例からも、はっきりしています。

でも下請けのカメラマンも同志として遇することによって、合理化も人間化できるのではないかと、漠然とは思っているんですけどね……」

志朗は胸の内を旋回している熱い思いを披瀝《ひれき》したのであったが、堀田には響かなかった。

「君の言い分は、こじつけのようにも思えるけど、俺にはな、合理化というのは、最も先進的な資本主義の姿じゃないかと思えるんだ。それはさておき、今大事なのは、争い事をやめて、会社を安泰にすることだろう？　会社が順調に発展してこそ、我々の生活も保障されるんだ。君も俺たちと一緒に、より堅実な道を進んで行こうじゃないか！」

「確かに今の行き詰まった労資関係は、打開しなくてはなりません。でも、もっと切実に僕の心を捉えて離さないのは、こんな状況の中にある〝人間性の危機〟という問題です。

労資の間が行き詰まり、硬直化してくると、組合員としての闘争心が、かえって徒労となり倦怠感さえ生み出します。執行部がいくら『団結！』と呼びかけても、人間的なものが枯渇し、心の底には砂を噛むような息苦しさが沈殿し、狂おしいまでの『人間』への渇きに見舞われてしまいます。そこからは苦役しか生まれません。

簡単に言いますと、人間的な信頼とか友情や思いやり、詩心や美を愛する心、個性の尊重とか文化への眼差し、そういったものが組合の中では顧みられなくなり、干上がってしまいます。これは地獄です。僕たちの内面の緑野が荒寥とした枯野に変貌するのです。ですから僕が思うに、組合も発想を転換して、職場が閉鎖され、充分に時間があるのですから、例えば山登りに行き英気を養うとか、合唱隊を組んで老人ホームの慰問をするとか、農家や漁村に手伝いに行くとか、そんな活動に力を入れたら、きっと新しい発想が生まれ、労資関係にも新しい展望が見出せるかもしれないと思うのです。〝人間性の危機〟ということも、こうした活動を組み入れれば、きっと解決すると思いますね」

「ひひひひ」

茶々郎が馬のように嘶《いなな》いた。

「全くお前さんは、正真正銘の夢想居士だぜ。お前さんには、現実というものが、まるっきり見えてないようだな。俺たちは現実主義なんだ。現実にしっかり足を着けて、着実に前へ進んで行こうとしてるんだ！」

「まあ茶々郎さんて！　志朗さんは、真剣なんですよ」

梨花が憤懣やるかたないというように、両の目を潤ませて抗弁した。それが志朗には意外であった。梨花がそこまで自分を理解してくれているとは思わなかったので、志朗は少し勇気を貰った気がした。

「僕だって現実を見ているつもりです」

志朗は反論を試みた。

「僕は合理化によって、人間が『モノ化』する、紛れもない『現実』を見ているつもりです。あなた方は労資の間が暗礁に乗り上げている〝現状〟に捕らわれているだけではありませんか？」

「まあ、そんなことは、どうだっていいじゃないか」

主の堀田が執り成すように口を挟んだ。

「ともあれ、今の不自然な労資関係を改めて、平常を取り戻すことが喫緊の課題じゃないかね。そのための懇親会なんだよ。志朗君も、そちらのお嬢さんも、ここは大人になりましょうよ！」

「ええ、大人になりましょう」

志朗が反射的に応じた。

「しかし会社側は経営合理化の推進に狂奔しています。諄《くど》いようですけど、合理化は人間を無機質なものに変身させてしまいます。精神は柔軟さを失います。そして働くことが苦役になります。人間の世界に潤いというものがなくなり、人間的なものが灰燼に帰し、終《つい》には人間の世界には不信と断絶だけがのさばります。僕たちは、もうそんな世界に足を踏み入れているのです。あなた方は、そのことに気がついていないのですか？」

「ひひひひ、こりゃ驚いた。兄さん、ちと頭が変じゃないのかね？」

茶々郎が独り言のように毒づいた。主の堀田は憮然とした表情のまま、顔を歪ませていた。志朗は構わず言葉を継いだ。

「経営の合理化もロックアウトも、人間的なものを崩壊させてしまいます。そこからは、飛翔を促す旋律は流れてきません。希望の歌声も聞こえてきません。対話を促す賢者の声も聞かれません。響き合う協調の調べも生まれません。在るのは不信と断絶であり、『モノ化』した人間の醜い骸骨だけです。ですから、僕たちはまず、人間性を取り戻す努力をしなくてはならないのです。それも手探りでです」

「ひひひひ、こいつは本物の獏《ばく》だぜ。夢さえ食ってりゃ腹が太るてえんだからな」

茶々郎が、昔の人が異国の人を遠目で見るような素振りで、にやにやしながら毒づいた。

主の堀田は、突き上げてくるものを抑え、冷静を装いながら、しかし眼は志朗を睨みつけて興奮気味に口を開いた。

「久慈君、物事には順序があるのではないかね？　今は健全な労資関係を回復させ、早くロックアウトを終結させることが一番じゃないのかね？　組合は当てにはならん。組合がどうのこうのと言うより、まず我々が正気に返ることだよ。我々が常識を弁えて、労資が相和せば、全てはきっとうまくいく。

君は合理化について、訳の分からんことを宣《のたも》うたけど、資本の自由化が進む中で、企業にとっては、経営の体質改善は焦眉の急だよ。それが時代の流れでもあるのではないかね？　会社も身軽になり、スマートにならないと生きて行けない時代なんだよ。君はどた靴を履いて百メートルが走れるかい？　それと同じだよ。また背中に重いものを背負って、競走に勝てると言うのかい？

合理化というのは、端的に言えば、ムダを省くことだ。今、会社は当然のことをしているだけだよ。だから君も目を醒まし、俺たちと一緒に懇親会に入って、健全な労資関係を作っていこうじゃないか！」

主の堀田は、志朗を説得しようと粘り強く自説を語ったのだった。

「懇親会というのは、第二組合と変わりませんね。つまり先に白旗を掲げることですからね」

志朗は反論せずにはおれなかった。

「懇親会であれ、第二組合であれ、根底の精神は服従です。それは自身の主体性の放棄にほかなりません。それは同時に、一人の人間としての『尊厳』を手放すことです。経営者も労働者も同じ人間として、等しく『尊厳』を有しています。両者が互いに相手の『尊厳』を認めれば、そこから話し合いの道筋も生まれてくると思うのです。そうすれば、合理化を人間化していく道も見えてくると思うのです」

「会社は問答無用と言ってるんだぞ！」

茶々郎が苛立って声を荒らげた。

「もう組合はいらんと、源の殿が宣うとるんだ。殿の声は絶対じゃぞ。話し合いなんかあるわけないさ。組合を潰すのが源の殿のお心よ。お前さんのような夢想居士だって、それが分からんことはあるめい！」

「問答無用というのは、ちょっと解しかねますね」

志朗は心中に粟立つものを感じながら反応した。

「人間は対話によって人間になるとも言えるのではないでしょうか？　自分の考えを相手に伝え、また相手の考えていることを聞いて理解や信頼が生まれ、人間関係も成り立つのではありませんか？　対話がなければ、社会や生活の一番の根っこがないことになります。それでは生きていけません。対話は人間であることの証でしょう。問答無用というのであれば、僕はそれを〝対話不能症〟と診断せざるを得ませんね」

「お前さんは、源の殿を侮辱するのか？」

茶々郎がヒステリックに声を荒らげた。

「殿の声は天の声じゃ。それに従わんちゅうのは、謀叛でよ。組合は謀叛人の集まりじゃねえか。だから俺たちは、組合とは袂《たもと》を分かつと言ってるんじゃねえか！」

「これは驚きました。まるで江戸時代に逆戻りしたみたいですね」

志朗は抗弁せざるを得なかった。

「あなた方の言い分だと、合理化は『人間』を犠牲にした上で進められることになるのですね？　それは『人間』を、生きたままミイラにするようなものですよ。僕は合理化を認めるとしても、内面に豊かさのある、そして生きていることの充実感がある、そういう職場環境であるべきだと思うのです」

「君は組合の過激な闘争至上主義には反対なのだし……」

主の堀田は、まだ志朗の説得を諦めてはいなかった。

「我々も穏やかで情の通《かよ》った職場を作りたい。考えていることは君と同じだよ。だから悪いことは言わない。君も俺たちと一緒になって、良識のある会社にしていこうではないか！」

「待って下さい。あなた方は、合理化の本質について、少し理解が甘いと思います」

志朗は堀田との間には、星と星との間のような懸隔があることを見過ごすことはできなかった。

「合理化は最小限のコストで最大限の利潤を獲得しようとするものですが、問題は『人間』が犠牲になることです。合理化によって、資本の論理が組織の隅々にまで貫徹され、人間の思考や心情にまで従属が強いられていきます。人間の五体の中まで資本の論理によって侵略され、心は悲鳴をあげています。その心は狂おしいまでに『人間』を渇仰しています。その姿を僕は秘かに〝管理ファシズム〟と命名しているんです」

「お前さんが何とほざこうと、ゼニを稼がなくちゃ、俺たちは干上がってしまうのじゃねえか！」

　茶々郎は意外にも説得するような口調になっていた。

「だからさ、会社に協力してさ、生活に困らないようにしようじゃないか！　いつまで夢を食ってるつもりか知らんが、ゼニがなけりゃ、腹は太らねえんだぞ！」

「確かに、ゼニがないと困ります」

　志朗が話を引き取った。

「しかし何度も同じ趣旨のことを言いますが、僕たちは、会社側の問答無用と言わんばかりの経営合理化によって、〝管理ファシズム〟の砂漠地帯に追い立てられています。であるなら、経済活動を人間の手に取り戻さなくてはなりません。つまり人間性に立脚した経済活動です。働く者の人格や個性が尊重され、広く社会のためにも貢献しているという実感があり、公平な分配がなされる職場環境の運営です。

　そして広く社会のためにも役立っているという実感が大事なのは、ただ会社のためというだけでは自分を矮小化し、エゴイズムの温床にもなりかねず、本当の労働の歓びは得られないからです。経営の合理化が避けて通れない時代の要請であるのなら、合理化と正面衝突するのではなく、合理化を人間化する知恵を労資双方が出し合って、人間の歌声が聞こえる経営の在り方や職場造りに勤しむべきでしょう」

「お前さん、そんなに夢を貪りたいのなら、ひとつ源の殿のところに出向いてよ、一席ぶったらどうなんだい？　殿のことだあ、さぞ感激なさろうでよ！」

茶々郎がからかうように、冗談めかして言った。

一方、志朗の方には余裕があった。

「それはグッド・アイデアですね。でも源の殿は、物言う平民には会われないでしょうよ。今は殿の供をする奴を待ち設けておられるのですからね。つまり僕たちは、源の殿から服従を強いられているのですよ。

また、経営者や資本のエゴイズムによって、『人間』を犠牲にして合理化は進められようとしています。つまり社員・労働者は〝支配〟の対象にされようとしているのです。ですから僕は『人間の砦』は、あくまで守らなければいけないと思っているのです」

「『人間の砦』たあ何でえ？」

茶々郎が絡むのを制して、主の堀田が断を下すように志朗に語りかけた。

「いいかね君、今、進退を誤るとね、今後の昇進にも差し障りが出てくるよ。意地を通してさあ、一生平《ひら》でいいのかね？　早く恭順の意を示した者が、勝ち名乗りを頂戴するんだぜ！

実はだね、懇親会の名称は〝むつみ会〟と言うんだ。この会はな、時々会食をしながら、専務さんの奥様にな、我々の意見を聞いてもらうことになっているんだ！」

「何ですって？　専務の奥様に……？」

志朗が言葉に詰まると、茶々郎が、ここぞとばかりに毒づいた。

「こいつは由良之助だぜ！　遅かりし由良之助ってことよ。もう源の殿の篩《ふるい》にかかっていらあ！　あとは風の吹くまま、どこにでも流れて行きやがれ！」

「おや、これは。あなた方も由良之助でござんすよ」

志朗が腕時計を見ると、夜は、もう十一時を過ぎていた。

「これは、とんだ長居をしてしまいました。もう、お暇《いとま》します。またお話できれば幸いです。私がお話ししたこと、よく考えてみて下さい。それでは失礼します。奥様にも、どうかよろしくおっしゃって下さい」

短い挨拶で暇《いとま》を告げると、志朗は梨花を促して外に出た。

懇親会の主謀者、堀田剛に翻意を促すことはできなかったが、時間が経つのも忘れて、第二組合の非なるを説き、合理化を人間化するという、自分が辿り着いた信念を披瀝できたことで、志朗の胸の内は落陽のように燃えていた。

梅雨めく時節の生温かい風を背に受けながら、彼がそっと梨花の背中に手を回すと、彼女は、

「これからすぐ記事を書くわ」

と、興奮気味に、弾むような声で言った。

「ああ、それがいい。君らしい新鮮な記事を書くんだぞ！」

二人はそのまま、戦った後の感動に浸りながら、黙って歩いて行った。

翌日、志朗は書記長に会い、堀田剛との面会は、平行線に終始したとだけ報告した。

そこへ刷り上がったばかりの『組合ニュース』が届けられた。

〝専務夫人と会食して、御奉公を誓う〟の記事を目にして、書記長は、

「おーい、大スクープだぞ！」と雄叫びをあげたのであった。

書記長は、第二組合を攻撃する、有力な糸口が見つかったと喜んだのであろうが、今後〝むつみ会〟が、その活動を軌道に乗せれば、組合にとってかなりの痛手になることも、充分予想されるのだった。

（六） 対 面

旧い門構えのお屋敷だ。心が引き締まる。玄関のベルを押す時、手が震えないだろうか、ぶるぶると自制心を失ったように？

いや、そんなことがあってはなるまい。覚悟を決めての訪問なのだから。

それでは主《あるじ》と対面した時、足が竦みはしないか？

それも、あってはならないことだ！ 出たとこ勝負と、腹を括っての出陣なのだから！

では、その時、主の顔が正視できるか？

——嗚呼、初手から両の眼を逸らすようでは、勝負にならないぞ——と、心の奥から叱咤する声が聞こえる。

応接室に通され、挨拶もそこそこ、「何用だ？」と、詰問が飛んでこよう。

伯父が、前もって伝えていることだから、簡潔に用向きを告げるだろう。

そうなんだ。自分は伯父に連れられ、引き立てられて、今、タクシーでそのお屋敷に向かっているところだ。

何のために？ 無論、主から直接、お小言を頂戴するためだ！

——いつまでも我を張るでない！ 目を醒ませ！

――一生、梲《うだつ》が上がらないでよ！　それでええのか？

――首が飛ぶ奴もおろうで。奴らに心中立ては、するでないぞ。

こんな雑言が飛び交うであろう。

相手は、傲岸不遜にして厚顔無恥、源の殿だ。

対話不能症の殿のことである。こちらがひと口、反論でもすれば、脳天をも砕く雷の一撃が炸裂するだろう。

その時、自分は仁王のように、立ち尽くしていることができるだろうか？


梅雨に入った六月の中葉、ロックアウトも既に一ヶ月半を経過したというのに、鬱陶しい気分を引き摺ったまま、解決の糸口さえ見当たらず、久慈志朗もまた、暗澹たる戦野の中で苦吟していた。

彼が放送局に入社した時、紹介者として推薦の労をとった伯父が、この甥坊主が未だに労働組合に留まっていることに業を煮やし、社長に直接談判してもらおうと、日曜日を選んで、志朗を伴いお屋敷に向かったのであった。

街の中心部を少し離れたところに小高い一角があり、有名人も時折訪れるお屋敷町になっていて、源左衛門の邸宅も、その一隅にあった。

幸いこの日は、梅雨の中休みで晴れていた。社長宅の門構えの両脇には、ポプラや楠が羽を拡げるように枝を伸ばしていて、その緑が深みを増した枝葉は道路の方まで延び、そこは公園の一角でもあるような趣を呈していた。そこから玄関までは、躑躅の植え込みが続いている。

息を弾ませ、せっかちに玄関の押しボタンを押したのは、志朗ではなく、伯父の方であった。

二人の訪問は、伯父が事前に約束をしていたので、すぐに返事があり、和服姿の品のいい夫人が現れ、

「社長がお待ちしてましてよ」

と、二人を応接室に案内した。

洋風の応接室は、さして広くはなかったが、暖炉があり、その傍には大きな花瓶があって、白い百合の花が活けてあった。

二人は革張りの椅子を勧められたが、居心地はあまり良くはなかった。

伯父が型通りに、多忙の中、時間をとってもらえたことを謝し、甥坊主が我が儘勝手で不埒を決め込み、紹介の労を取った者としては面目も立ちませぬと、低頭叩頭するのを、社長の源左衛門は見て見ぬ振りをし、反対に志朗の方をまじまじと見つめ、好々爺のような口調で語りかけた。

「久慈君か、よく来てくれた！　君は今日で〝間諜〟の役は放免じゃ！　ハハハハ。よく

やってくれたとは言えんが、何もしなかったからの。人には向き不向きちゅうもんがあるけえの、まあ君は〝間諜〟をやり果《おお》せる面《つら》じゃない。今日からは伯父上の手伝いをしなさい！」

「……」

「伯父上が、県庁で諮問会議を作っているのを知っていよう。そのメンバーを我が社にも繋げてもらっておるんじゃ。我が社にも意見を言ってもらうためにな。行く行くは我が社の、何かの委員にもなってもらうつもりじゃ。その手伝いをしてくれ！〝間諜〟よりは、その方が君には向いていよう。あとは伯父上とよく相談してくれればいい！いいな、久慈君、話はそれだけじゃ。今日はよく来てくれた、また来なさい！今、お茶が入るから、それを飲んで行きなさい！」

「……」

沈黙が一時《いっとき》、部屋の中に幕のように垂れ下がった。

一剣を交え、火花が散る修羅場を覚悟しての社長宅への参上であったから、志朗は、源左衛門の意外な話に拍子抜けしてしまった。

このままでは収まらないのが伯父である。甥坊主・志朗の労働組合脱退の決着をつけるために、殿から直接説諭してもらうのが、お屋敷訪問の趣意である。それが解っていて、源の殿は何故頬被りするのか？

伯父が慌てて、殿に、

「社長、まだ本題が……」

と、小さな声で囁きながら促した。

そこへ、物腰の上品な夫人が茶を淹れて、部屋に入って来た。

「まあ、茶でも飲め！」

そう言うと、源左衛門は先に茶碗を取って、匂い立つ煎茶を啜り始めた。

「若い者には、コーヒーの方が良かったかの？　儂《わし》はあんまり好きじゃないがの。じゃが出張なんかに行くと、出てくるのは大概コーヒーじゃけえ、好き嫌いは言えんようになってしもうた。じゃけど家《うち》では、儂《わし》も家内もコーヒーは飲まんことにしちょる」

源左衛門が、こんなふうに語り出したのを、何かの前説ではないかと、志朗も伯父も緊張して耳を欹《そばだ》てた。

「つまりじゃ、我が家には、久慈君、コーヒーはないちゅうことじゃ。コーヒーがなかろうと、儂《わし》の勝手じゃろ？　客があれば煎茶で持て成すのが我が家の流儀じゃ！　それと同じでの、我が社には労働組合は要らん！　それが我が社の流儀ちゅうもんじゃ。形だけの組合はあるか知らんが、そんなもんはあっても、名ばかりじゃ。雑魚《ざこ》の集まりに過ぎん」

源左衛門はひと息つくと、うまそうに目を細めて煎茶を飲み干した。

志朗も伯父も、いよいよ本題に入るぞと、緊張を高め、手を握り締めるのだった。

「じゃからの、久慈君、君が組合を辞めようと、阿呆どもとチングウになって、組合に残ろうと、それこそ君の勝手じゃよ。

実はな、次期課長候補約十名をリスト・アップしての、会社への誓約書を提出してもらうことにしてるんじゃ。その約十名は、組合の色に染まっておらん、会社への忠誠心の強い幹部候補生連中じゃ。もうすぐ誓約書は揃うじゃろうて。そしたら争議はジ・エンドちゅうことじゃよ」

予想外の、あまりにも突飛な打ち明け話に、志朗も伯父も言葉を失ってしまった。

源左衛門はと見ると、まずいことを喋ったかなというような、少し悔いるような色を顔に浮かべていた。

「今の話は、解っちょるじゃろうが、秘中の秘じゃぞ！　言ってはならんことを言うてしもうた。これが洩れたら、犯人はお前たちぞ！　いいな！　それにしても、こんな秘密を儂《わし》に言わせるとは、久慈君よ、君の伯父上はまっこと悪党じゃのう！　ハハハハ」

「ハハハハ」

志朗も伯父も、つられて笑い出してしまった。

その笑いの奥底から、独善的な源左衛門の話に拮抗して突発を堪《こら》えていたマグマが、志朗の中で目を醒ましたのであった。

己に鞭打ち勇気を奮い立たせ、久慈志朗は源左衛門と向き合った。

「お言葉ではございますが、社長……」

「うん？　何だ？」

源左衛門が訝しげに、志朗の顔をまじまじと見つめた。

「只今のお話、会社に忠誠を誓う者と、組合に留まる雑魚《ざこ》と、社員を二色《ふたいろ》に分けるのは、如何なものでしょうか？」

「会社の流儀と言うたじゃろうが。血の巡りの悪い奴じゃのう」

突っ撥ねるように、源左衛門が反応した。

「ですが社長、雑魚《ざこ》と烙印を押された者は、どんな気持ちになりましょうか？　端的に申し上げますが、組合に残る者も、みんな〝良い仕事をしよう〟〝会社の発展のために貢献しよう〟と、それなりの〝志〟を抱いて、希望をもって入社している筈です。その〝志〟を汲んであげるのが、会社の〝流儀〟であって然るべきではないでしょうか？」

「君は、儂《わし》に意見し反抗するのか？　謀反は許さんぞ！　我が社は、儂《わし》の気持ちが心棒でよ！」

源左衛門は顔を歪ませ、志朗を詰《なじ》った。

伯父も恐縮して、志朗を制止しようとした。

「志朗、いい加減にしなさい！」

それでも、もう止まらなかった。志朗の胸の内から、沸騰し突き上げる、種々《くさぐさ》の思いが溢れ出てくるのだった。

「社長、謀反だなんて、とんでもありません。言ってみれば、一社員からの提案です。

私は社員一人ひとりの〝志〟を汲み上げて欲しいと言いましたが、その前提として、経営者も管理職の人も、そして全ての社員が一人の人間として、みんな〝平等〟であるという思想に立って欲しいと思います。

勿論、個人の役割や個性とか才能も無視はできませんが、まず大前提としては、みんなかけがえのない人生を必死で生きている、また良い仕事をしようと意気込んでいる、そのようにみんな平等に尊い存在であるという考えに立つべきだと思うのです。それが現代社会の趨勢でもあろうかと思うのです」

「君はいつから儂《わし》に説教垂れる身になった？」

自宅にいる気安さもあってか、好々爺のように振る舞っていた源左衛門が、急に態度を改め、怒気を含んだ声で、志朗に詰め寄った。

「社長の前ではないか、言葉を慎みなさい」

堪《たま》りかねて、伯父も志朗を制した。

それでも志朗は「言わなくてはならない」と自分に言い聞かせ、決然と、しかし哀願するように訴えるのだった。

「説教だなんて、そんな大それたことを……」

ちょっと言い澱むと、次の瞬間、言葉が溢れるように出て来た。

「社長がこの度のようなロックアウトを断行されたお蔭で、否《いや》でも、いろんなことを考えざるを得ませんでした。第一、組合の方が圧倒的に力がある時、その対抗措置として経営者側に認められている職場の閉鎖を、反対に経営者側が圧倒的な力をもって組合を潰そうと、組合員を職場から締め出しました。法的にも疑問の残るこんな蛮行が、何故惹起するのか？　私たちはどう対処すればいいのか？　それこそ、否《いや》でも考えざるを得ません。そうでしょう？」

源左衛門は腕を組み、目を閉じて志朗の口舌を聞いていた。

志朗は構わず、一息つくと、溢れ出るものに身を任せるように続けた。

「組合側が団交を要求しても、会社側からは〝なしのつぶて〟です。労資の間は膠着したまま、一ヶ月半が過ぎ、もう二ヶ月近くなりました。私たちは、寒さの募る荒れ地に、手ぶらのまま抛《ほう》り出されたようなものです」

「社長の前ではないか！　勝手なことをほざいて失礼ではないか！　志朗、いい加減にしなさい！」

志朗の口上に肝を冷やし、伯父が割って入ろうとした。

「言いたいことは言わせてやれ！　近頃の若僧が何を考えているか、聞いてやろうじゃないか！」

他人の意見には滅多に耳を貸すこともない源左衛門が、意外や意外、志朗の弁舌にしおらしい反応を示したので、伯父は面喰らってしまい、「はあ」と、気の抜けた返事をした。

一方志朗の方は、胸中のマグマが一層昂《たかぶ》るのを、ぐっと押さえ、やや冷静になって口を開いた。

「私たちはロックアウトによって、丸裸のまま、荒野に捨て置かれました。

——どうして、こんなことになったのか？

——職場の閉鎖に、どう対処すればいいのか？

——経営の合理化とは何か？

——その合理化と、どう折り合いをつけたらいいのか？

——健全な労資関係とは？

——健全な労資関係を築くには、どうすればいいのか？

——正しい人生とは、どんな人生か？

——労働とは何か？

——どんな社会を目指すのか？

——どうすれば、自己を実現できるのか？

二ヶ月近くもほうたられ、仕事がないのですから、反対に考える時間は充分いただけて、いろんなことを考えました。社長のお蔭、ロックアウトのお蔭です。そして、こんなふうに考えるようになりました。

労資を対立的に、二つの勢力に分けるのは、もう今の時代には合わない、ということです。〝分断は悪〟だということです。これからは協調であり、共生です。立場や役割は違っても、目指すものは同じであるべきです。利潤追求一辺倒ではなく、労資が共に目指すのは、より良き社会の建設であり、一個の人間としては、人格の練磨です。

つまり、一企業として、また一放送局として、労資双方が一つのビジョンを共有し、仕事を通して社会に貢献していく、また人間的にも成長を図っていく。そのように労資双方が目的を同じくすれば、お互いを尊敬できるようになると思うのです。また、お互いの立場を理解し合えると思います。

ともかく、金の亡者になるのはやめましょう。正しく生きれば、利潤は自ずとついて来ると思います。また、金の亡者になるのをやめるということは、エゴイズムを捨てるということでもあります」

源の殿も伯父も、珍しく神妙な顔をして聞いている。志朗は、職場が閉鎖になってからずっと思い廻らしていた考えを、この時とばかり、吐き出してしまいたかった。

「今、一放送局として、労資双方が一つのビジョンを共有すると言いましたが、そのためには、みんなが意見やアイデアを出し合い、みんなで話し合い、煮詰めていけば、自ずとみんなが納得できる結論が出せると思うのです。それは社員一人ひとりの課題にもなり、使命にもなりましょう。ですから、組合員であるなしにかかわらず、特に若い人たちの意見やアイデアに耳を傾けていただきたいと思うのです。そのアイデアから、思わぬ利益が生まれるかもしれません。

そのために欠かせないのは、労資の間は元より、社員の間での、胸襟を開いた卒直な話し合いであり対話です。対話がなければ、お互いを理解し合うこともできません。対話があれば、道は開けてくると思います。以前から労資の間で、また職場の中で、この対話がないことを、私はいつも淋しく思っていました。どうか対話の旋風を巻き起こしていただきたいと思うのです。

ああそれから、偶々《たまたま》或る本を読んでいましたら、こんな文句に出会いました。それは、要約すると『他を益しつつ自己も益する』、つまり他者を生かすことによって、自分も生かしていく。ああ、〝これだ！〟と、その時思いましたね。これからの時代は、誰かが一人勝ちするのではなく、みんなが助け合い、みんなが勝利者になっていく。そういう時代に変わりつつあるのではないか、そんなふうに思えるのです」

久慈志朗は、ここまで一気に話した。職場が閉鎖されている暗夜の胸中で、星座のように煌めいていた想念を、ここぞとばかり打ち明けたのであった。

「うーん」

源左衛門が唸るように溜め息をつくと、

「君は大した夢想居士じゃの」

と、からかうような口振りで志朗を評した。その顔には憮然とした表情が踊っていたし、呆れて物も言えないといった驚愕がふんぞり返っていた。

志朗が伯父はと見ると、県庁マンの優等生である筈の伯父が、志朗の口舌を満更でもないというように微笑んでいるので、志朗も思わず微笑を返したのであった。

「君には、二本の足がちゃんと付いているか？」

そこへ源左衛門が皮肉を弄して言った。

「君は現実に足が着いておらん！　それでは世間の荒波を渡ることはできんでよ！　そんな足無し小僧の戯言《たわごと》を儂《わし》に聞かせるとは、伯父上よ、久慈君はほんまに夢想居士じゃのう？

その夢想居士に一つ聞くがの、合理化ちゅうもんを、どう思ってるかの？」

どういうわけか、源左衛門の方から質問が飛んできた。

「合理化については、労資が共有するビジョンの中に含まれることだと思い、敢えて触れなかったのですが、お尋ねとあれば申し上げましょう」

久慈志朗は、ちょっと間を置くと語り出した。

「この度のロックアウトは、経営の合理化を進めるために、抵抗勢力の労働組合を排除するべく断行されました。

労資が激突するような合理化は、どこか無理なものがあるのではないでしょうか？　コストは最小限まで切り下げ、利潤は最大限追求する。機械化、自動化、下請け化、労務管理の強化、予算の削減、人減らし等々、そこにあるのは、非情なる資本の論理です。でも私は、人間の血の通った、労資が共に協力できる、言わば〝人間化された合理化〟は、充分可能だと思うのです。

一例を挙げましょう。例えば下請けのカメラマンであっても、企画の段階から参画してもらえば、本人の自覚も深まるでしょうし、チームワークも整いましょう。またそのカメラマンを社員旅行や忘年会などに誘ってあげれば、社員との一体感も生まれるのではないでしょうか？　他を益しつつ、自分も益しているわけです。

そのように人間の血の通った、言わば人間化された合理化は、労資が話し合えば、充分可能だと思います。つまり、効率よりも、人間性に根差した業務の形態です」

源左衛門は目を閉じて聞いていたが、毛虫のような眉毛の下のどんぐり眼を、かっと見開くと、

「それで儲かるんかの？　商売になるのかの？」

と、志朗をからかうように、質問の矢を放ってきた。

「それは、先ほど言ったではありませんか？」

志朗は動ずることはなかった。

「利潤の効率を上げるための合理化でしょう？ 資本の論理としての合理化か、人間の顔をした合理化なのか、どちらも合理化には違いないのですから、利潤は付いて回る筈です。それで充分ではありませんか？」

「そうか、それならもう一つ聞くがの、技術部員二名の配転をどう思ってるんじゃ？ 組合が一番拗《こじ》れてるのは、この問題じゃからの」

この度の争議で、また組合の弱体化を図る上で、源左衛門にとっても絶対に譲れないのは、技術部員で組合の執行委員でもある二名を、営業部と報道部へ配置転換することである。この人事の内示を出したことで、労資の間は一挙に険悪になり、二ヶ月近く経っても未だに膠着状態が続いているのである。

久慈志朗はさりげなく応じた。

「二人とも無線技士の資格を持っており、そのプライドをもって入社していると思いますね。ならば、そのプライドを傷つけるようなことをしてはいけないでしょう。

でも、配転に組合工作とは別の社内事情、たとえば送信機の自動化による人員の余りとか、そうした事情があるのでしたら、それなりの見返りを考えるべきでしょう。例えば昇進を約束するとか、給与に色をつけるとか、何年か先には希望する職場に行かせてあげるとか、そういった人間的な配慮が必要なのではないでしょうか？ また、その配転から何か新しいものが生まれるように、周囲の者も気を配っていくことが大事だと思いますね」

志朗は自信をもって語ったのであったが、源左衛門の耳には、ど素人の戯言《ざれごと》のようにしか響かなかったようだ。

「君の言い分は、夢想居士の寝言に過ぎん。要するに、地に足が着いておらんのじゃ。儂《わし》はもう寝言には飽きたでよ。儂《わし》はこれで失敬するでえ！」

吐き捨てるように悪態を投げつけると、源左衛門は自分の方から席を立ち、応接室から出て行こうとした。

慌てて伯父が源左衛門に取り縋り、甥坊主が場所柄も弁《わきま》えず非礼を働いたことを詫びると、家の主は「心配するな！」と言い捨てて、先に母屋の方へ消えて行ったのであった。

帰りのタクシーでは、伯父も志朗も無言であった。

伯父は、志朗の弁舌が半ば正論であると認めたらしく、甥坊主を特に責めるようなことはしなかった。

その夜、久慈志朗は、梨花の蕾のような胸の膨らみを愛撫しながら、「道は開けるよ」と耳元に囁くのだった。

（七）詩　人

五月の二日から、大半の組合員にとっては訳も分からないまま、宣戦布告のようにして突如として巻き起こったロックアウトは、労資間の対話も、ましてや歩み寄りも見られないまま、不毛の時間を徒《いたずら》に費やして、丸六十日経った六月三十日、あっけなく幕を閉じたのであった。

組合側が降参したわけでもなく、会社側が草臥《くたび》れ果てて、組合潰しを諦めたためでもなかった。

つまりは、こうなのだ。会社側にとっては、職場から抛り出したつもりの組合員が、希望も展望もない荒野を彷徨しながら、それでも団結を崩さず、また当てにしていた父兄や紹介者たちも戦力として機能せず、おまけにバリケードに腰を抜かす組合員もいなくて、その次に会社側が思いついたのは、一本釣り作戦だったのである。

組合員が、家族や紹介者の圧力にも屈することなく、曲がりなりにも団結を崩さなかったのは、生活を守るという〝欲の皮〟を剥ぎ捨てることができなかったからである。

ところが会社側は、もっと美味しい〝欲の皮〟をぶら下げて、誘いをかけたのであった。サラリーマンにとって、昇進ほど美味しいものはない。

会社側は、次期課長候補十人を選び出し、昇進を約束して、会社への忠誠を誓わせた。それに既に課長職に就いている背番号課長二名を加えて、新体制の布陣を構え、争議の幕引きを図ったのである。

組合員の中にも、組合に残れば、もう昇進の機会も見込みもないという空気が流れ、みんな慌てふためいて、我先にと寝返りを打っていったのであった。

こうして、技術部員を中心に、僅かばかりの者が組合に留まるという結果になって、強権発動のようにして突発したロックアウトは、六十日間の徒労の日々を積み重ねて、めでたく幕引きと相なったのである。

久慈志朗もまた組合を離れた。

しかし彼の脱退は、出世欲に取り憑かれたためでもなければ、同志愛を裏切ったのでもなかった。目の前に開けた〝希望の道〟〝光の道〟を進むために、みんなより一足先に出立したのである。「人間の顔をした合理化」「人間の側に立った職場の運営」という新しい生き方に人生を賭けようと、自らを鼓舞しての出発だったのである。

だから、

「自分は先に行くけど、待っているよ。みんな早く来なさいよ」

そんな気持ちを抱いての、組合からの離脱であったのである。

その新出発に当たって、志朗がどうしても会っておきたかった御仁がいた。

その御仁とは、詩人の義永規矩雄であった。

志朗が放送局に入社して間もない頃、詩人として名声を博し、大学の講師でもあった義永に、志朗の方から面会を求めると、快く応じてもらえ、それから今日まで、ずっと詩人とは昵懇の間柄であった。

初対面の時、志朗がご自宅に伺うと、初顔合わせの挨拶もそこそこに、いきなり散歩に誘われ、二人は肩を並べて海辺の方へ歩いて行った。

波が穏やかに岸辺を洗っている、初夏の午後であった。

ふと詩人は、日を浴びて穏やかに波打っている瀬戸内の海を、遠くの方まで見遣りながら、告白でもするように、

「私は一生海を歌っていこうと思っているんです」

と、大学を出たばかりの青二才の志朗に、端正な言葉で語られたのであった。それは永遠なるものに、常に触れていたいという、詩人の祈りの言葉のようだった。

一瞬、志朗は感動に包まれ、無言のまま、その場に立ち尽くした。詩人の愛に、全身が浸されているようだった。

志朗は、その「告白」を今も忘れることはできないでいた。詩人とはその初対面の時から、詩の海を挟んで向き合い、お互いに詩心と人間愛の波を打ち返す間柄になったのであ

る。

詩人は、学徒出陣で南方に送られるという体験をしている。

その出征に当たって、時の文学部長は「必ず生きて帰って来い！」と訓示をされたという。そして運良く生きて帰還できた詩人は、故国の土を踏みしめながら、

「自分は一生、詩を書いて生きていこう」

と、決意したのであった。

久慈志朗は、久しぶりに面会して、その詩人の胸中の岸辺を洗う詩心に触れたかったのであった。


日射しの強い、日曜日の午後、久慈志朗は隣町の波静かな入江に面している、詩人の家を訪ねた。

夫人や子供たちは外出していて、詩人一人が留守番をしていた。

ロックアウトを挟んでの久しぶりの面会で、志朗が無沙汰を詫びると、詩人は、長きにわたるロックアウトの渦中にあって、志朗がどんなに苦労しているだろうと、とても心配だったと言い、よほど電話してみようかと思ったんだが、志朗からは何も言ってこないので、こちらも自重していたんだと、長期の闘争を耐え抜いた、若い友人の苦闘を労うように、詩人の心の内を語った。

それから詩人は茶を淹れに立って、戻って来ると、ロックアウトについては疑問に思うことも多々あるらしく、茶を啜りながら、

「それにしても、六十日とは、ちょっと常識では考えにくいね？」

と、誰しもが感じている、卒直な疑問を口にした。

「それはそうでしょうね。何しろ普通の神経の持ち主には、思いも及ばないことでしょうからね。でも山海放送の経営者は、平然と、そして冷酷に、また傲慢に、組合を潰すためにはなりふり構わないという姿勢を貫いて、それを恥とも思わないし、何の痛痒も感じていないのです。経営の合理化を進めるためには、小言を言う組合は邪魔だと言うのです。社員・従業員は、経営について口を挟んではならないという不文律があるみたいです。これでは、社員を『人間』として認めていないことになります。社長は絶対であり、社員は服従あるのみ、そういう企業風土が、一層強くなっているのです」

「時代錯誤も甚だしいな。それにしても、世論とか良識派の意見とか、頼りにするものはなかったのかね？」

「巷では、その冷酷さで顰蹙《ひんしゅく》を買っている向きもあるんですが、それよりか、経営を与《あずか》る者、かくも驕慢で厚顔無恥であるべきかと、社長たちは羨望の的にもなっているんです」

「呆れた話だな。何だか江戸時代にタイムスリップしたみたいだね？

ただ、君の話を聞いていて感じるのは、どうも君の会社の経営者の背後には、邪宗教があるね。邪宗教と一体となっているから、権柄ずくが罷り通るんだよ。恥も外聞もないんだね。いずれは正していかなくてはならないだろうけどね」

詩人の感性に映る実相なのだろうか、志朗には思いもつかぬ指摘であった。どう答えて良いか、ちょっと戸惑ったが、志朗は、

「或いはそうかもしれませんね。宗教という隠れ蓑があるから、社長たちも鉄面皮で横柄に構えていられるんでしょうね」

と応じたのであった。

「邪宗教というのは、それ自体が一つの権力となって、民衆から精神の自由を奪い、民衆を隷属させようとするものなんだ。山海放送のロックアウトを、君の話から想像すると、邪宗教が一枚噛んでいることは、絵に画いたようにはっきりしてるじゃないですか！」

詩人は断言するように言い放った。

「なるほど、そうかもしれませんね。何しろ初めて聞く〝秘密〟ですので、帰ったらよく調べてみましょう」

「そうだね、一つの暗黒物語が生まれるかもしれないよ。それはそうと、君が体験したロックアウトは、見方を変えれば、旧い勢力と新しい勢力との激突でもあるんだろうね。しかし、そういう戦いがあって、新旧の勢力は入れ替わっていくのだと思う。だから、大

いに希望を持って欲しい。ロックアウトの勝ち負けを云々しても始まらない。君が、僕の想像だけど、大いなる試練を体験したことが大事なんだよ。早速僕を訪ねてくれたのは、試練を潜り抜けたからなんだろう？」

以心伝心、気心が知れているので、志朗が大きなテーマを抱えていることを感じとって、詩人が水を向けたのであった。

「実はですね、先生。私は組合活動に飛び切り熱心だったわけでもないのですが、人並みに組合活動の流れに棹《さお》さしていて感じるのは、どうも唯物論を根底に置いて、物事を考えたり行動したりすると、自分の脳髄の中に石灰質のようなものが分泌されて、感性は瑞々しさを失い、思考は単調になり、私自身が『モノ化』していくように感じるのです。組合活動にも『理』はありますし、『正しさ』もあると思いますが、経営者と対立的な意識に立って活動すると、自分の方が『モノ化』していくのです。

でも、組合の仲間にこんなことを話しても、誰も賛成してはくれません。

それから、会社が進めようとしている経営の合理化も、社員・従業員を『モノ化』してしまいます。社員を『モノ』として扱うのが合理化ですから、これは当然ですね」

志朗は、ロックアウトのさなかに切実に感じていたことを、そのまま語ったのであった。

「君はよく気づいたね。でもこれは当然と言えば当然のことなんだ」

詩人は少し深長な表情になって語り出した。

「君の言っていることは、全く正しい。モノの一面を見て、モノの一面でしかないものを、全体に当て嵌めようとするから矛盾が生じるんだ。

早い話、組合活動は人生の一部分じゃないか。生活の向上ばかりが人生じゃない。仕事を通して力を発揮したいと誰もが思っているだろうし、趣味だって、いろいろだろう。一人ひとりにニュアンスの違いがあるのを、一律に鋳型に押し込むようなことをすれば、悲鳴が上がるのは当然だよね。

だから、これからは一人ひとりの個性を殺さないようにしなければ、組織もうまくいかなくなる。〝団結〟と言っても、柔軟なものにしないと、統制がとれなくなる。そんなふうに時代が変わっていこうとしている。私はそのように思っているんだけどね」

「確かにこれからは、個人の立場とか個性を重んじていく、そんな組織運営が求められていくでしょうね。でないと、『モノ化』という病いは、きっと拡がっていくし、深刻になっていくと思いますね」

「君は逸早く『モノ化』という壁に直面したわけだが、そこからきっと新しい道が開けてくると思うよ。新しい道というのは、困難に直面した後に、豁然と開けてくるものだからね」

「そうなんでしょうね。実はロックアウトの最中、『モノ化』していく自分が意識の中に昇ってきて、それが夜となく昼となく、私を苛《さいな》むのです。そして〝何かが違うぞ〟という声が、どこからともなく聞こえてくるのです。

そんな日々が何日も続いたのですが、ある日、組合を退会したいという後輩と話し合いをしている時、突然閃いたのです。

〝組合員も、組合を辞めたいという後輩も、更には経営者も、みんな『人間』ではないか！　思想や立場は違っていても、みんなかけがえのない人生を必死で生きている、同じ人間ではないか！〟そして、

〝そうだ、僕は『人間党』でいこう！〟〝組合活動も合理化も、人間を中心に考えていこう！〟

ざっと、こんなふうに考えて、新しい生き方を模索し始めたのです。でも、誰も理解してくれない、本当に孤独の道ですが……」

志朗は、詩人に一番知ってもらいたい、内面の真実を語ったのであった。

「君は『人間党』か？　それはいい！　その意気で奮闘したまえ！」

詩人は満面に笑みを浮かべて、志朗を称《たた》えた。

「ありがとうございます。先生からは、いろいろと教えていただかないといけません。これからも御指導をよろしくお願いします」

志朗が改まって頭を下げると、詩人は急に顔面を緊張させ、何か大事なことを打ち明けたいような、引き締まった顔で志朗を見つめ、おもむろに切り出した。

「君に、是非とも聞いて欲しいことがあるんだ！」

「……」

「実はだね、私はついひと月半前からだけどね、仏法哲学の実践を始めたんだよ！」

「へえー、仏法という哲学ですか？」

「まあ聞きたまえ！　この哲学を実践するとね、胸の中から、燃えるような歓喜が湧いてくるんだ！

　すると今度は、これから滔々《とうとう》と詩が湧き上がってくるぞと、大いなる希望に包まれてね、また歓喜するんだ！　この今だって、歓喜は持続しているんだ！」

「へえー、何だかお伽話みたいで、とても信じられませんね」

　空《くう》を掴むような話で、志朗が狐につままれたような気持ちにかられていると、詩人は、さも心得ているといったふうに、穏やかな口調で説明を始めた。

「お伽話じゃないんだ。ありのままの、本当の実感なんだ！　まあ今は、小難しい話は抜きにしてだね、結論を言うと、その哲学というのは『末法の法華経』なんだ。

〝末法〟と断るのはね、現代は〝末法〟だからだ。つまり科学や交通、通信技術などが発達し、それにつれて欲望が解放され、エゴが充満し、人々の心は素直さを失い、争いに明け暮れる。人々の心はひねくれているから、釈迦の教えでは人々は救われない。それが〝末法〟であり、現代なんだ。

ただ、『真実』を説いた『法華経』は、時代によって深化し、現代に通用する『末法の法華経』というのが確立しているんだ！」

「ほう、そんなものが本当にあるんですか？　私は初耳ですねえ。でも何だか夢を見ているみたいですねえ」

　志朗はとても信じられなかった。その信じられない話が、尊敬する詩人の口から語られたことが、不思議でもあった。

「夢じゃないんだ。本当の話なんだ！」

　詩人は顔色を変えず、衒《てら》うこともなく、淡々と話を進めた。

「今言った、エゴで汚れ、傷つき、素直さを失った、ひねくれ根性の〝末法〟（現代）の衆生、つまり労資のように争いを好む我々のことだね、その我々を導いていく『法』が、つまり『末法の法華経』が、厳然とこの日本にはあるのです！」

「いや、とても信じられませんね、私には。その信じられない話が、先生の口から、しかも淡々と語られるのですから、不思議でなりません！」

「仏法には不思議な力があるんだよ。まあ、焦ることはない。初めて聞く話だろうから、信じられないのも無理はないさ。参考になる本を貸してあげるから、読んでごらん。少しは解ってくれると思う。

　それで、実はだね、私がこんな話を始めたのは、君が『人間党』と言っただろう？　それは〝仏法そのもの〟なんだよ。『人間党』とは、仏法で説く『中道』なんだ。

つまりね、労働者の立場や唯物論に固執しても、また反対に経営者の立場を貫いても、どちらの側であれ、対立は避けられないし、相手方への不信感も拭えない。それは、どちらの立場であれ、共に部分観であり、全体像を見ない偏頗《へんぱ》な思想だからなんだ。だから労資間で争いも起きるんだ。

それで、君が『人間党』と言ったから、それは仏法で説く『中道』だと知って欲しいので、こんな話を始めたんだよ。君は知らず知らずに、仏法に行き合ったんだね。一生懸命に生きている証拠だよ」

「何だか呪《まじな》いをかけられて、浮遊物体にされ、どこかへ連れ去られたみたいな気がしますね」

「ははははは、初めて聞くのだから、俄には信じられないだろうけど、焦ることはないさ。ともかく勉強してごらん、きっと響いてくるものがあると思うよ」

「そうでしょうか?」

「うん、きっとある!『人間』という原点、更には『生命』という原点に立ち返る哲学なんだ! だからきっと思い当たることがあると思うよ。

〝労〟だけでも偏頗、〝資〟だけでも偏頗だよね。よく考えてみると、〝労〟にも〝資〟の面があるし、〝資〟も〝労〟の側面を備えている。それが〝人間〟だよね。だから〝労〟

か〝資〟かではなくて、共通する『人間』という原点に立ち返ることが肝要なんだよ！

それを仏法では『中道』と言うんだ。中道の〝中〟という字は〝当たる〟とも読むだろう？『正しい道』に〝当たる〟、『真実の道』に〝当たる〟――それが『中道』なんだよ。だから折衷とは違うんだ。また、時と場合によっては『右』にもなるし、『左』に傾くこともある。つまりね、『右』か『左』に極端に傾くようなことがあったらね、その時はバランスを取らなくてはならない。均衡を保つのも『中道』の役目なんだ。まあ、そんな理屈よりも、君もこの哲学を実践し、試してみることだね！」

「ほかならぬ先生からのお導きですから、私も勉強してみましょう。参考になる本をお借りしますね。少し時間を下さい、早速、今夜からでも読んでみますから」

「そうか、それはめでたい。早速、乾杯といこう。久慈君の『人間党』万歳！ だ。これから大いに吠えたまえ！『人間党』を、吠えて、吠えまくれ！」

そう言って、詩人は満面に笑みを浮かべ、冷えたビールを台所から持って来た。

そして二人は、大いなる、新しい一歩を踏み出すように、じっと見つめ合い、杯を交わしたのであった。

杯を傾けていると、詩人の語る仏法について、よくは呑み込めなかったが、それでも久慈志朗の胸中には、何か大いなる希望が、早朝の陽光のように立ち昇って来るのであった。

「その仏法哲学を実践しているのが、ほかならぬ『創価学会』なんだよ」

帰り際、詩人はそう言って、志朗を送り出してくれた、再会を約しながら。

それから二、三日して、志朗には、人事異動の内示があった。

それが「北浦支局に転勤を命ずる」というのであった。

この処遇について、人事を統括する専務の周辺を取り巻いている、お喋り雀たちが、

「久慈という青瓢箪は、社長宅に乗り込んで、大口を垂れたそうな。身の程知らぬ、頓馬野郎じゃ。北の風に吹かれて、逆上《のぼ》せ上がったおつむでも冷やしやがれ！」

と、囃し立てるのであった。

それでも梨花は、

「私も日曜日には、そちらに行くわ。だって、私も北浦の街を見たいもの」

と言ってくれた。

詩人の義永先生には、北浦に行く挨拶とともに、

「その地で、仏法哲学を実践してみます」

と、新たな世界に足を踏み入れる決意を披瀝したのであった。

六十日間もの職場閉鎖という、その騒乱と不始末について、労務担当の北原は、その責任を問われ、予想通り〝切腹〟を申し付けられて退職した。

社長と専務は騒乱の責任については、あくまで〝知らぬ顔の半兵衛〟であった。

完

あとがき

昭和四十二（一九六七）年五月から六月にかけて、私は勤めていた放送局で、まる六十日にも及ぶロックアウトに直面した。

もう五十年以上も前のことである。だからロックアウトといってもピンとこない読者も多いことだろう。でもそれで構わない。ロックアウトそのものを描いたわけではないのだから。恐らく今の若い人たちにとって、ロックアウトといっても如何なるものか想像もつかないのではないだろうか。

しかし、今の若い人たちに知ってほしいのは、その頃作られた企業の体質とか経済の仕組みに、若者がベルトコンベアーに乗せられるようにして組み入れられていた、ということである。

それを「経営の合理化」といい、その合理化を進めるためにロックアウトが強行されたのであった。だからこの小説は「時代の潮の目の変わり」を描いたと言えるだろう。

それでも若い人には現実離れしたお伽話のように思われるかもしれない。

お伽話！　それでいいのである。

というのも、体験をそのまま綴る小説もあるが、私の小説に対する考え方は違う。つまり体験や現実の出来事を踏まえてはいても、その体験なり現実が発酵し、ひとつの「表現」にまで昇華した時、フィクションでありながら、リアリティのある独立した世界が生まれる。それが「作品」なのである。だから作品の主人公はイコール私（作者）ではない。私は主人公、久慈志朗のような格調のある精神の持ち主ではない。平凡な人間である。

登場人物にしろ、様々な出来事にしろ、それらがフィクションでありながら、そのフィクションを通して、作者の抱懐する「観念」が浮かび上がってくる——それが私の目指す小説である。

果たしてこの小説がその「観念」を提示しているかどうかは読者が決めることで、作者は被告席で畏《かしこ》まっているほかないのである。


ただひとつだけ言わせてもらうと、私の脳裏には「中道」ということが旋回していた。「中道」とは簡単に言えば「人間の側に立つ」ということである。

日本の政治を見ても、近頃は極端を避けようとしているし、福祉政策なども、ひと頃に比べれば隔世の感があるほど充実してきている。

また国連が中心になって進めているＳＤＧｓ（持続可能な開発目標）でも、格差や差別の解消など「人間」への眼差しが根底にあるし、ＥＵを牽引しているドイツでも中道政党が政権に就いている。「中道」とは人間主義なのである。

そのように「中道」を志向する流れは、世界の、また時代の趨勢であろう。

その意味からも、特にこれからの時代を担っていく若い人たちが「中道」ということに目を開いてほしいと思うのである。


若い人たちに期待を寄せながら、この書の題名は若い人向きではないかもしれない。でも作者は大変気に入っていて、「中道」を叫びたい気持ちを託して、敢えて採用させてもらったのである。

山口市にある元料亭「菜香亭《さいこうてい》」――今は公民館――には、伊藤博文や山縣有朋など明治の元勲から、今日の岸、佐藤、田中、竹下、安倍まで、歴代の政治家などによる書が三十点掲げられている（「菜香亭」は政治家に愛された）。

偶々一昨年の秋、従兄弟同士が集まって会食をした時、案内された部屋に掲げられていたのが後藤象二郎筆による「淵黙雷声」の扁額であった（公民館だが会食もできる）。

私は思わず「ああこれだ！」と胸中で叫び、題名に使わせてもらうことにしたのであった。だから「中道」を叫びたい気持ちを、この題名から察してもらえれば幸いである。

なお「淵黙」の読みは、一般的には「へんもく」だが、「えんもく」と読ませる文書も多い。どちらに読んでも結構である。

末筆ながら、この書の出版に当たっては、株式会社文芸社の皆様に多大なお世話になりました。厚く御礼申し上げます。

二〇二一年一月

片山　武昭

著者プロフィール

片山 武昭（かたやま たけあき）

昭和 11（1936）年 8 月、山口県山口市に生まれる。
昭和 34（1959）年 3 月、山口大学文理学部英米文学科卒業。
同年 4 月、山口放送に入社（ラジオ制作部、テレビ制作部に在籍）。
平成 8（1996）年 8 月、定年退職。

淵黙雷声《へんもくらいせい》 模索する青春の行方は

2021年 6 月15日 初版第 1 刷発行

著 者 片山 武昭
発行者 瓜谷 綱延
発行所 株式会社文芸社
〒160-0022 東京都新宿区新宿1－10－1
電話 03-5369-3060（代表）
03-5369-2299（販売）

印刷所 株式会社フクイン

ISBN978-4-286-22649-1